U0858122

阅读之前 没有真相

午夜文库

约翰·迪克森·卡尔

亨利·梅里维尔爵士系列

和阿加莎·克里斯蒂、埃勒里·奎因并称“推理黄金时代三大家”，独以密室题材构思见长，一生设计出五十余种不同类型的密室，被誉为“密室之王”。

卡尔一九〇六年十一月三十日出生于美国宾夕法尼亚州，青少年时期就着迷于不可能犯罪，对他影响最大的是G.K.切斯特顿和杰克·福翠尔。在巴黎索邦神学院（巴黎大学前身）留学期间，卡尔出版了以法国警探亨利·贝克林为主角的长篇处女作《夜行》。

一九三三年，卡尔出版基甸·菲尔博士系列首部作品《女巫角》。第二年他以笔名卡特·迪克森发表《瘟疫庄谋杀案》，亨利·梅里维尔爵士登场。这两个系列成为卡尔最具代表性的作品。三十年代是卡尔创作生涯最多产的时期，其中《三口棺材》《扭曲的铰链》（旧译《歪曲的枢纽》）和《犹大之窗》被后世评论家归入“卡尔的经典代表作”。特别是一九三五年出版的《三口棺材》以经典的“密室讲义”和“双重密室”成为推理史上不可能犯罪小说的巅峰之作，至今仍难以超越。

卡尔笔下的密室第一神探基甸·菲尔博士，是一个胖胖的字典编纂者，走路要拄两根拐杖，喜欢穿斗篷，抽着海泡石烟斗，个性相当和蔼可亲。他有着敏锐的观察力，善于分析罪犯的心理，出场代表作除《三口棺材》《扭曲的铰链》外，还有《阿拉伯之夜谋杀》《绿胶囊之谜》《耳语之人》等。亨利·梅里维尔爵士比菲尔还要古怪——大大的秃脑袋、奇怪的表达方式，加上不修边幅的外表。他的职业是律师兼医生，登场作品有《独角兽谋杀案》《犹大之窗》《女郎她死了》等。卡尔的作品风格以不可能犯罪作为核心骨架，情节布局复杂，谋杀手法奇特，充满戏剧性和哥特式氛围。二十世纪五十年代后，卡尔的健康状况始终不好，影响其创造力的发挥，作品水准有所下降。

一九五〇年和一九七〇年，卡尔先后两次获得美国推理作家协会（简称MWA）的埃德加·爱伦·坡特别奖。一九六三年，MWA一致同意向卡尔颁发“终身大师奖”，这是推理界的最高荣誉。

一九七七年二月二十七日，卡尔因病去世。当今，仍有不少推理小说作家在创作密室题材作品时会表达对卡尔的敬意。因为，只有约翰·迪克森·卡尔才配得上真正的“密室之王”。

约翰·迪克森·卡尔重要作品年表

基甸·菲尔博士系列

1933 女巫角 (Hag's Nook)

1935 三口棺材 (The Three Coffin)

1936 阿拉伯之夜谋杀案 (The Arabian Nights Murder)

1938 扭曲的铰链 (The Crooked Hinge)

1939 绿胶囊之谜 (The Problem Of The Green Capsule)

1940 失颤之人 (The Man Who Could Not Shudder)

1941 连续自杀事件 (The Case of the Constant Suicides)

1944 至死不渝 (Till Death Do Us Part)

1946 耳语之人 (He Who Whispers)

1947 菲尔博士率众前来 (Dr. Fell Detective and Other Stories)

1965 撒旦肘之屋 (The House at Satan's Elbow)

1968 月之阴 (Dark Of The Moon)

亨利·梅里维尔爵士系列

1934 瘟疫庄谋杀案 (The Plague Court Murders)

1935 红寡妇谋杀案 (The Red Widow Murders)

1935 独角兽谋杀案 (The Unicorn Murders)

1937 孔雀羽谋杀案 (The Peacock Feather Murders)

1938 五盒之谜 (Death In Five Boxes)

1938 犹大之窗 (The Judas Window)

1940 怪奇案件受理处 (The Department of Queer Complaints)

1943 女郎她死了 (She Died a Lady)

1953 骑士之杯 (The Cavalier's Cup)

亨利·贝克林系列

1930 夜行 (It Walks By Night)

1931 骷髅城堡 (Castle Skull)

1931 失落的绞架 (The Lost Gallows)

1932 蜡像馆之尸 (The Corpse In The Waxworks)

1937 四种错误武器 (The Four False Weapons)

约翰·迪克森·卡尔重要作品年表

非系列

1937 燃烧的法庭（The Burning Court）

1942 皇帝的鼻烟壶（The Emperor's Sniff-Box）

1954 福尔摩斯的功绩（The Exploits of Sherlock Holmes）

1954 第三颗子弹（The Third Bullet and Other Stories）

1957 火焰，燃烧吧！（Fire，Burn！）

1964 破解奇迹之人（The Men Who Explained Miracles）

1972 饥饿的哥布林（The Hungry Goblin）

犹大之窗

The Judas Window

(美) 约翰·迪克森·卡尔 著
蔡妙 译

新 星 出 版 社　NEW STAR PRESS

目 录

1 序 可能发生过之事
13 第一章 法庭上的真实证言
27 第二章 请看五号照片
42 第三章 在那黑漆漆的小走廊
52 第四章 要么有一扇窗，要么没有
62 第五章 并非食人魔的洞穴
71 第六章 一片蓝色的羽毛
85 第七章 站在天花板附近
96 第八章 老熊还没有瞎
111 第九章 红袍不慌不忙
122 第十章 传被告出庭做证
135 第十一章 秘密行事
147 第十二章 从发现到搜查
162 第十三章 印台是关键
176 第十四章 弓箭手的时间表
186 第十五章 犹大之窗的形状
198 第十六章 我亲手染的色
216 第十七章 在窗口
234 第十八章 全体的判决
249 尾声 真实发生之事

序　可能发生过之事

一月四日，星期六，傍晚时分，一位即将步入婚姻殿堂的年轻人来到格罗夫纳大街的一栋房子，拜访他未来的岳父。他并无特别之处，只不过比大多数人更富有而已。吉姆·安斯维尔身材高大，一头金发，品性良好。他生性随和，讨人喜欢，对人毫无恶意。他热衷于阅读推理小说，和你我并无二致。他偶尔饮酒无度，偶尔也会犯傻，和你我也一样。只不过，他过世的母亲给他留下了一大笔遗产，所以，他应该算得上是名副其实的黄金单身汉。

在阅读接下来这桩与一支上色的箭矢有关的谋杀案时，请别忘了上述这些事实。

先来说说他来到格罗夫纳大街十二号之前的故事。在苏塞克斯举办的一个圣诞节家庭聚会中，安斯维尔遇见了玛丽·休谟。两人迅速陷入爱河，不能自拔。初遇十二小时后，两人就开始商讨结婚一事；而在元旦那天，两人就订了婚。安斯维尔的堂兄雷金纳德上尉，作为介绍人，还因此试图向他索要五十英镑。安斯维尔开了张一百英镑的支票给他，同时还做了其他类似的疯狂事。玛丽写信告诉她的父亲她要订婚了，对方回信表示祝贺。

这一切都令人喜悦。埃弗里·休谟先生是郡中央银行的董事，此前曾任该银行圣詹姆斯分行的经理，是个绝不会马虎对待自己女儿婚事的人。从他在北方的一个工业小镇上开始职业生涯起，他就被认为聪明睿智，但疑心病很重。所以，一月四日，当吉姆·安斯维尔不得不离开家庭聚会、到伦敦出一天公差时，他决定立即去拜访一下他未来的岳父。只有一件事让他困惑。上午九点，当玛丽在车站为他送行的时候，她的脸色为何看上去如此苍白。

傍晚，刚过六点，安斯维尔在前往格罗夫纳大街的路上还在琢磨这件事。他还没主动联系埃弗里·休谟，这位老人当天下午就给他的住处打了一通电话，邀请他来拜访。他的措辞客套中带着冷淡，但考虑到目前的情况，安斯维尔隐约觉得这很正常。“根据我听说的，我认为最好我们一起解决一下关于我女儿的问题，今晚六点你有空吗？”

这可不是什么轻松随便的碰面，安斯维尔想着。这个老家伙甚至都没有请他共进晚餐。而且，他现在还迟到了——一场凛冽的白雾阻碍了交通，他的出租车不得不缓慢前行。想到玛丽那张受惊的面孔，他不禁有些纳闷。可恶，休谟先生不会真的这么恐怖吧。就算他真是如此，作为他孝顺的女婿也准备好告诉他，是时候放手了。然后，安斯维尔告诉自己，这简直没有道理，他到底在紧张什么？现在这个年代，与对方父母见个面还要惴惴不安，是喜剧里才有的桥段。

这可不是什么喜剧。

和他预想的一样，位于格罗夫纳大街十二号的房子由坚固的黄色砂岩搭建，配有并不太方便的窗外阳台。一位老派的管家带他走进了一个同样传统的门厅，一座古旧的落地座钟发出嘀嗒声回荡在厅里，指针指向六点十分。

“我的，嗯，名字叫安斯维尔，” 他说道，“休谟先生约我来见面。”

“是的，先生。可否把您的衣帽给我？”

这时候，不知怎么，吉姆把帽子掉在了地上。这顶圆顶礼帽一骨碌就滚落到了门厅的另一侧。他感觉自己一下脸红到了脖子，尤其想到自己像个傻子一样被安安静静的陈设品包围，就更加难堪起来。而管家很冷静地捡回了他的帽子。他脱口而出脑海中想到的第一件事。

“我要穿着我的外套。”吉姆·安斯维尔突然说道。在他说出这句蠢话的时候，他的语气听起来很粗鲁。“带我去见休谟先生。”

“好的，先生，请您这边走。”

他被带到位于屋子后侧的房间。当他们经过门厅中那座大楼梯时，他察觉到有人正俯视他，他想他已经认出这张戴着眼镜的、让人喜爱的女士面孔。她一定是阿米莉亚·乔丹小姐。玛丽曾提起过她，她跟随自己父亲多年。他想知道，这位老人的弟弟斯宾塞·休谟医生，是否也在那里仔细观察着他。

“——来见您了，老爷。”管家说道。

他的领路人打开了门，整间精致的房间装修得如同办公室，只有那个酒柜有些格格不入。房间正中有一张现代风格的平面桌，桌上有一盏同样是现代风格的台灯亮着。说这里像办公室（甚至是保险仓库）的另一个理由是那两扇窗户：都装着遮光板，而这些遮光板看起来都是钢铁材质。这个地方由一间十八世纪的后厅改造而成，房间举架很高却十分阴冷，墙上铺着带有金色纹路的黑色壁纸，房间里摆着一些勉强能坐人的椅子。在门对面的墙上装着一个白色大理石壁炉，虽然没有装饰品，却难掩华丽之感。房间内唯一的装饰品被固定在壁炉上方的墙上：三支箭矢摆成了一个三角形。它们原本都被涂上不同的颜色，似乎刻上了日期，但是随着时间流逝，箭尾的羽毛都看起来扭曲且干枯。三角形的中间是一块铜质的徽章或奖章。

玛丽·休谟的父亲从桌子后面站起身来，灯光照在他的脸上。显然他刚刚才把棋盘收回盒子盖好，他把盒子推到一边。埃弗里·休谟中等身材，骨架很大，以六十岁的年龄来看，可以说是精力充沛，眼神严肃。仅剩的那点灰黑色头发被小心梳理，覆盖在硕大的头颅上。他穿着一身有老式高领的灰色花呢外套，领带打得有点歪。起初，安斯维尔不太喜欢他那凸起的眼睛里透露出的神情，不过这种眼神很快消失了。

“这样就可以了，戴尔，”他对管家说道，“去帮乔丹小姐把车开回来。”他的语调不带任何感情色彩。当他把头转向客人的时候，脸上也毫无表情，既不热情也没有敌意，只是没有任何感情。“请坐。我想我们有很多事情要谈。”

等到门完全关上以后，休谟坐回自己桌子后面的椅子上，观察自己的双手。他的手指粗壮，指尖圆润，保养得很好。他突然说道：“我发现你在看我的奖品。”

安斯维尔再次红了脸，觉得有些不妥，把视线从这位主人背后墙上的箭矢那里收了回来。他注意到，三角形最下面的那根黄棕色的箭矢上布满灰尘，刻着年份“1934”。

“您喜欢箭术吗，先生？”

“我在北方长大，当其他地方的孩子都在玩板球和足球的时候，我们要拉四十磅的弓。我发现射箭在这里还算新潮。”他低沉的声音停了下来。埃弗里·休谟好像在认真思考什么，如同一个人正绕着房子检查每样东西一样。“我是皇家弓箭协会和肯特郡护林人协会的成员。这些箭矢都是奖品，来自肯特郡护林人协会的年度比赛。不管是谁，只要先击中那个金的……”

“金的？”他的客人重复了一遍，好像有意强调。

“就是靶心。谁击中靶心就会自动成为下一年的协会会长。在十二年里，我赢过三次。这些箭矢仍然很好用。你甚至可以用它们来杀人。”

安斯维尔忍住没有瞪他。“真是很有用，”他说，“但是先生，您看，这是在说什么呢？我又不是来偷东西或者杀人的，除非情况必要。我的意思是，我想娶休谟小姐，嗯，那么，您怎么看呢？”

“这是件荣耀的事，”休谟先生第一次露出了微笑，“我可以给你倒杯威士忌苏打吗？”

“谢谢您，先生。”安斯维尔松了一口气回答道。

休谟先生站起来，走到柜子前。他拔出酒瓶塞子，加上苏打水做了两杯淡酒，端着走了回来。

“祝你成功，”他继续说道，表情有些许改变，“詹姆斯[①]·卡普隆·安斯维尔先生。”他重复了一遍客人的名字，同时眼神坚定地看着他。“老实说，我认为，那桩婚事好处很多，是一次双赢。你也知道，我早就表示过赞同。我找不到任何反对的理由。”休谟先生对着杯子嘀咕了一句。“我有幸见过已故的安斯维尔夫人。我知道你的家族经济状况优越。所以我准备告诉你……喂，喂，你发什么病？你疯了吗？”

他看见这位主人还没把自己的玻璃杯举到嘴边，就停了下来，脸上满是惊恐。然而，他眼前的一切都显得很奇怪。有什么

①前文中的吉姆（Jim）为詹姆斯（James）的简称。

东西在烧灼他的喉咙，沿着他的肩膀，最后向上到了他的太阳穴。他的头开始发晕，感觉一阵天旋地转。桌子看上去向前倾斜，当他尝试站起来时，他知道自己正向桌子倒了下去。在完全失去知觉之前，他最后产生的疯狂念头是，自己的酒被下药了。然而在耳朵的轰鸣声中，他彻底失去了意识。

即使在痛苦中，有一个想法也始终不曾改变。“这杯威士忌被下药了”这个念头始终在他的脑子里打转，直到他苏醒过来时也是一样。

他坐了起来，感觉背部像被绑在一个硬邦邦的椅子上。他的脑袋似乎旋转着慢慢向天花板飘去。首先，在恢复视力之前，他必须要抑制住胃里翻江倒海的感觉。这样过了好一阵子，直到光线刺痛他的眼睛。他对着光源的方向眨了眨眼——那是一盏有着绿色弧形灯罩的台灯。

一阵恐慌之后，他模糊地记起自己身在何处，然后，一下子都想起来了。在休谟先生刚祝福了他的婚事之后，有什么东西害他晕了过去。休谟一定在威士忌里面加了点什么。但是这毫无道理。休谟为什么要在威士忌里下药？还有，休谟现在究竟在哪里？

安斯维尔突然意识到自己需要先找到休谟，所以强撑着站了起来。他头痛欲裂，嘴里又像刚吃了薄荷，还流了点口水。如果能和谁说上话，他可能会好受点。这种感觉就像是错过了某班火车，或是眼睁睁看着队伍消失在街角，自己却完全动弹不得。到底发生了什么？他又昏迷了多长时间？他仍然穿着他的外套，伸手进去摸索手表时也有些笨手笨脚。当他来到这栋房子时，是六点十分。手上这只看上去不太真实的手表显示，现在已经六点半了。

他双手撑在桌子上，注视着地板，试图稳住眩晕的视线。就这样，顺着桌子下的方向往左，他看到了一只老式系带靴，还有几英寸拉得紧紧的短袜。当他绕到桌子另一边时，还被这只脚绊了一下。

“起来！”他听到自己说道，“起来，该死的！”

然后还是他自己的声音，近乎哀求道：“从地板上起来！说话啊！”

埃弗里·休谟没有起来。他朝左卧在窗户和书桌之间，身体离书桌很近，伸展的右手已经碰到了桌子，好像试图抱着它似的。安斯维尔把他翻了过来，让他仰面躺着。有什么东西随着身体一起转了过来，安斯维尔反射性地向后一躲，避免被这个东西碰到。他看到了鲜血。休谟的胸前耸立着一根细细的圆柱形木头。这支箭刺进休谟的身体八英寸，直达心脏。它的末端附着三根破破烂烂、满是灰尘的羽毛。

这个男人已经死了，但尸体还有些温热。这张已经死去的阴沉面孔看起来既惊讶又愤怒；他的高领和领带都被弄皱了；双手都沾有灰尘，右手的手掌还有一道割伤。

安斯维尔想要站起来，又想着立马跳开，结果差点后仰着摔倒。这时，他感觉到了，在他的外套下面的裤子口袋里有个鼓鼓的东西，虽然之后他才知道那是什么。休谟根本不应该像这样躺在自己的地毯上，外套上全是血迹，像一只被绑起来的母鸡。台灯散发出的光线为这一切增加了一种商务会谈的气氛——光线照在吸墨纸上，照在浅棕色的地毯上，也照在死尸那张开的嘴上。

这个惊慌失措的年轻人环视着整个房间。他身后的那面墙就是门的位置。这面墙的左边是两扇带遮光板的窗户，右边正对着一个小柜子。他面前的墙上正挂着箭矢——但是现在只剩两支了。原本三角形底部那支刻着年份“1934”的箭，现在正插在休谟的尸体上。这支暗黄棕色的箭有三根羽毛：中间那根被涂成蓝色的羽毛现在已经被折断了。

从他走进这栋房子的那一刻开始，他就隐约感觉到哪里不对劲。他和休谟的会面似乎有些奇幻色彩。头发灰白的管家，大厅里回荡的钟声，倚着栏杆的女人，这一切都仿佛是陷阱或幻觉的一部分。当他失去意识的时候，有人进来，杀了休谟。但是如果真是这样，凶手现在在哪儿？他明显不在这里，这个房间空空荡荡，连个壁橱都没有。

他又往回退了几步，这时，他开始意识到，某种响亮且持续的杂音正从他手掌里传出——原来是他手表的嘀嗒声。他把手表放回口袋，走到门边；他转动了好几次把手，这才发现这扇门从里面闩上了。

但是肯定有人从这里走了出去！他又慢慢地走到窗边。却发现两扇窗子上的铁遮板也都锁上了，铁条像门闩一样牢牢插在锁孔里。

接着他又在房间里快速转了一圈，并没有找到其他的出入口。唯一一个他之前没有注意到的东西就是一架两根铁管的电暖器，这个电暖器装在白色大理石的壁炉里。这样也断绝了从烟囱进出的可能性——通气孔只有一英尺宽，上面还布满未经清理的灰尘。壁炉似乎又传出一阵热风，让他意识到自己穿着大衣有多热。而且，他刚才走得也太急了。休谟是自杀了吗？他是不是疯了，故意制造出这种怪异的自杀现场来栽赃别人，就像他喜欢的那类小说里常见的剧情？胡说八道！可剩下唯一的可能性就只有——

但不会真有人相信是他杀了休谟吧？他完全没有动机啊！而

且，他很容易就可以解释清楚：他的酒被人下了药。他确实没看见休谟在他的酒杯里放过东西，但是那杯威士忌里肯定被什么人用什么法子下了药。他可以证明这一点。他猛然想起自己甚至没有喝完那杯威士忌。在第一阵反胃感袭来时，他本能地将酒杯放在了椅子边的地板上。

他立刻过去找那杯剩下的酒。但杯子已经不见了，他找遍了房间，哪里都找不到。就连休谟为他自己调的那杯威士忌加苏打水也不见了踪影。

到了这时，他已经深陷于一种难以名状的恐惧之中；他走过去查看了那个柜子：上面有一个装满威士忌的雕花玻璃酒瓶，一个带虹吸管的苏打水瓶，还有四只酒杯。酒瓶装满了威士忌，顶到了瓶塞；虹吸管里一滴苏打水都没有；而四只酒杯精光锃亮，完全没有被人使用过的迹象。

他后来回想起来，自己在这时确实大声说了句话，但他已经记不清究竟说了什么。他这么做是为了让自己停止思考，仿佛快速地说出点什么就能让自己不要再多想，但他不得不去思考。时间正在流逝，他仍然可以听到手表的嘀嗒声。如果房间的门和两扇窗户都从里面锁住了，他就成了唯一能杀死休谟的人。这就像看到他自己最喜欢的小说情节变成了一场真实的噩梦，但现实中的警察不会相信你的清白，只会把你送上绞刑架。当然，还可以说有个巧妙机关能够让外面的人把门闩从里面锁上——可是他检查过这扇门，知道那是不可能的。

他又回去检查了那扇门：那是一扇厚重的橡木门，它牢牢嵌在门框里，紧紧抵在地上，甚至在开门的时候还会刮到地板。门上连个可以动手脚的锁孔都没有：上面装着一把耶鲁锁，不过锁已经坏掉了，卡在“开”的位置。而现在，门被一根又长又笨重的门闩闩住了，这根门闩闩得如此紧，以至于他试着去拉的时候，发现即使对于他来说，也需要用很大的力气才能让它动弹一下。

拉门闩的时候，他意识到自己正在观察右手。他打开手掌，又研究了一遍；之后又走到灯光下，想仔细看清楚。他的手指、拇指和手掌现在都沾上了灰色的尘土，他合上手的时候还能够感受到它们在皮肤上的颗粒感。他从哪儿沾到了这些？他很确定自己在进到这个房间后没碰过任何带灰的东西。这时候，他又感觉到自己裤子口袋里有东西，让他感觉非常不习惯地凸起着，但是他没有去查看，因为他其实有些害怕知道那是什么。然后，在台灯发出的催眠光线下，他的视线转向了地板上的那个死人。

因为一直挂在墙上，那支箭上已经落了一层灰色的尘土——除了沿着箭杆的一条细线（可能由于贴着墙壁的原因）。现在那层灰上有一处被弄乱了，就在箭杆中间的地方，看上去像是被人握住过。当他弯腰去看时，即使用肉眼也能看到清晰的指纹。安斯维尔又看着自己伸在身前的手，像是刚刚被烧伤一样。

在那一瞬间，他脑海里浮现出一些微弱的想法：之前打给他的电话究竟是什么意思，玛丽那苍白的面孔，在苏赛克斯的某些对话，还有前一晚匆匆写好的信件。但那都只不过像浮云、像幽灵、像一个名字飘过他的耳边。站在埃弗里·休谟的书房里，脚边就是他的尸体，安斯维尔完全没有头绪，而现在还有其他事需要他去关注。

不，这并不是他脑内血液上涌的声音。

这是有人在敲门。

中央刑事法庭

一九三六年三月四日

国王[1] 诉 詹姆斯·卡普隆·安斯维尔

指控罪名：故意谋杀埃弗里·休谟

法官：兰金法官

控辩双方：

公诉人：王室法律顾问沃尔特·斯托姆爵士（总检察长）

亨特利·劳顿先生

约翰·斯普拉格先生

辩护人：亨利·梅里维尔[2] 爵士

①英国国王在位时，公诉案件的起诉方为REX（国王）。

②亨利·梅里维尔（Henry Merrivale）：后文简称为H.M.。

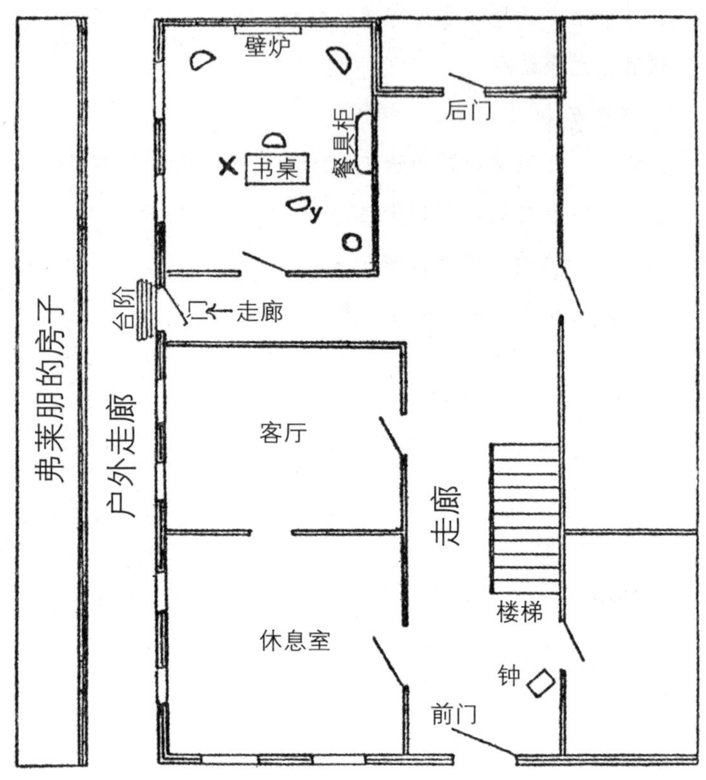

莫特拉姆督察的图示（带有笔记）

1. X：尸体所在的位置

2. 安斯维尔坐在椅子 y 的位置

3. 剩下的两支箭固定在壁炉上方，紧贴着墙

4. 过道的侧门，外面是砖砌的通道，连接着两栋房子。这扇门关着但是并没有上锁。后门也没有上锁。

5. 书房里的柜子锁着，钥匙在死者的口袋里；但是柜子是空的。

第一章 法庭上的真实证言

与此次中央刑事法庭国王之法官大人审判事项相关之人，请上前来并递交证据。

“天佑国王，及国王之法官大人。”

在一号法庭，主审法官正在落座。法官兰金本就身材不高且体形偏胖，这一身红黑相间的袍子让他显得更加矮胖。但他的行动却很灵活。在一顶和他自身头发相差无几的灰色假发下，那张圆脸看起来很精神。他的眼睛很小，却没有常有的惺忪感，反倒像个面对学生的校长一样警觉。

我和伊芙琳坐在辩护人后方预留的座位上看过去，这个地方看起来与其说是法庭，倒不如说更像一间教室，甚至连这些桌子都排列得整整齐齐。法庭上方是涂成白色的大穹顶，中间有一块玻璃屋顶，玻璃在料峭三月的晨光沐浴下有些晃眼。墙壁上镶嵌着有一定高度的橡木板。藏在橡木板边缘的电灯的黄光照射在白色的穹顶上，使得这些橡木看上去颜色偏浅，同时，法庭内其他的木质材料看起来也更加泛黄。这间法庭之所以看起来像教室，还有可能是因为打扫得相当干净。如同落地座钟的钟摆一样，这里丝毫没有慌乱匆忙的感觉。

从我们所坐的位置，即律师[①]席的后面，只能看到律师穿戴假发和长袍的背影——逐层稀疏的白色假发套，上面都有像发扣一样的小卷发。这群人正俯身小声交谈。我们左侧是凸出的被告席，目前暂时空着。正对面，越过法庭中央律师席的长桌，是陪审团席，旁边是证人席。我们的右侧是法官席，后面有一排巨大的高背椅，国剑[②]垂直悬挂在正中央的椅子上方。

法官兰金向律师席、法庭工作人员及陪审员依次鞠躬。他的腰弯得很低。在他正下方桌子后面的两名法庭书记员也转过身来，鞠躬致意。这两个人都很高，也戴着假发、穿着袍子，他们鞠躬的时间和法官配合得相当完美，看上去如同在观赏传统木偶剧《潘趣和朱迪》。然后，法庭正式开庭，随之而来的是此起彼伏的咳嗽声。兰金法官坐在国剑左侧的椅子上，他从来不会坐中间的位置，那是为市长或高级官员预留的。在戴上一副玳瑁框架眼镜后，兰金法官拿出钢笔，并把一本大号笔记簿的纸张抚平。法庭玻璃屋顶的上方，三月的日光忽强忽弱。此时，他们将被告人带上了庭。

被告被两名警察夹在中间，站在巨大的被告席上，让人无法长时间直视，至少我做不到——你会觉得自己有些幸灾乐祸。这是我和伊芙琳第一次见到安斯维尔。他看上去是个正派的年轻人，几乎在法庭上的每个人都能从他身上看到和自己相似的气质。虽然他穿着得体、还特意刮了胡子，但是总给人感觉他对于发生的事似乎并不特别在意。他站在那里，身体僵直。我们身后坐着一群来自报社社会版的“食尸鬼”；他根本没朝我们这边

---

①文中所提到的律师包含辩方律师和公诉律师。在部分英美法系国家，检察机关可以聘请依法取得律师执照的律师对公诉案件的被告人提起公诉，作为公诉人出庭。在本书中，公诉方由总检察长和公诉律师共同组成。我国不存在公诉律师，公诉人只能是检察机关。

②国剑（Sword of State）：象征着君主可以用举国之力对抗外敌，维护国家权力及和平。

看一眼。当起诉书宣读完毕，他突然用反抗的语调回答“无罪”。法官没说一句废话，用一系列手势示意流程推进。

“我在全能的上帝面前起誓”——陪审团正在宣誓——“我将尽我所能对控辩双方负责，倾听他们陈述的真实证言，依照证据做出正确的裁决”。

离开校长办公室后，你可以回到教室。而这间像教室一样的法庭，却可以把人送上绞刑架。伊芙琳疑惑地用手遮掩着嘴跟我说话。她向下盯着我们面前黑色丝质长袍的背影。

“肯，我不太明白，为什么 H.M. 要上庭？我的意思是，我知道他一直和政府的人合不来，特别是和内政部长，几乎每次见面都要吵上一番。而他和警方关系倒是很密切。那个警探，他叫什么名字来着？”

“马斯特斯[①]？”

“马斯特斯，没错。在听取自己上司的建议之前，他都会先咨询 H.M. 的意见。所以，如果 H.M. 真的能够证明安斯维尔这个年轻人的清白，他为什么不直接向警方证明这件事，说服他们不予起诉呢？”

我也不知道。关于这点，H.M. 没有透露一点口风。虽然律师都背对着我们，但仍然很容易辨认出 H.M.。他独自坐在前排长椅的左侧，手肘支出桌子外，撑开了他的旧长袍，使他显得更胖；假发也奇怪地贴在头顶上。坐在同一张长椅右侧的是公诉方——沃尔特·斯托姆爵士、亨特利·劳顿和约翰·斯普拉格，他们正在一起讨论事情。听不清他们在低语什么。H.M. 面前的桌子相对干净，而公诉方那边则堆满了书、打印整齐的文件、贴

①马斯特斯警探，多次在亨利·梅里维尔爵士系列作品中出场，经常承担为 H.M. 收集线索资料的工作。

着官方照片的黄色册子和崭新的粉红吸墨纸。每个身影都很严肃。但是在“老贝利”惯有的故作姿态的面具下，我感觉到（或者说我认为自己感觉到），当这些戴着假发的人瞟向 H. M. 时，眼神中透露出的讽刺与嘲弄。

伊芙琳也感觉到了，她十分愤怒。

“但是他真的不该上庭，”她坚持道，“虽然他在战前就获得了律师资格证，但罗丽波普亲口告诉我，他已经十五年没接手过任何案子了，对方会把他生吞活剥。你看他在那里像喝醉了一样！等到这些人激怒他，他就会失控，你是清楚的。”

我不得不承认他不会成为人们眼中最彬彬有礼的律师。“他之前最后一次出庭时，好像还引发了骚乱。另外，我个人认为，用‘好吧，各位蠢货’作为向陪审团陈述的开场白也实在过于轻率。但是，出于某些奇妙的原因，他竟赢了那场官司。”

陪审团继续宣誓，法庭里面充满了窸窸窣窣的说话声。伊芙琳越过法庭中央那张律师用的长桌往下看，每个位置都坐着人，整张桌子上摆满了装在信封或盒子里的证物。另外，有两件更奇怪的证物立在一旁，在靠近法庭速记员坐的位置。然后，伊芙琳抬起头看了看兰金法官，只见他如同瑜伽修行者一样，面无表情地坐在那里。

“法官看起来——很严格。”

“他确实很严格，也是全英格兰最聪明的人之一。”

“如果他被判有罪，”伊芙琳提出了那个没人愿意触碰的问题，“你认为他真的杀了人吗？”

她的口气如同旁观者一样小心翼翼。我个人认为，安斯维尔要么有罪，要么疯了，要么两者皆是。我相当肯定他们将会把他送上绞刑架。他犯下的罪行足以让他被判绞刑。但是现在没时间说这些了。最后一批陪审员，包括两位女性，都顺利宣誓完毕。法庭再次向被告宣读了起诉书。有人清了清嗓子。总检察长沃尔特·斯托姆爵士站起身来作为公诉方做开场陈词。

“法官大人，各位陪审员。”

随后是一个停顿，这段沉默随着沃尔特·斯托姆爵士那浑厚的声线带来了一种神奇的效果，仿佛声音是从海湾里传来的。当他抬起下巴的时候，羊毛材质的假发顶正对着我们。在整个审判过程中，我觉得我们只在他转过身时看过一次他的脸——那是一张泛红的长脸，鼻子非常长，眼神犀利。他完全不带个人感情色彩，非常严肃。很多时候，他就像一个体贴的校长，正在询问智力有缺陷的小学生。在整个过程中，他的态度不偏不倚，但是语调却像演员一样字正腔圆、抑扬顿挫。

“法官大人，各位陪审员，”总检察长开始说道，“被告的罪名，如你们刚才听到的，是蓄意谋杀。而在此向诸位如实提供案件证据是我的职责。你们完全可以相信，检察官通常都是不得已才担起指控谋杀这样的责任的。本次案件的受害者是一位广受尊敬的人。他曾供职于郡中央银行多年，之后，我了解到他还是该银行董事成员之一。而被指控犯罪的被告出身世家，从小接受良好教育，拥有可观的财富，和普通人相比要幸运得多。但是接下来将要给各位展示一些事实，这些事实将得出一个铁定的结论，那就是埃弗里·休谟先生被目前站在被告席的被告残忍地杀害了。

“受害人是一名鳏夫，遇害前，他同自己的女儿玛丽·休谟小姐、他的兄弟斯宾塞·休谟医生以及他的私人秘书阿米莉亚·乔丹一起住在格罗夫纳大街十二号。在去年十二月二十三日到今年一月五日期间，玛丽·休谟小姐前往苏塞克斯拜访朋友，并不在家。各位会了解到，去年十二月三十一日早上，死者曾收到一封来自休谟小姐的信。信里写道，休谟小姐已经订婚，对象是她在朋友家里认识的詹姆斯·安斯维尔，也就是现在站在被告席上的被告。

“各位也会了解到，收到这个消息后，死者起初很高兴。他热烈地赞同了这桩婚事。他写信向休谟小姐表示祝贺，并在电话中与她讨论过此事。从被告的家世来看，各位可能认为他对此十分满意。但是我需要提请大家注意的是接下来发生的事。在十二月三十一日到一月四日期间，死者对于这桩婚事以及对被告的态度突然发生了翻天覆地的转变。

“各位陪审员，至于这个转变在何时发生，有何种原因，公诉方不想细说。但是请各位认真想想，这样巨大的转变是否会对被告产生影响。一月四日，星期六的早上，死者再次收到了休谟小姐的来信。信里面提到被告那天会到伦敦。休谟先生立即与被告取得了联系。星期六下午一点半时，他曾打电话到被告位于杜克街的公寓。死者的来电被两个证人偶然听到。之后你们就会了解到，死者在和被告对话时，用了怎样的措辞和如何尖酸的语调。你们也会知道，被害人挂掉电话之后，曾大声说道：‘我亲爱的安斯维尔，我会好好治治你，该死的。’”

沃尔特·斯托姆爵士停顿了一下。

他说这些话的时候不带丝毫感情。他看着手中的文件，仿佛在确认这些材料的正确性。一些人本能地将头转向了被告，他正坐在被告席上，两边各坐着一个法警。在我看来，他仿佛对这一切都有所准备。

“在这通电话中，死者邀请被告当晚六点到他位于格罗夫纳大街的住处来。之后你们还会了解到，他对管家说，六点会有人来，这个人（他的原话是）‘可能会惹出麻烦，因为他不值得信赖’。

“五点十五分左右，死者回到他位于房子后侧的书房或者说办公室休息。我必须向各位解释一下，因为长期在银行工作，他在家里建了一个符合自己需求的私人办公室。你会看到这个房间有三个出入口：一扇门和两扇窗。这扇门非常厚重，门缝紧密，可以从里侧用门闩锁上。门上面甚至连个锁孔都没有，当从外面锁门时，则用耶鲁锁。而两扇窗户都安装了铁质遮板，如你们所知，这也是一种防盗设备。死者生前习惯把那些必须带回家的重要文件或者信件存放在这个房间里。但是，近年来，这间书房已经很少存放贵重物品了，因此死者也不会觉得有必要把门或者窗户锁上。

“相反，他存放在那里的是他的‘奖品’。各位陪审员请注意，死者生前热衷将射箭作为消遣。他曾是皇家弓箭协会以及肯特郡护林人协会的成员。这些协会都是为了推广这项古老运动而成立的。在他书房的墙上，也挂着一些肯特护林人协会年度比赛的奖品，包含了三支箭，各自刻着赢取的年份，一九二八、一九三二和一九三四；还有一枚肯特护林人协会颁发的铜牌，以表彰他在一九三四年刷新了他们的射箭纪录。

“在这个背景前提下，一月四日傍晚五点十五分，死者进入书房。接下来发生的事就值得高度注意了。这个时候，死者叫来管家戴尔，让他关上所有的遮板并上锁。戴尔问道：‘关上百叶窗？’他对此表示很惊讶，因为自从死者不再将这间房间当作办公室之后，从未这么做过。死者说：‘照我的话做，你认为我想让弗莱明看见那个蠢货在我家捣乱吗？’

“各位请注意，这里提到了兰多夫 · 弗莱明先生。他也是一名射箭发烧友，同时也是死者的邻居和朋友。实际上，他的屋子就在死者书房窗户外的小路对面。戴尔按照死者的指示，锁上了遮光板。值得一提的是，两扇上下推拉的窗户也从里面上了锁。在确认房间一切都井然有序之后，戴尔注意到，酒柜上有一个酒瓶，里面的威士忌装满到瓶塞位置；还有一瓶没被人动过的苏打水以及四个干净的玻璃杯。之后他离开了房间。

“六点十分时，被告到达。在接下来的证词中，你们可以据此判断此时的他是否处于极端激动的精神状态下。他拒绝脱下自己的外套并要求立即与休谟先生会面。戴尔带他来到书房，然后离开了房间并锁好门。

“大约六点十八分时，仍然站在门外过道的戴尔听到被告说：‘我来这里不是要杀人，除非情况必要。’过了一会儿，他听到休谟先生大叫：‘你发什么病？你疯了吗？’然后，他还听到一些声响，稍后将详细跟各位描述。

这时候，总检察长稍作停顿。沃尔特·斯托姆爵士不过刚刚开始热身，尽管他依然不带任何个人感情色彩，但每一次引用证词时都是同样字正腔圆、抑扬顿挫。他唯一的肢体语言就是在陪审团听他读每一个单词时，慢慢挥动食指。沃尔特爵士身材高大，他黑色袍子的袖子轻轻飘动着。

“这时，各位陪审员，戴尔敲了敲门询问是否有麻烦。他的雇主回答道：‘没有，我自己能处理，走开。’——于是他就离开了。

“六点半时，阿米莉亚·乔丹小姐下楼，在她出门之前，先去了一趟书房。在她正准备敲门的时候，听到被告说：‘起来，你给我起来，该死的。’乔丹小姐试了一下把手，却发现房间从里面上了锁。然后，她顺着过道跑出来，途中遇到了迎面而来的戴尔。她对他说：‘他们在争执，他们想要杀了对方，快去阻止他们。’戴尔说最好去找警察来。乔丹小姐回答道：‘你这个胆小鬼，去隔壁找弗莱明先生。’戴尔建议乔丹小姐此时不宜一个人待在屋子里，最好还是她自己去找弗莱明先生。

“她去的时候，正巧弗莱明先生准备出门。弗莱明先生和她一起回到了死者家中。他们看到戴尔从厨房出来，手里拿着一个拨火棍，于是三个人一起去了书房门口。戴尔敲了敲门。一分钟后，他们听到了声音，可以确信是从里面慢慢拉开门闩时产生的声响。陪审团的诸位，我之所以说是‘可以确信’，因为门闩确实在这个时候被拉开了，而拉开一个很紧的门闩确实是需要费一点功夫的。这点也由被告本人反复确认过了。

“被告将门打开了一条缝。在看到他们之后，他将门完全打开，然后说：‘好吧，你们最好都进来。’

“考虑到当时的情景，这样一句话在你们看来可能非常冷血，也可能算不上冷血。而当时的情景是什么样的呢？休谟先生的尸体就在窗户和桌子之间的地上，你们会在关于案发现场的描述里看到这个具体位置。一支箭笔直地插在他的胸口上。你们也会听到，当死者生前最后一次被目击和被告独处时，这支箭还挂在书房的墙上。这一点连被告本人都确认了。

“关于这支箭，我们将提供医学证据证明，它是以多大的力气刺进了被害人的身体，直指心脏，最终导致被害人当场死亡。

“你们会听到专家证人的证言，说明这支箭不可能是被射出的。也就是说，不可能有人用弓射箭。这支箭只能作为手持武器使用，如同刀一样。

“你们会听到警方证词，说在这支箭上（它被挂在墙上好些年了）覆盖着灰尘。箭上只有一处没有灰尘，而警方在这个位置采集到了清晰的指纹。

“最后，你们会了解到这些指纹都和站在被告席的被告吻合。

“现在，当被告为乔丹小姐、弗莱明先生和管家打开门之后发生了什么？根据他们的称述，房间里只有他和死者。弗莱明先生问他：‘这是谁干的？’被告回答说：‘我想你们会觉得是我干的。’弗莱明先生说：‘你杀了他，那我们最好找警察来处理。’接着，他们继续检查了整个房间，发现遮光板都从里面锁着，上下推拉的窗户也是。我们有责任向各位说明，在被谋杀的死者身边只有被告一个人，且整个房间在这种情况下无法出入。我们可以准确地说，没有任何地方能够让人进出，连一条裂缝或缺口都没有。在弗莱明先生搜查房间的时候，被告冷静地坐在椅子上（之后证人的证言会证明这一点）抽了一根烟。”

有人咳嗽了一声。

这声咳嗽有些不合时宜，因为每个人脸上的表情都很严肃。但这个声音引起了一阵骚动。我不知道大多数人对待上述发言有何看法。但是，这确实营造了一种气氛，一种不祥之兆。在我们后面，城市土地公司的位置上坐着两个女人。一个面容姣好，穿着豹纹大衣；另一个算不上丑但长相平平，贵气的脸上化着浓妆。坦白说，她们并没有转来转去，或是大笑，或刻意要让他人听到，只不过她们之间尖声的悄悄话被我们听到了而已。

那个穿着豹纹大衣的女人说：“你知道吗，我曾经在一个鸡尾酒会上碰到过他。我说，这也太刺激了吧？你想，三个星期后，他就要上绞刑架了。”

那个长相平平的人回答：“亲爱的，你觉得这很有趣吗？我真希望他们能给我们提供更舒适点的座位。”

沃尔特·斯托姆爵士向后靠在椅背上，胳膊展开架在靠背上，注视着陪审团。

“现在，各位陪审员，被告该如何解释这一切？他如何解释在休谟先生被杀之后，只有他一个人和死者在一起的事实呢？他如何解释武器上自己的指纹？他如何解释自己为什么带着手枪过去（这个事实之后会呈现给各位）？关于他对弗莱明、对戴尔，还有对在尸体被发现不久后赶来的斯宾塞·休谟医生不同说法的细节，各位会在之后听到。

“但是这些内容绝大部分都被包括在被告于一月五日十二点十五分向警察分局莫特拉姆督察所做的口供里。被告在莫特拉姆督察和雷伊警员的陪同下抵达多佛街，在那里，他自愿提供了供词，这就是我现在将要读给你们听的内容。他在供词里说：

“‘我完全出于个人自由意志同意提供此份供词，我完全理解我此时说的一切都会被书面记录，并可能在日后作为呈堂证供。

“‘我想证明自己是无罪的，我是绝对清白的。今天上午十点四十五分，我到达伦敦。死者知道我的行程，因为我的未婚妻在信里告诉过他，我会乘坐上午九点从苏塞克斯的弗洛伦德出发的火车。下午一点三十分，休谟先生给我打了电话，叫我当天晚上六点到他家去。他说他想解决一些关于他女儿的问题。我于六点十分到达他的住处。他非常友好地迎接了我。我们聊了几分钟射箭，然后我注意到墙上挂着三支箭。他说，这里任何一支箭都可以用来杀人。我开玩笑地回答，我来这里不是要杀人，除非情况必要。这时候，我确信门是没有上锁的，而我自己也没有随身携带任何武器。

“‘我告诉他我想娶休谟小姐，在此请求他的同意。他问我要不要喝一杯，我同意了。他倒了两杯威士忌苏打：一杯给我，一杯留给自己。然后他敬酒祝我健康，并说对于我和休谟小姐的婚事表示完全赞同。’”

沃尔特爵士抬起头来。他好像长久注视着陪审团。我们看不到他的正脸，但即使对着他背后的假发也仿佛被他的情绪感染。

“检方现在恳请在座的诸位牢记，死者请他到家里去是为了‘处理和自己女儿相关的一些问题’。至于这个说法从表面来看是否可信，或者说有可能性，还要取决于你们的判断。被告去了死者家里，进了房间之后，他们就开始谈论射箭。而休谟先生用极为友善的态度提到，这些箭有时候可以作为杀人凶器。你们可能觉得这种言论实在过于奇怪，不过它确实也为被告讲的那个谋杀笑话做了铺垫。你们可能还会觉得更为奇怪的是，死者在其他证人面前表露过对被告的那种态度之后，他居然还会举杯祝贺被告和自己女儿的婚事。但随后发生了什么呢？

“当我喝了差不多一半的威士忌苏打之后，我感到头晕，我知道自己正在失去意识。我想要说话，却发不出声音。我知道我这杯酒一定被下药了，我感到自己的身体向前倾倒。我记得的最后一件事情是休谟先生说：‘你发什么病？你疯了吗？’

“当我醒来的时候，我仍然坐在同一张椅子上。但我觉得自己之前从椅子上摔下来过。我感觉很不舒服。我看了看表，显示时间是六点半。然后我注意到休谟先生的双脚在桌子的另一侧。如你们所见，他躺在那里，死了。我尝试叫他起来。我没想到会发生这种事。我在房间里走了一圈，发现一支箭从墙上被取下来了。我试图开门，却发现它从里面锁上了。我也检查了窗户的遮板，发现它们也都上了锁。我突然意识到我可能有谋杀他的嫌疑，所以我立马去找休谟先生倒威士忌的杯子，但没有找到。酒柜里有装得满满的威士忌的酒瓶；苏打水瓶看起来也从来没用过。柜子里面有四个干净的杯子，然而我们明明已经用过两个了，我也不知道是怎么回事。

“没过多久，我又走过去检查那扇房门。这时候，我才注意到自己手上的灰尘，就像你后来提醒我的那样。我又转回去检查那支箭。就在这时，有人开始敲门。我意识到我也没办法做什么别的了，就过去开了门。那个被你称作弗莱明的大个子男人很快冲了进来，跟在他身后的仆人手里拿着一根拨火棍，而乔丹小姐还在门口站着。这就是我能告诉你的所有事。我从来没碰过那支箭。”

沃尔特爵士将那几张薄薄的打印纸翻过来放下的时候，响起了一阵窸窸窣窣的声音，随后这个声音传遍了法庭。

穿豹纹大衣的女人低声说：“怎么回事，他跟疯帽子[①] 一样疯了。”

长相平平的那个说：“你真以为是这样吗，亲爱的？你真是天真。我敢说，他就是希望陪审团这么想。”

“嘘！”

“陪审团的各位，”沃尔特爵士一边说着，一边做出宽容甚至十分困惑的手势，“对于这个供词以及接下来由证人及警察所提供的实物证据，我都不会发表个人评论。如何解释这些出奇的证词，或者被告或我这位博学的朋友将对此做出何种解读，都不是我所能说的。公诉方的结论是，当这个男人发现埃弗里·休谟先生愤怒、意外且决绝地反对自己宝贵的计划之后，和他发生了争执，并最终残忍地杀害了一位从未伤害过他的老人。

“最后，我想提醒各位注意的只有一点：各位要做的是判断公诉人展示的证据是否能够证明被告的谋杀罪名。这是你们艰难

①疯帽子（Mad Hat）：《爱丽丝梦游仙境》中的人物。

的任务，也是唯一的任务。如果你们认为公诉人的证据不足以证明他有罪，那么你们应毫不犹豫地履行你们的职责。我可以坦白地告诉你们，公诉方没有证据证明被告为何突然对被害人产生了敌意。但是，我要明确的是，这不是本案的重点。本案的重点是这种敌意对被告产生了何种影响。两个人之间存在敌意已是不争的事实，如果各位在寻找一连串事件的起点，那么我们也将此呈现了出来。所以，如果各位认为公诉方提供了足够的证据，那么被告性格的缺陷就不能成为他脱罪的奇怪理由。各位理应毫不犹豫地依法判处他极刑。”

第二章 请看五号照片

总检察长坐了下来，发出一阵飒飒的声音，一杯水从律师席的桌子下方递到了他的手上。这时，一位法庭工作人员坐直了身体。他刚才弓着背轻手轻脚地从陪审团前面走过来，生怕挡住了陪审团观察检察长的视线。亨特利·劳顿，沃尔特爵士手下的初级律师，站起来询问第一批证人。

前面两位证人都是政府官员，都很快完成了他们的证言。哈里·马丁·库伯作为官方摄影师，证实了一些拍摄的照片与案件相关。莱斯特·乔治·富兰克林，以威斯敏斯特自治区测量员的身份递交了关于格罗夫纳大街那栋房子的测量数据以及绘制的房屋详情图。这些材料的复印件被分发到了每一位陪审团成员手上。亨特利·劳顿举手投足都显得极其自负，这种傲慢仿佛都快从他的鼻尖冒出来了。他留住第二位证人做进一步询问。

“我认为一月五日，在莫特拉姆督察的要求下，你对位于格罗夫纳大街十二号的书房进行了检查，是这样吗？”

“是的。”

“除去门窗之外，你在房间内是否发现任何其他的入口或出口？换句话说，是否有任何密道？”

“没有。”

“所有墙壁都是一样的吗？”

对方沉默了。

小个子法官微微转过头来。

“律师是在问你，”兰金法官说道，“墙上是否有洞？”

他的声音平静而温柔，让人仿佛一下子清醒过来。突然间，你好像明白了某种常识的本质，使一切都只剩下最核心的部分。你也感觉到自己掌握了主动权，差不多整个法庭的人都有这种感觉。法官坐在他高高的椅子边上，头一直转向证人的方向，直到他说：“洞？法官大人，没有什么洞。”随后他朝着劳顿先生好奇地眨了眨眼。兰金法官继续移动自己胖手上的笔在笔记本上写着些什么。

“那么有没有，” 检察官公式化地继续追问道，“能够让一支箭通过的裂缝呢？”

“没有，先生。没有这种东西。”

“谢谢你。”

辩护人没有交叉询问[①] 证人。H.M. 只是摇了摇头，耸了耸穿着法袍的肩膀。他仍然一动不动地坐着，只希望他没有像平常那样恶狠狠地盯着陪审团。

“传阿米莉亚·乔丹上庭。”

他们把乔丹小姐带到了证人席。证人席位于陪审席和法官席之间的直角上，是一个有顶的狭窄隔间。她平时想必相当镇定，也很能干。但是她在登上证人席的楼梯时绊了一下，宣誓的

①在英美法系中，在开庭审理询问证人时，先由提供证人的一方对证人进行直接询问，然后由对方当事人或律师进行询问，此过程称之为交叉询问。交叉询问的目的在于驳斥证人的证言，降低其可信度或者让对方证人承认对己方有利的证言。交叉询问后，提供证人一方可以对证人再次询问。需要注意的是，在询问己方证人时，不得对己方证人提出带有诱导性质的问题，而在交叉询问的阶段，这样的提问方式则是被允许的。

时候，整个人也紧张到了极致。是因为绊了一跤所以紧张，还是因为紧张才绊了一跤，我们无从知晓。但是她因此涨红了脸，而且看得出她显然身体不适。阿米莉亚·乔丹年纪在四十岁出头或四十五六岁。她仍然非常漂亮，虽然生病使她比平日稍显逊色了一点。那副流线型的铬框眼镜丝毫没有减弱她的美，甚至让人意识不到眼镜的存在。她有一头干练的棕发和一双严肃的蓝色眼睛。她的穿着得到了我们身后两位女士的赞赏。我记得她穿了一身黑，戴一顶黑色的帽子，帽檐的起伏有点像棒球帽的帽舌。

"你的名字是弗洛拉·阿米莉亚·乔丹吗？"

"是的。"

她一边回答，一边很快清了清嗓子，仿佛在寻找适当的音量。她没有看位于她两侧的法官和陪审团，反倒目不转睛地盯着温柔的亨特利·劳顿。对方正使出浑身解数展现他的个人魅力。

"你是休谟先生的私人秘书，对吗？"

"是的，其实，也不是，我很久之前就不是他的秘书了。我的意思是，当他退休后就不再需要秘书了。实际上，我替他打理房子，这总比花钱雇个清洁工要好。"

"法官大人和陪审团都能理解。"律师诚心实意地说着。因为她最后几句话说得有点莽撞，劳顿的口气愈加温柔，"我想，你和休谟先生的关系并不简单吧？"

"不，不，我们没什么关系。我们——"

"我们都明白的，乔丹小姐。你和他在一起多长时间了？"

"十四年。"

"你对他的私事也很了解吗？"

"哦，是的，非常了解。"

对乔丹小姐第一阶段的询问，集中在展示及证明两封和玛丽·休谟订婚相关的信件。一封是玛丽写给她父亲的信，另一封是她父亲的回信。第一封信，乔丹小姐亲眼见过；第二封，她解释说，是在她的帮助下写成的。从这两封信中可以明显看出人物的性格。从玛丽·休谟的信来看，她个性冲动，反复无常，语无伦次。当你看到当天早晨《每日快报》上登载的玛丽的照片——一个眼距稍宽的金发女子，你也能想象到对方的性格大概就应该是这样。但她天性中又有相当实际的一面。埃弗里·休谟则显得友善且谨慎，遣词造句有些学究气。但是，有一个想法似乎让他高兴。"我深信当我说出我总有一天会抱上孙子的时候，我就没认为这件事要很多年后才能实现。"

(这个时候，站在被告席上的被告脸色变得像鬼魂一样苍白。)

"——我对一件事确信不疑，亲爱的女儿，我会把我在信托机构的所有钱都留给你将来的孩子；我也确信在你们的陪伴下，我将会快乐地度过余生。"

这时，传来一阵不安的咳嗽声。安斯维尔坐在被告席里，他的头微微向前，双手放在膝盖上。亨特利·劳顿继续询问阿米莉亚·乔丹。

"你是否记得休谟先生对订婚一事有没有什么特别的看法？"

"记得，他一直在说：'这真是一件大好事，我想不出任何比这更好的事了。'我总说：'但是你了解安斯维尔先生吗？'他说：'是的，他是个不错的年轻人，我认识他的母亲，她为人很可靠。'差不多都是这类的话。"

"换句话说，他认为这场婚事已经可以完全敲定了？"

"是的，我们都这么想。"

"我们？"

"医生和我，斯宾塞·休谟医生。至少我是这么认为的，我不敢担保别人也这么想。”

“那么，乔丹小姐，” 律师停顿了一下，“在十二月三十一日到一月四日之间，你是否注意到休谟先生的态度有什么改变？”

“是的，我注意到了。”

“你最早注意到有变化是什么时候？”

“星期六早上。他去世的那个星期六。”

“能否告诉我们你注意到了什么吗？”

在劳顿先生催眠般的口吻下，她现在冷静了下来。她声音很轻，但能让人听清楚。起先她手足无措，双手在证人席的围栏上搭上又放下，最后她终于下定决心般地握住了围栏。当她说起这封在她的帮助下写成的信的时候，她的双眼干涩；实际上，她正强忍着泪水。

“是这样的，” 她说了起来，“星期五的时候，斯宾塞·休谟医生和我早就安排好一起去苏塞克斯，与玛丽的朋友们共度周末。这其实是为了当面向玛丽表示祝贺。我们准备开车过去，但必须等到星期六傍晚才能出发，因为休谟医生在圣普雷德医院任职，要傍晚才能下班。星期五晚上，玛丽从苏塞克斯给他父亲打了一通电话，我借机告诉了她这件事。我必须告诉你们所有这些事，因为……”

律师温和地鼓励她继续说下去：“埃弗里·休谟先生也准备同你和医生一起去度周末吗？”

“没有，他去不了。他周日有事要处理，我猜是长老会账目之类的事，总之他去不了。但他嘱咐我们代他向大家问好，我们也准备去把玛丽接回来。”

“原来如此，那么乔丹小姐，等到星期六早上？”

“星期六早上的时候，”这位证人将一直盘踞在她脑子里的事全部倾诉了出来，“在早餐桌上放着一封来自玛丽的信。我认出了她的笔迹，所以我知道是她写的。我有点困惑她为什么会写这封信，因为昨天晚上她才跟她父亲通过电话。”

“那封信后来怎么样了？”

“我不知道。之后我们也找过，但是到处都找不到。”

“那就告诉我们，休谟先生说了或者做了什么？”

“他读完信后立刻站了起来，把信放进口袋里，然后走到窗前。”

“然后？”

“我说：‘出什么事了吗？’他回答：‘玛丽的未婚夫今天会来城里，想和我们见个面。’我说：‘噢，那我们就别去苏塞克斯了。’我的意思是，我们当然要和安斯维尔先生碰面并且招待他吃晚饭。他从窗口转过身来，说道：‘只管做好我吩咐你的事，你照计划去苏塞克斯。’”

“他说这话的时候语气如何？”

“非常冷淡敷衍，这意味着他遇到麻烦了。”

“原来如此，接下来又发生了什么？”

“然后，我说：‘但是你肯定要请他共进晚餐吧？’他看着我，过了一会儿说道：‘我们不会请他吃晚饭，或者去任何地方。’然后他就离开了房间。”

律师缓缓地向后靠在长椅上。被告席上的男人抬头瞄了一眼。

“那么，乔丹小姐，我听说星期六下午一点半左右，你曾路过客厅的门外？”

“是的。”

“然后，你听到休谟先生在客厅里打电话？”

“是的。”

“你是否往房间里看了看？”

“是的。我看见他坐在两扇窗子间的桌子前面，也就是放电话的位置。他背对着我。”

“你能否尽可能准确地复述一下，你听到他说的确切内容了吗？”

证人冷静地点了点头。“他说，‘根据我听说的，安斯维尔先生……”

“你能发誓你听到的是，‘根据我听说的……’”

“我发誓。”

“请继续。”

“根据我听到的，我想我们最好一起解决一下关于我女儿的问题。”

法官把他的小眼睛转向律师，用同样不紧不慢的语调说道：

“劳顿先生，你是否打算提出电话那头的人就是被告？”

“法官大人，请您允许我们传另一位证人出庭，他在大厅另一端的电话分机里偶然听到了双方的对话；他也愿意出庭做证，表明自己听到的是否是被告本人的声音。”

从前排长椅的左侧传来一阵响亮的清嗓子的声音。这个声音听起来有些不怀好意，带着一丝挑事的意味。H．M．站了起来，双手的指关节顶着桌子。他的假发不知为何从后面翘了起来，像扎了辫子一样。这是我们到法庭后第一次听到他说话。

“法官大人，”H．M．声音低沉地说道，“如果这能节省法庭审理时间的话，我们可以承认确实是被告本人在接电话。实际上，我们还想坚持这一点。”

说完他鞠了一躬，在法庭内一片疑惑的气氛中，他“扑通”

一声坐了下去。劳顿先生故作郑重地鞠了一躬，假惺惺的礼貌背后带着嘲讽。

“请继续，劳顿先生。”法官说道。

律师转向证人。“你刚才告诉我们，死者说：‘根据我听到的，安斯维尔先生，我想我们最好一起解决一下关于我女儿的问题。’他还说了别的吗？”

“他说：‘没错，我很感激。’然后等了一会儿，就好像在听对方说话一样。‘但是现在这样没法好好讨论。你能来我家一趟吗？’然后，‘今晚六点你有空吗？’”

“当他说这话的时候，语气如何？”

“非常冷淡且正式。”

“然后又发生了什么？”

“他轻轻地放好了听筒，然后对着电话看了一会儿，他说：‘我亲爱的安斯维尔，我会好好治治你，该死的。’”

停顿。

“他说这些话的时候又是什么语气呢？”

“和他之前的语气一样，只不过更心满意足。”

“你觉得他是在自言自语吗？换句话说，把他心里的想法大声说了出来？”

“是的。”

和大多数证人一样，当她被要求讲出事情的经过或者准确复述某句话时，她就显得相当防备。她似乎觉得自己说出口的每个字都可能会被挑出并用来攻击她。在那顶边缘像鸭舌帽的黑色帽子的阴影下，她有些黯淡的美貌和时尚感十足的眼镜都被遮掩了。如果真有所谓完全依附于男人的女人存在，那大概就是阿米莉亚·乔丹了。她的声音格外甜美，以至于当她说出“该死”这种相对温和的粗口时，都让人感觉不自然。

“你听到这些之后，又做了什么吗？”

“我马上离开了。” 她犹豫了一下，“我感到非常，怎么说，他对于安斯维尔的态度突然转变了，这让我相当惊讶。我不知道该怎么看待这件事，我也不想让他看到我。”

“谢谢你。”律师回应道，“‘根据我所听到的’，”劳顿低声重复了一遍，却把每个字词都说得很清楚，“你是不是觉得休谟先生听到了一些不利于被告的言论，才会让他突然改变了想法？”

这时，法官开口了，他的面部肌肉仿佛丝毫没有移动。

“劳顿先生，我不能允许你这么做。检方已经声明对于这一转变的原因无法确证。因此你也不能做出任何相关暗示。”

“请法官大人原谅，” 劳顿的口吻立马变得谦卑起来，“我向法官大人保证，这绝非我的本意。请让我重问一次。乔丹小姐，你认为休谟先生是那种反复无常的人吗？”

“不，完全不是。”

“他很讲理，做事很理智，对吗？”

“没错。”

“如果（我们假设）他在星期一时认为约翰·史密斯是一个睿智的人。到了周二，他不会忽然觉得对方完全是个白痴吧？除非他发现了什么正当的理由。对吧？”

法官温和的声音让法庭一片安静。

“劳顿先生，我必须再次提醒你，停止诱导证人。”

律师以绅士般的谦卑语调轻声说道：“遵照您的要求，”他继续问道，“现在，乔丹小姐，让我们回到一月四日的傍晚。当晚六点的时候，（就你所知）有几个人在这栋房子里？”

“有休谟先生，戴尔和我自己。”

“没有其他人住在那里了吗？”

“有的，还有休谟医生、一个厨子和一个女仆。但是厨子和女仆当天晚上休假。而我本应在六点一刻的时候开车到圣普雷德医院接休谟医生，因为我们计划从那里直接开车到苏塞克斯去——”

“好的，乔丹小姐。”律师打断道，让因为紧张而滔滔不绝的她冷静下来。“那么六点十分的时候，你在哪里？”

“我在楼上，收拾行李。休谟医生让我帮他把一些东西放到箱子里，因为他没时间专程从医院回来一趟。我也在收拾自己的旅行包……”

“好的，我们知道了。我听说在六点十分的时候，你听到前门的门铃响了？”

“是的。”

“然后你做了什么？”

“我从房间里跑了出来，站在楼梯旁边，靠着扶手往下看。”

“你看到被告走进来了吗？”

“是的。我从扶手下方的空隙中看了过去。”证人一边说着，一边红了脸。她补充道：“我想看看他长什么样。”

“人都天性好奇。你能描述一下当时发生了什么吗？”

“戴尔开了门。那个男人，”她迅速瞄了被告一眼，“走了进来。他说自己名叫安斯维尔。休谟先生正在等他。他把帽子掉在了地上。戴尔说帮他拿帽子和外套，他说他情愿穿着外套。”

“他情愿穿着外套，”律师缓缓地说道，“他当时的态度如何？”

“他的语气充满愤怒。”

“然后呢？”

“戴尔带他穿过门厅，转进了通向书房的走廊。他经过的时候抬头看了看我。然后他们进了书房，这就是我看到的全部。我上楼继续收拾行李了，也没想太多。”

“只要告诉我们你做了什么，乔丹小姐，那样就足够了。我们继续回到当天六点半之前的几分钟。当时你在哪里？”

“我穿好衣服戴上帽子，拿着行李到了楼下。戴尔按照先前的吩咐把车从蒙特大街的修车行开了回来，停在门口。我本以为他会来叫我，但是我下楼的时候，楼下一个人都没有。我走到书房门口，想要问问休谟先生，在我走之前还有没有什么临别的话或指示要说。”

“他没有什么‘临别的话’，乔丹小姐，”劳顿先生用异常冷酷的口气说道，“然后你做了什么？”

“我正要敲门的时候，听到里面有人说：‘起来，该死的。’”她说这些粗话的时候再次显得非常不自然。她显得相当难为情，就跟普通人要在公共场合说出这些话一样。

“还有别的吗？”

“是的，我记得还说了：‘从地板上起来，你说话啊。’”

“说话的声音很大吗？”

“相当大。”

“是被告本人的声音吗？”

“我现在知道这是他的声音。当时我并没有听出来。我不由自主地想到了那天早上我听到休谟先生说的话——”

“你尝试过开门吗？”

“是的，试了一下。”

“它是否从里面闩上了？”

“嗯，当时我没有想到是从里面闩上了。不过确实锁住了。”

“然后呢？”

“这时戴尔戴着帽子、穿着外套出现在走廊另一端。我朝他跑了过去，说道：‘他们在打架；他们要杀了对方；快去阻止他们。’他说：‘我去叫警察。’我说：‘ 你这个胆小鬼，去隔壁找弗莱明先生。’”

“当时你在干什么？”

“我就在那里晃来晃去，我想大概是这样。他不愿去，他说最好由我去找，以免我独自在这里的时候出什么状况。所以我就去了。”

“你很快就找到弗莱明先生了吗？”

“是的，他正巧从他家门口的台阶上下来。”

“他和你一起回屋子了吗？”

“是的，我们看到戴尔从走廊另一端走过来，手上拿着一根拨火棍。弗莱明先生问：‘发生了什么？’戴尔回答：‘里面非常安静。’”

“然后你们三个人一起去到了书房门口，对吧？”

“是的，戴尔敲了敲门。然后弗莱明先生更用力地敲了门。”

“然后呢？”

“然后，我们听到从里面传来了脚步声。然后有人开始移动门闩。”

“你确定当时门是闩上的，而且必须要把门闩移开吗？”

“是的，从声音听起来是这样。先是扳动了一会儿，你知道，然后拉开，最后门发出了一声闷响。”

“从敲门到门闩被打开，你觉得大概过了多长时间？”

“我也不知道。可能时间不是很长，但是感觉度秒如年。”

“一分钟，差不多吗？”

“大概吧。”

“请告诉陪审团接下来发生了什么。”

她没有看向陪审团，只是盯着自己抓着栏杆的双手。“门开了一条缝，有人从里面往外看。我认出是那个男人。然后他打开了门，说道：‘好吧，你们最好都进来。’弗莱明先生跑了进去，戴尔跟在他身后。”

“你也进入房间了吗？”

“没有，我留在了门口。”

“只需要说说你看到了什么。”

“我看到埃弗里躺在桌子旁边，仰面躺着，双脚朝着我的方向。”

“你见过这些照片吗？” 他指了指，“我认为你点头了，乔丹小姐？ 好的，谢谢。麻烦你把这些拿在手上。”

一个黄色的文件夹被递给了她。

“请看五号照片。他是那样躺着的吗？”

“是的，我想是的。”

“相信我，我相当……哦，你可以把它放下了。你当时距离尸体有多远？”

“我就在门口。他们说他死了。”

“谁说他死了？”

“我想是弗莱明先生。”

“你还记得被告说了什么吗？”

“我记得开头的部分。弗莱明先生问他是谁干的，被告说：‘我想你们会认为是我干的。’ 弗莱明先生说：‘你杀了他，那我们最好找警察来处理。’ 我看到的情形都记得相当清楚，但是我不太记得我听到了些什么。我当时感觉不太舒服。”

“被告当时的精神状态如何？”

“非常冷静且镇定，我认为如此，只不过他的领带搭在外套外面。”

“当弗莱明先生说要去叫警察的时候，被告做了什么？”

“他在桌子旁的椅子上坐了下来，从衣服的内袋里掏出一个烟盒，然后从里面拿了烟点上。”

亨特利·劳顿先生用指尖顶着桌子，沉默了一会儿，然后俯身去和他的上级商量。但是我觉得这不过是为了加深听众对此的印象。经过这番详尽的证言，就如同从水下起身，你能感觉到新鲜的空气进入肺里。在某个时刻，法庭里的每个人，除了法官，都忍不住望向被告。不过每个人都是鬼鬼祟祟地瞥了一眼，然后立马就把眼神收了回来。兰金法官稳稳地拿着笔，写完了整齐的笔记。这时他抬起头来，等待着。而证人现在一副已准备好要永远留在证人席上的样子。

亨特利·劳顿先生还剩下最后一击。法庭上传来一阵重新坐正的沙沙声。劳顿先生继续询问证人。

“我听说，乔丹小姐，在发现尸体后，你立马被派去开车到普雷德大街的圣普雷德医院，把斯宾塞·休谟医生接回来？”

“嗯，弗莱明先生抓着我的肩膀说，开车过去，尽快把他接回来。因为如果他正在做手术什么的，其他人是不会给他带话的。”

“关于那天晚上后来发生的事，你还有任何可以告诉我们的吗？”

“没有了。”

“是不是因为从医院回来之后，你就发了高烧，乃至一个月内都没办法离开自己的房间？”

“是的。”

律师用手拂了拂写着案情摘要的纸张。“乔丹小姐，我请求您再认真想想。还有没有任何你听到被告说过的话？任何内容都可以。当他坐在椅子上点烟的时候，他说什么了吗？”

“哦，我想他回应了某个人的问题或者说言论。”

“是什么问题？”

“有人说：‘你是石头做的吗？’”

“‘你是石头做的吗？’然后他怎么回答的呢？”

“他说：‘他在我的威士忌里面下了药，活该。’”

律师看了她一会儿，然后坐了下去。

亨利·梅里维尔爵士站起身来，为辩方交叉询问证人。

第三章　在那黑漆漆的小走廊

没人知道辩方会采取什么样的辩护策略：或许可以归咎于精神失常或者过失杀人。但是凭借对H.M.的了解，我不认为他会采取这种半吊子的策略。关于他的想法，在第一次的交叉询问中或许会有所暗示。

他庄重地站了起来，但是效果却大打折扣。因为他的法袍被什么东西钩住了，当然也可能是他自己绊住了。袍子撕裂的声音听上去很像有人刻意呸了一声，以至于一时之间我真以为他这么做了。他站直了身子。就算他法庭上的技巧生疏了，但这可是交叉询问。交叉询问的时候可以诱导提问，只要有理由，任何事都可以提出来，他惯常的那些粗鲁手段会变得最为致命。但是问题也在这里。这位女士已经赢得了包括陪审团在内所有人的同情，对她指手画脚可能并不明智。我们的担忧毫无必要。他回头恶狠狠地看了一眼自己撕裂的法袍，这时我们可以看到他宽鼻梁上的眼镜被拉了下来，但在这之后，他询问乔丹小姐的口气和亨特利·劳顿先生一样的温柔，只是转变得有点太过突然。他洪亮的声音使证人乃至整个法庭都安静下来。他的口气就像在说“坐下来，喝杯饮料，我们慢慢聊聊”。

“夫人，”H.M.随意地说道，“你认为休谟先生是听到了什么关于被告的坏话，才突然间改变了对他的看法吗？”

一阵安静。

“我不知道。”

“不过，” H.M.争辩道，“既然我博学的朋友提到了这个问题，那我们就来解决一下。如他所说，如果休谟先生改变了想法，一定是因为他从某人那里听到了什么，对吧？”

“我确实是这么想的。”

“好的，那么反过来说，如果他什么都没听到，他一定不会改变他的想法吧？”

“我想不会。是的，确实不会。”

“那么，夫人，” H.M.继续争辩道，“星期五傍晚，当他安排你和休谟医生第二天去苏塞克斯的时候，他看起来心情极好，对吗？”

“噢，是的。”

“那天晚上他出门了吗？”

“没有。”

“有人来访吗？”

“没有。”

“他有接到信件、电话或者任何形式的消息吗？”

“没有。噢，除了玛丽当晚打了通电话来。是我接的电话，还和她聊了一两分钟；然后他接了电话，但是我不知道他说了些什么。”

“第二天早餐的时候，他收到了几封信？”

“只有一封，是玛丽的笔迹。”

“嗯，所以如果他听说了什么不利于被告的言论，一定是从他女儿那里听到的吧？”

现场出现了一点骚动。沃尔特·斯托姆爵士像要起身，却又埋下头和亨特利·劳顿讨论着。

“嗯，我，我也不知道。我怎么会知道？”

“但是，确实是在读了那封信之后，他展现出了对被告强烈的敌意，是吧？”

“是的。”

“整件事似乎都是从那时开始的？”

“就我所看到的而言，我想是这样的。”

“好的。那么，夫人，假设我现在告诉你，在那封信里面除了提到被告要进城以外，其他的内容都和他毫无关系呢？”

证人推了一下她的眼镜。“我不知道我应该回答什么。”

“因为我可以告诉你，夫人。那封信就在这里，到了恰当的时机，我们也会出示它。所以，如果我告诉你，在这封信里面除了说被告要进城来这个事实之外，没有任何关于他的信息，你是否会改变对于休谟先生举止的想法呢？”

不等对方作答，H.M.就坐了下去。

他让整个法庭一片困惑。他没有反驳，或者尝试反驳证人陈述的任何一件事。但是他又让人感觉好像要发生什么事。我本以为劳顿先生会再次询问证人，没想到沃尔特·斯托姆爵士站了起来。

“传赫伯特·威廉·戴尔上庭。”

乔丹小姐离开证人席，戴尔一脸严肃地走了进去。一眼望去，他显然就是个很有说服力的称职证人，他确实也是。戴尔年近六旬，有一头剪得很短的灰色头发，举止沉稳得体。好像是为了在便服和工作服之间寻找平衡，他穿了黑色的短款大衣和条纹长裤，没戴翻领，只是普通的硬领搭配黑色领带。他看上去举止得体而有分寸。当他从陪审团和律师桌之间走过的时候，我注意到他向一个坐在桌子边上浅色头发的年轻男子既非鞠躬又非点头地稍微示意了一下。戴尔以清晰的声音宣誓。他站在那里，下巴微微上扬，双手自然垂在身侧。

沃尔特·斯托姆爵士声音沉稳，与亨特利·劳顿犀利的语调截然不同。

“你名叫赫伯特·威廉·戴尔，受雇于休谟先生已经五年半了，对吗？”

“是的，先生。”

“在此之前，据我了解，你受雇于森拉克勋爵长达十一年。在他过世时，还为你留了一笔遗产，作为你忠诚服侍的奖赏？”

“确实如此，先生。”

“一战时期，你在第十四米德尔塞克斯来复枪队服役，在一九一七年还因此获得特等军功章？”

“是的，先生。”

首先，他证实了乔丹小姐关于被告那通电话的证词。他解释说，在走廊靠里的楼梯下方有一台电话分机。他奉命给比利牛斯车行打电话，询问休谟先生汽车的维修情况，以确认这辆车当晚能用。大概一点半的时候，他拿起电话，听到死者在另一头说话。死者要求接线员将电话转到丽晶酒店〇〇五五，并要求和被告通话。戴尔分辨出是被告的声音接了电话：“是我。”确认电话已经接通之后，戴尔放好话筒，朝客厅走去。在经过客厅门口时，他听到了前一个证人描述的对话，也听到了那不太吉利的自言自语。

“休谟先生再提到这件事是什么时候？”

“几乎是一打完电话。我走进客厅，他说：‘今天晚上六点有人来。他可能会惹出麻烦，因为他不值得信赖。'"

"对此你说了什么？"

"我说：'好的，先生。'"

"你再次听到这件事又是什么时候？"

"差不多五点十五分，或者再稍晚几分钟。休谟先生把我叫进了书房。"

"请形容一下当时发生了什么。"

"他坐在桌子旁，面前放着棋盘和棋子，正在思考残局。他头也没抬，吩咐我去关好并锁上窗户的遮板。我当时一定不由自主地表现出了惊讶。他移动了棋盘上的一个棋子，回答道：'照我说的做，你认为我想让弗莱明看见那个蠢货在我家捣乱吗？'"

"他习惯于向你解释自己指令的原因吗？"

"从来没有过，先生。"证人断然回答道。

"据我所知，兰多夫·弗莱明先生家餐厅的窗户正对着你们书房的窗户，在两栋房子中间只隔着一条铺砌的小路。"

"没错。"

总检察长做了个手势。在证人席下方，两件奇特证据中的第一件被展示了出来：两副钢质的遮板，固定在一个上下推拉式的假窗框上。这个证物引起了一阵兴奋的低语。两副遮板是法式风格，如同两扇小小的折叠门，只是上面既没有缝隙，也没有开口，一根带把手的铁棒横在中间。这两件证物被举起来，以便证人和陪审团查看。

"这就是，"沃尔特·斯托姆爵士平静地继续说道，"从图上A处的窗户上取下的那两副遮板。最初由丹特父子公司的丹特先生安装在窗户上。然后在他本人的指导下，由莫特拉姆督察将它们再次组装好。你能告诉我这是否就是星期六晚上你上锁的遮板中的其中一副呢？”

戴尔仔细观察着证物。

“是的，先生，正是那副遮板。”

“能请你当场像在星期六傍晚时一样锁上这些遮板吗？”

那根铁棍有点不灵活，在卡进锁孔的时候发出一声巨响，在这间如同教室的法庭里引起了巨大反响。戴尔拍了拍手上的灰尘。那根铁棍插好之后，锁上的不止一扇窗。在我们身后穿豹纹大衣的女子聊天似的低声说：

“我说，当他们打开绞刑架暗门的时候，也要拉开插销，对吧？”

戴尔满意地把铁棍拉回原位，再次拍掉手上的灰尘。

“据我所知，在这些遮板外面，”总检察长继续说，“还有两扇上下推拉式的窗户？”

“是的。”

“这些窗户是否也从里面上锁了？”

“是的，先生。”

“很好。现在请你告诉法官大人和陪审团，在你锁上遮板之后发生了什么？”

“我绕着房间走了一圈，检查一切是否都井然有序。”

“这个时候，你是否看到始终挂在壁炉上方墙壁上的那三支箭？”

“我看到了。”

“当时死者是否跟你说了什么？”

“是的，先生。他仍然盯着棋盘没有抬头，并问我是否备足了酒水。我看到柜子里有一整瓶威士忌，一瓶苏打水和四个杯子。”

“请看这个玻璃酒瓶，告诉我这个是否和你在星期六晚上五点一刻时，在柜子里看到的一样？”

“是同一个，”证人回答道，“这是我买的，按照休谟先生的吩咐，从摄政街的哈特利商店买来的。我认为这是一个非常昂贵的雕花玻璃酒瓶。”

“这时他还说了什么吗？”

“他说自己在等弗莱明先生晚上来和他下象棋。当弗莱明先生来的时候，酒水一定要准备充足。我感觉他只是随口开了个玩笑。”

“在六点十分的时候，你从前门把被告领了进来？”

戴尔的证词和前一位证人相符。但是接下来的证词就相当致命。

“我把被告带到休谟先生的书房。他们没有握手。休谟先生对我说：‘没你什么事了，你走吧；去看看车有没有准备好。’我走了出去，并关上门。那个时候，休谟先生坐在桌子后面，被告坐在桌子前面的椅子上。我不记得在我出门之后有听到任何人闩上门的声音。当时我没有特别警惕，但是觉得有些不对劲。最后我走了回去，想听一下里面的情况。”

在我看来，这些证言在法庭上是最有力的。我们仿佛亲眼看到戴尔站在门外那条黑漆漆的小走廊里。他解释说，即使在白天，这条走廊也照不进什么光线。在走廊的一端是一扇门，门外就是连接这栋房子和弗莱明先生房子的那条砖块铺就的小路。这扇门上原本镶了一块玻璃，但是休谟先生注重隐私，在六个月前，让戴尔把这块玻璃换成了实心材料。到了晚上，就只有大厅里面的光线能照进来。把戴尔的证言总结成个人陈述的格式，差不多是这样：

“我听到被告说：‘我来这里不是要杀人，除非情况必要。’我没听清休谟先生说了什么，因为他平时说话音调很低，这时，他的声音变得非常尖锐，但我没听懂他说的哪个词。最后，他突然说道：‘你发什么病？你疯了吗？’然后我听到一阵声响，我认为像有人在拖着脚走路。我敲了敲门，询问是否出事了。休谟先生大声回应让我走开。他说他自己能处理。他的声音听上去有些上气不接下气。

“但因为他吩咐我去取车，我就去了。我不得不去，不然我可能会被辞退。我穿戴好衣帽，随后去了比利牛斯车行。走过去也就三四分钟时间。他们还没完全修好车，并声称他们之前告诉过我们可能需要比预期时间更久一点。之后我尽力往回赶，但因为有雾，我没法开得太快。等我回来的时候，那个落地座钟显示已经六点三十二分了。

“我在通往书房的走廊碰到了乔丹小姐。她说，他们打起来了，让我去阻止他们。大厅里不太亮堂。乔丹小姐还被斯宾塞·休谟医生的皮箱绊了一下；我说去找警察来更为明智的时候，她踢了我一脚。我想她当时哭了。

“然后她在我的建议下去找弗莱明先生，而我找来了一根拨火棍。我们三个人一起走到门口。在我们敲门后过了差不多一分钟，被告打开了门。毫无疑问，在这之前，这扇门绝对是从里面闩上的。

“当被告说：‘好吧，你们最好都进来。’弗莱明先生和我走了进去。我立马走到休谟先生旁边，他如同那张照片里的姿势一样躺着。你展示给我看的这支箭插在他的胸前。我没伸手去摸他的心跳，因为我不想弄得满手是血。但是我试了试他的脉搏，他已经死了。

“没人躲在房间里。我立马去检查遮板，还叫弗莱明先生也来看。因为即使在那个时候，我也没办法把这种事和被告联系在一起，据我所知，他是一位绅士。所有的遮板都闩上了，而后面的窗户也从里面上了锁。”

另一双眼睛，另一次观察。总检察长在引导他去证实乔丹小姐的证词。

“那么，戴尔，当提到去找警察过来的时候，被告说了什么吗？”

“他说：‘是的，我想我们最好把这件事了结。’”

“你对此发表了什么看法吗？”

“是的，先生。我知道我不该开口，但是我忍不住。他坐在那把椅子上，一条腿跨过椅子的扶手，就好像椅子属于他一样，然后点了一根烟。我说：‘你是石头做的吗？’”

“他是怎么回应的呢？”

“他答道：‘他在我的威士忌里面下了药，活该。’”

“对此你是怎么理解的？”

“我没懂他的意思，先生。我看着柜子说：‘什么威士忌？’”他用手里的香烟指着我说：“现在听着，当我进来的时候，他给了我一杯威士忌苏打。里面加了东西，下了药。这杯酒让我昏了过去，然后有人进来杀了他。有人陷害我，你知道的。”

“你走过去检查柜子了吗？”

证人第一次把他的手放到了证人席的栏杆上。

“我去了。装威士忌的玻璃瓶还是和我离开的时候一样满；装苏打水的水瓶也是满满的——虹吸管的管嘴上还绑着小纸条；玻璃杯看上去也从未被使用过。”

“被告当时有没有任何症状或者表现让你觉得他可能受到了

药物的影响？”

戴尔皱起了眉头。

“嗯，先生，这点我说不上来。”他的目光很坦率。他违反了规则，但立马纠正了。他接下来的话如同往詹姆斯·安斯维尔的绞刑架上钉入了一根长钉。“但是，”戴尔说道，“我听你们的法医说被告没有摄入过任何药物。”

第四章　要么有一扇窗，要么没有

一点刚过，法庭到了午餐时间，宣布休庭。伊芙琳和我一脸沮丧地下了楼。“老贝利”人潮拥挤，充斥着从大理石和瓷砖间传递的脚步回声。我们在楼梯口时，挤进一群人中间，向着中庭走去。

我说出了我们共同的想法。“我不知道为什么我们打心眼里偏袒着他，可能是因为H.M.在为他辩护，不然就是因为他看起来完全是个好人。事实上，他看起来就是那种会在你急需钱的时候，立马借给你十镑的人；或者当你遇到困难的时候，会在身边支持你的人。但问题是，一旦站上被告席，每个人都看起来有罪。如果他们表现得很平静，这就不太妙；如果他们有些失控，那就更糟。这可能是源自我们这个国家根深蒂固的偏见，那就是——如果他们是清白的，那就几乎不可能站在被告席上。”

“嗯，”我的妻子说道，她的脸上专注的表情预示着她有些疯狂的想法。“我在想……”

“不太理智的想法。”

“是的，我知道。但是你知道吗，肯，当他们不断抛出那些证据的时候，我一直在想，没有人会像他这么疯狂，除非他是清白的；但是接着他们又说他完全没有服用安眠药的迹象。如果他们真能拿出医学方面的证据的话，那么，H.M. 还是得尽力去证明他精神失常了。”

H.M. 想要证明什么还不太明朗。他对戴尔的交叉询问异常冗长且枯燥，主要证明了凶案当天从早上九点开始，休谟就想跟安斯维尔通电话。H.M. 提出了很好的一点，与那支被用来犯案的箭矢有关。但即使关于这一点，他的想法也让人捉摸不透。他提醒所有人注意那根箭矢上的蓝色羽毛有一半破损了。在凶案发生前，戴尔看到还在墙上的箭矢时，这根羽毛是否完好无损？哦，是完好的。确定吗？确定。但是当他们发现尸体的时候，有半片羽毛消失了？是的。他们是否在房间内发现了另外半片羽毛？没有，他们到处都仔仔细细地找过了，并没有找到。

H.M. 最后一击的目的更加让人琢磨不透。那三支箭是不是平贴挂在墙上？不全是，戴尔回答道。组成三角形上方的两支箭平贴着墙，但是作为底边的那支箭横跨另外两支，在铁钉上向外凸出了四分之一英寸左右。

“所有这些问题，”伊芙琳评论道，“H.M. 询问的口吻温顺得像绵羊一样。我告诉你，肯，这不寻常。他一直在讨好那个管家，就跟他是己方证人一样。我说，你觉得我们能见到 H.M. 吗？”

“大概不能。他应该在律师协会的餐厅吃午饭。”

这个时候，有人一下子吸引了我们的注意力。我们不知道这人是谁（他到底是法庭相关人员还是某个急于透露信息的局外人），就跟魔术师马斯基林的幻术表演一样，一个矮小的男人从人群中钻了出来，拍了拍我的肩膀。

“想见见这个大官司里面的两个重要人物吗？”他低声问我，“就在你前面！右边的是斯宾塞·休谟医生，左边的是雷金纳德·安斯维尔，被告的堂兄。他们就跟我们站在一块儿，现在他们要一起下楼了。嘘！”

然后他把头缩了回去。因为大理石楼梯上聚集的人流影响，他提到的两个人不得不并肩前行。三月阴冷的阳光洒下来，并未使他们增色。休谟医生中等身高，桶状身材，一头开始逐渐变灰的黑发整整齐齐地分梳在他的圆脑袋上，看起来像个车轮。他侧过头来瞥了一眼，我们看到他饱含自信的鼻子和噘起的严肃嘴巴。他拿着一顶不太协调的大礼帽，一直小心翼翼地避免它被压扁。

我认出他的同伴就是那个我先前看到的坐在律师席的年轻男子，戴尔还特意跟他打过招呼。他长相出众：神情精干，身材健硕，下巴棱角分明。裁缝为他定制的衣服也很合身，而现在他正漫不经心地用掌边敲着圆顶礼帽。

两人都扫了对方一眼，然后随着老贝利的人流一起下了楼梯。他们决定表现出自己注意到了对方。我疑惑他们之间的气氛会不会有些敌对，但是当他们开始对话的时候，两人都明显下定了决心。他们看似亲密，却又非常虚伪。

雷金纳德·安斯维尔使出了标准的葬礼上的口吻。

“玛丽感觉如何？”他用嘶哑的声音低声说道。

“恐怕相当糟糕。”医生一边说着，一边摇了摇头。

“那太糟了。”

“是啊，真是不幸。”

他们又下了一级台阶。

“我在庭上没看到她，”我看到雷金纳德动了动嘴角发出声音，“他们会让她出庭做证吗？”

“控方不会。”休谟医生用奇怪的语调答道。他转过头来，“我注意到他们也没传你出庭？”

“哦，没有，我和这件事没什么直接关联。辩方也不会传我。我帮不上他。我到那栋房子的时候，他已经，你知道的，晕过去了。可怜的吉姆。像他这样高大的人，我本以为会更坚强些。当然，他像个傻子一样疯了。”

“相信我，我很高兴能听到你这么说，”休谟医生嘀咕道，快速地回头看了一眼，“我本人非常愿意出庭做证，但是检方好像有些疑虑。他自己，你知道，他说，”他突然停下来，“你可不要生气啊？”

“不，哦，不会。我们家族本来就有疯狂的基因，你知道的。”

他们终于要下完楼梯了。

“也不是多严重，也就是拿好几代前的事说事罢了。不知道他现在在吃什么？”

医生开始卖弄自己的学识：“啊，那可不好说了。我猜‘他正独饮苦味的啤酒，黑人中士如是说’。”

“你他妈的，”另一个人低声问道，“为什么一定要提到军队？”

他们都停了下来。

“我亲爱的朋友，这只是个比喻。另外，我压根儿不知道你已经和军队没有关系了。”休谟医生关切地说道。他们停在中央大厅，头上的穹顶有褪色的壁画。休谟医生相当温和地说：“现在我们必须面对现实。这是件让人伤感的事。我自己也失去了一个兄弟，你知道。但是现实如此，世界还会照常运转，男人还得去工作，女人则流泪哀悼。大家都是这么说的。所以最理智的做法就是把这件令人不快的事从脑海里驱逐出去，尽快忘记它。嗯？再见，上尉。最好不要让人看到我和你握手了，在目前的情况下，这看上去不太妥当。”

说完他赶紧离开了。

他们吊死了丹尼·迪韦尔
你能听到这首送葬曲
军人们都已列队 他们踏着步子远去

这里有种让人不由得想要说教的氛围，就如同这些词句在我脑内闪现一样。然而这种情绪在H.M.的金发秘书罗丽波普出现时立马消散了，她的出现有点出人意料，却令人愉悦。她从人群中向我们挤了过来。伊芙琳正说着："看在上帝的分儿上，让我们赶紧出去——"她正巧停了下来，迷人的脸庞突然泛起红晕。

"上帝啊！"伊芙琳长舒了一口气。

"我是替H.M.来的，"罗丽波普的解释显得毫无必要，"他想要见你们。"

"他在哪里？他在做什么？"

"现在这个时候的话，"罗丽波普语气有些迟疑，"我猜他大概正在摔桌子板凳。我最后见到他的时候，他说他要这么干。但是等你们到那里的时候，我想他已经开始吃午餐了。请你们到米尔顿首酒馆，在齐普赛的伍德大街上，就在那边的转角处。"

H.M.知道各式各样的隐蔽餐厅，这源自他热衷于同三教九流的人打交道。每个人似乎都认识他，特别是那些名声不太好的人。米尔顿首酒馆藏在伍德大街边上一个小得出奇的巷子里。它那木质的小窗户看起来好像自从那次伦敦大火之后就再也没擦过。现在酒馆里火烧得很旺，以抵御三月的寒意。窗户上放着的塑料天竺葵让人不免更觉得春寒料峭。我们被带上楼，来到一个私人包间，H.M.的面前摆着一个巨大的锡酒杯和一盘羊排。他的领子里塞着餐巾，他咬羊排的方式让人不禁想起经典电影中塑造的亨利八世。

“啊。”H.M.睁开了一只眼。

我等待着，看他的情绪会如何发展。

“嗯，”H.M.稍带恶意地咕哝着，“我想你没打算让门一整天都开着吧？你想让我死于肺炎吗？”

“之前，”我说道，“你曾经在非常艰难的情况下翻盘。你觉得这次你还能脱身吗？”

H.M.放下羊排，睁大了双眼，原本毫无表情的脸上显露出一丝嘲弄的神色。

“嚯，”他说，“他们觉得已经打败我这个老家伙了，是吧？”

“也不见得，H.M.，这家伙有罪吗？”

“没有。”H.M.说。

“你能证明吗？”

“我不知道，小子。我会努力试试。最后的结果取决于他们会多大程度地认可我的证据。”

辩方并没什么优势。这位老人正在担忧，以至于都快写在脸上了。

“这个案子是谁委托给你的？”

他用手摸了摸他的大秃头，一脸嫌弃。“事务律师[①]？没有事务律师。你知道的，我是唯一相信他的人。我很喜欢瘸腿的

①按照当时法律规定，出庭律师必须接受事务律师的委托后才能到“老贝利”出庭。但是有两个例外：法律援助和被告直接委托。在法律援助的案件中，由法官为没有足够资金聘请律师的被告指定律师为其辩护。如果不存在法律援助的情况，那就要考虑“被告直接委托”或者“直接委托案件”。被告有权指定任何具有相关资格的律师到庭为其辩护。在安斯维尔的案件中，肯定不存在资金短缺的问题。但是因为安斯维尔拒绝接受除了H.M.之外任何人的帮助，使其从理论上成为“被告直接委托”。这个程序并不寻常，但是完全合法。被告直接委托的规定是中央刑事法庭维护其公正性的重要环节。任何律师，不论多知名，一旦被选中就必须出庭。作为一种义务，他必须尽全力为被告辩护。他的收费必须是不多不少的一英镑三先令六便士。

狗。”他带着歉意补充了一句。

一阵沉默。

“不过，如果你在等着看什么最后时刻，突然冒出来隐藏证人冲进法庭引发骚乱之类的事，那么请趁早打消这个念头。要在巴尔米·兰金的法庭上制造出混乱，跟在棋盘上一样不可能。所有的事最后都要清清楚楚摆在台面上，我也希望如此。安静地行动，你一步，我一步，就跟下棋一样。或者像打猎。你记得《约翰皮尔》里的那些句子：‘从发现到搜查，从搜查到猎物进入视野，在视线之下完成晨间狩猎。’”

“好吧，祝你好运。”

“你可以帮上忙。”H.M.突然嚷嚷道，想要一吐闷气。

“帮忙？”

“现在，闭嘴，该死！”在我能开口说话前，H.M.继续说下去，“我现在不是在跟你玩什么把戏，或是害你坐牢。我只需要你去帮我带个信儿给我的一个证人。这对你毫无害处。只是我自己不能去。而且因为我听到这个案子里面他们关于电话的事，我对打电话也有点戒备了。”

“哪个证人？”

“玛丽·休谟……你的汤上来了，吃吧，先不说了。”

食物相当棒。吃完之后，H.M.舒缓了紧绷的神经，心情（相对而言）很好的他又开始发起牢骚。脏兮兮的炉子里，火烧得很旺。H.M.脚放在炉火的围栏上，抽着一根大雪茄，皱着眉谈起这个话题。

“我不会和任何人讨论这个案子，”他说，“但是如果你们想知道的事和辩方知道的或者能查到的事无关的话，也就是说我——”

“好吧，”伊芙琳说，“你到底为什么一定要上庭来解决这件事？就是说，当然，如果你能够告诉警察——”

“不，”H.M.说，“这就是你不能问的问题之一。”

他吸了吸鼻子，双眼盯着炉火。

“好吧，”我试探地问道，“如果你认为安斯维尔不是凶手，那么对于真凶如何进出这个房间，你有什么解释吗？”

“天啊，小子，我当然要提出解释！不然你认为我要怎么辩护呢？”H.M.哀怨地问道。

“你是不是觉得我是那种什么解释都做不出，就一头栽进去的大傻瓜？我说，这还是件趣事。是那个女孩，玛丽·休谟本人给了我启发。我当时已经走进了死胡同。她是个好姑娘。我当时坐在那里想事情，一点头绪都没有。然后她说，吉姆·安斯维尔在牢里最恨的一样东西就是犹大之窗。你看，我突然就茅塞顿开了。”

“是吗？什么是犹大之窗？你不会要说那些钢质的遮板和上锁的门有什么机关吧？”

“不是。”

“那扇门呢？他们说门从里面被闩上了，门也很结实，所以这扇门不能也没办法从外面动手脚，他们说的是真的吗？”

“当然。他们说的都是真的。”

我们一起喝了口啤酒。“我不敢说这绝无可能，毕竟你以前也在绝境中反败为胜过。但是如果从技术角度无法逃脱的话——”

H.M.内心的嘲讽似乎正显露出来。

“不是的，小子，我的话就是字面意思。那扇门确实关得死死的，还被闩上了。窗户也关得死死的，牢牢上了锁。没有人对那个锁动过手脚。另外，你也听到了那个建筑师说这面墙上连一条缝隙或者一个老鼠洞都找不到，这也是真的。我想告诉你的不是别的，而是凶手是从犹大之窗进出的。”

伊芙琳和我对视了一眼。我们都知道H.M.并非故弄玄虚，而是确实有所发现，他正痴迷于在脑内翻来覆去地思索这些事。“犹大之窗”听起来有些邪恶。它暗示着许多意象，但又没有一个是清晰的。你仿佛看到了朦胧的人影正在窥探什么，但是仅此而已。

“但是见鬼了，”我说，“如果这些情况都属实，那么这是不可能的！要么有一扇窗，要么没有。除非，还是那句话，你的意思是这个房间的构造上有什么机关，但建筑师没能发现——”

“不，小子，这就是奇妙的地方了。这个房间和其他任何房间一样。你自己家的房间里也有一扇犹大之窗，这个房间也有，‘老贝利’的每一个法庭里也有。问题在于太少人注意到了。”

他费劲地站起身来，走到了窗边，皱着眉头看着外面杂乱的房顶，手上的雪茄仍然燃着。

“但是现在，”H.M.平静地继续说道，“我们有工作要做。肯，我希望你去格罗夫纳大街给玛丽·休谟带个话。只需要她回答是或否，然后立马回来。我希望你能听听下午的庭审，因为他们首先要让兰多夫·弗莱明上证人席，关于那些羽毛，我有很多非常有深意的问题要问他。实际上，如果你认真听了已有的证言和接下来将会出现的证言，你就能明白我想要怎么引导我的证人，以及这样做的理由何在。”

“还有什么指示吗？”

H.M.把雪茄从嘴里拿了下来，盯着它看了一会儿。“好的……那么，考虑到我不想让你惹上任何麻烦，没有别的事了。

你就说你受我指派，然后把我一会儿写给你的纸条交给玛丽·休谟。如果这位姑娘想谈谈案件，那么你就和她聊聊，反正你知道的事也有限。如果有其他人对你旁敲侧击，那就按你的想法随便讲吧。制造一点神秘不安的氛围没什么坏处。但是一定不要提到犹大之窗。”

我从他这里了解到的情况就只有这些。他叫人拿来了纸张和信封。他在桌子上写好纸条，然后装进信封封好。无论是问题还是真相，仿佛都浓缩在那四个字中：犹大之窗。下楼的时候，我突然间想到，这成千上万座房子，数百万个房间，都堆砌在伦敦这座兔子洞似的城市里。每座房子、每个房间都整整齐齐，透出来的灯光照亮了长长的街道。然而，每个房间都有一扇只有凶手才能看见的犹大之窗。

第五章　并非食人魔的洞穴

出租车司机把我送到格罗夫纳大街十二号门口时，颇有兴趣地盯着这栋房子。这栋房子是窄形的暗褐色建筑，最近很多这类房子的窗户上都已经挂上了“出租”的牌子。房子沿街而建，自带一个水泥地的小院子，四周都围着铁栅栏。左右两栋房子之间铺了一条小道以隔开。我上了台阶走到前门口，因为临近傍晚，一阵寒风吹进了格罗夫纳大街。前来应门的女仆很瘦小，还没等我开口，她就想要关门了。

“对不起，先生，您不能见休谟小姐，她生病——”

“能麻烦你告诉她，我是来替亨利 · 梅里维尔爵士送信的吗？”

女仆快步离开了，门也就这么半开着。她没有邀请我进去，但也没当着我的面关上门，于是我就走了进去。在门厅里，一座巨大的落地钟正对着你，仿佛空气都严肃了起来。这座钟走动的时候，不是嘀嗒声，而是带着一种沙沙的声响。左边拱门下的门帘飘动着，你可以看到女仆的身影。里面传来一阵轻微咳嗽的声音，然后雷金纳德 · 安斯维尔走了出来，来到了门厅。

此时我和他面对面，之前对他的印象也得到了印证。他有一个长下巴，长相忧郁而英俊，整体感觉偏暗色系，和他的一头金发并不相配。在他高斜的额头下方，双眼深陷，但眼神很直率。

虽然他很克制，却已经不像在“老贝利”的楼梯上看到的那副仿佛大限将至的谦卑模样，我想，他平时应该相当有魅力。

“你是亨利 · 梅里维尔爵士派来的？”他问道。

“是的。”

他压低了嗓音，言语显得有些激动。

“你看，老兄，休谟小姐身体不太舒服。我也正巧过来探望她。我是，怎么说，这家人的朋友，当然也是她的朋友。如果你有什么信件，不妨直接给我。”

“对不起，这封信是给休谟小姐的。”

他一脸好奇地看了我一会儿，然后大笑了起来。“天啊，你们律师真是疑心病太重了。我真的会把信给她，你知道的。这又不是什么食人魔的洞穴或者什么——”他停了下来。

“不过，我觉得最好还是能和她见面。”

在过道的后方传来一阵快步下楼的声音。玛丽 · 休谟看起来毫无病容。相反，她精神亢奋，表面上装出来的温顺让人一眼就能识破。报纸上的照片相当精准。她的蓝眼睛分得很开，鼻子短短的，下巴丰满。这些特点每一样都不算多美，但是在她的脸上却显得相当好看。一头中分的金发，在后颈的位置盘了个发髻，却一点也不显得凌乱。她穿着半丧服，戴着订婚戒指。

“我是不是听到你说 H.M. 有信给我？”她语调平静地问我。

“休谟小姐，是的。”

雷金纳德 · 安斯维尔开始在衣帽架上翻来找去。最后他的脸贴着手上帽子的边缘，露出一个迷人的微笑。

“好吧，我得走了，玛丽。”

“谢谢你做的一切。”她说。

“哦，那没什么，公平交易。”他开玩笑似的问道，“不过，都说定了吧？”

“你了解我的，雷。[①]”

在这番颇有深意的对话中，她始终保持着亲密且温顺的语气。当雷金纳德点了点头出去后，她小心地关上了前门，然后领我走进了左侧的房间。这是一个安静的客厅，一部电话放在两扇窗户之间的桌上，大理石的壁炉台下面，火烧得很旺。她接过信封，走到炉火旁边打开了蜡封。在读完那张纸条后，她小心翼翼地把它丢进了火中，她的头转来转去，确认纸条的每个角都烧着了。然后她转过头来看着我，双眼放光。

“告诉他是的，”她说，“是的，是的，是的。不，求你了，再等一会儿，先别走。今天上午，你也在法庭吗？”

“是的。”

“求你坐一会儿吧。抽根烟吧。在那边的盒子里。”她在壁炉围栏旁一个宽大的矮榻上坐了下来，一条腿盘在身下。炉火的光使得她的头发看上去更蓬松了。“告诉我，情况是不是——很糟？他表现得怎么样？”

这一次她不是在问 H.M.。我回答，他表现得很好。

“我知道他会的。你是站在他这边吗？请抽根烟，请抽一根吧，给你。”她催促着。我把烟盒递了过去，并为她点了一根烟。她的手很纤细，拿烟的双手微微有些颤抖。透过火柴的光，她抬头瞥了我一眼。“他们是不是证明了很多事？如果你是陪审员，你会怎么想？”

“并没有多少。除去开场陈词，只有两个证人出庭。因为两人的询问时间都拖得很长。乔丹小姐和戴尔——”

①雷为雷金纳德的简称。

“哦，那没事，”玛丽·休谟很直接地说道，“阿米莉亚并没有这么讨厌吉姆，只是因为她太过沉迷于爱情的青春幻想；如果她不是那样爱着我的父亲，她会更喜欢吉姆的。”

她迟疑了一下。

“我，我还没去过老贝利。告诉我，他们是怎么对待那些站在证人席上的人的？我的意思是，他们会不会对他们大声嚷嚷，就像电影里面那样，对他们又是怒骂又是咆哮的？”

“他们完全不会。休谟小姐，别这样胡思乱想！”

“这也不是太要紧，真的。”她侧过头去，看着壁炉里的火，整个人渐渐平静了下来。她对着火光呼出一大口烟，烟雾在空气中翻滚着飘了回来。她再次转过头来。“当着上帝的面，告诉我实情吧。他会没事的，对吗？”

“休谟小姐，你要相信 H.M. 会照顾好他。”

“我相信，真的。你知道，最早就是我去找 H.M. 的。那是一个月前，当时吉姆的事务律师拒绝接手这个案子，因为他觉得吉姆在撒谎。我，我当时真的没有故意隐瞒任何事。”她的解释有些令人费解，显然她以为我早就知道了。“只不过当时我还不知道，也没想到。起初，H.M. 说他帮不了我，大声地又吵又骂；我想我流了些眼泪。他又怒吼了一会儿，之后说他会接手这个案子。问题是，我手头的证据虽然能帮到吉姆，但是不足以使他完全摆脱目前的窘境。即使到了现在，我还是完全不知道 H.M. 打算怎么处理。”她顿了一下，“你呢？”

“没有任何人知道，”我承认道，“说实话，他这种沉默的态度意味着他一定有什么锦囊妙计。”

她比了个手势，“哦，我想也是。但是这种一无所知的状态让我感觉很难受。只是说一切都会没事的，这有什么用啊？”

她激动地说着话，从炉边的位置上站起身来，开始绕着房间踱步。她耸着肩，双手抱在胸前，仿佛自己正在挨冻。

“当我把知道的一切都告诉他后，”她继续说道，“似乎只有两件事让他产生了兴趣。而这两件事看起来都毫无意义。一件是关于什么‘犹大之窗’，”——然后她再次坐了下来——“另一件是关于斯宾塞叔叔最好的那件高尔夫球外套。”

“你叔叔的高尔夫球外套？那怎么了？”

“不见了。”玛丽·休谟说。

我眨了眨眼。她说这话似乎想要表达某些含义。我得到的指示是，如果她想要讨论案件，就和她讨论，但是现在我除了沉默以外，完全不知道该干什么。

“这件衣服本应挂在柜子里，但是却不见了。”女孩继续道，“我搞不明白一个印台和这件事会有什么关系，你呢？”

如果H.M.的辩护是建立在一扇犹大之窗、一件高尔夫球外套和一个印台上，我认为这真是相当奇怪的辩护了。

“嗯，那个印台就在那件外套的口袋里。弗莱明先生迫切想拿到它。我，我本以为你会知道点什么。实际上，那件外套和那个印台都不见了。哦，上帝啊，我不知道还有人在屋子里！”

最后几个词她说得太轻，以至于我都听不清楚。她站了起来，把烟头扔进了炉火中。突然之间，她摆出一副温柔的女主人的表情，对着客人的脸苍白得跟汤团一样。我回头一看，斯宾塞·休谟医生正走进来。

他脚步轻快但稳健，仿佛是要迎合现在的气氛。休谟医生的头发梳理得很整齐，当中的分界线至少有四分之一英寸宽，圆圆的脸上带着对家人的担忧和同情的神色。他那双分外凸起的双眼，和照片里他死去的哥哥相似；他毫无兴趣地扫了我一眼，然后仿佛打量起整个房间来。

“你好，亲爱的，”他轻声说道，“你有没有看到我的眼镜？”

“没有，叔叔。我确信你的眼镜没在这里。”

休谟医生捏着下巴，走过来看了看桌子，然后又看了看壁炉台，最后他还是没找到，只能踌躇地站着。然后，他带着询问的眼神看向了我。

“这是我的朋友，斯宾塞叔叔。名叫——”

“布莱克。”我说。

“你好，”休谟医生的语调刻板，“我似乎认得你的脸，布莱克先生。我们之前在哪里见过吗？”

“没错，你也看起来很面熟，医生。”

“可能是在今天早上的庭审。”他说。然后，他摇了摇头，别有深意地看着玛丽；现在已经完全无法从她的身上看到几分钟之前的那种活力。“事情挺糟的，布莱克先生。别耽误玛丽太长时间，好吗？”

她立刻回应：“庭审如何，斯宾塞叔叔？”

“和预想的一样顺利，亲爱的。不幸的是，”——我后来了解到他总是喜欢用充满希望的语句开头，然后再皱着眉头说，“不幸的是”——“不幸的是，我担心最后的判决仍然只存在一种可能性。当然，如果梅里维尔真的在行，他毫无疑问会准备一些医学证据来证明被告精神失常。不幸的是——天啊，没错！我现在记起来我在哪里见过你了，布莱克先生。在老贝利的大厅里，我想我看到你在和亨利爵士的秘书交谈。”

“亨利爵士和我相识多年，休谟医生。”我诚实地答道。

他看上去很感兴趣。“不过，你并没有参与这个案子？”

“没有。”

“嗯，好的。我能问问（就我们之间私下说说）你是怎么看待这起不幸的事件吗？”

“哦，他会被宣判无罪，毫无疑问。”

一阵沉默。只有火光照亮这个房间；天色暗了下来，开始刮起了风。我遵照指示“制造一点神秘不安的氛围”，最后效果如何不得而知。但是休谟医生不经意地从他的背心口袋里拿出一副绑着黑色缎带的眼镜，小心地架在鼻子上，然后看着我。

“你的意思是，虽然他确实有罪，但是会因为精神失常而被判无罪？”

“他精神正常且无罪。”

“但那太荒谬了。简直荒谬绝伦！那孩子绝对疯了。就单说他关于威士忌的证言——对不起，我想我不该谈论这件事。我想他们今天下午可能会传我出庭做证。对了，我一直以为证人会跟陪审团一样，在监视下被聚集到一起；现在我才知道，只有在一些案件中会采取这样的手段。考虑到这次的情况非常明朗，检察官不认为这个案件中有这个必要。”

“如果你是检方证人，斯宾塞叔叔，”那女孩说道，“他们会允许你说吉姆疯了吗？”

“可能不会，亲爱的；但是至少我会尽力去暗示这一点。毕竟我欠你这么多人情。”然后他再次意味深长地看着我，“现在的问题是，布莱克先生。对于你的态度，我很感激。我知道你想尽力安慰玛丽，希望她能在庭审过程中打起精神。但是给人虚假的希望是——该死的。先生，这是非常无情的。我就这么说了吧：无情，没有其他词汇可以形容。记住，玛丽，你可怜的老父亲躺在那里，被谋杀致死，入土安葬；这些事实才是你的支柱。”他停顿了一下，然后看了看表。“我必须要走了，”他轻快地补充道，“俗话说，‘时间不等人’。嗯，对了，玛丽，我是不是听到你在说些荒谬的事，关于我的棕色粗花呢外套，那件旧外套？”

她坐在炉火旁，双手环抱着膝盖。这时，她抬头看了一眼。

“那是件不错的外套，斯宾塞叔叔。花十二畿尼买的。你也想找回那件外套，不是吗？”

他忧心地凝视着她。“是这样的，玛丽，这就是一个典型的例子，人在经历丧亲之痛的时候，反倒会去关注那些最细枝末节的问题。我的天，亲爱的，你为什么如此在意那件外套？我告诉过你，我把它送到洗衣店去了。那之后，我自然没空去管那件旧高尔夫球外套，因为有那么多其他的事要考虑！我只是忘了去取，就我所知，它现在应该还在洗衣店里。”

“哦！”

“你明白的，对吧，亲爱的？”

“嗯，”她说，“你是连口袋里面的印台和橡皮章一起送到洗衣店了吗？还有那双土耳其拖鞋？”

虽然这话说得不太明白，却也没有故意要去刁难谁的意味。但是休谟医生取下了眼镜，放回了口袋里。就在这时，我注意到门口的门帘动了一下，有人正向里张望。光线不够强，不能完全看清楚他的脸——似乎是个瘦削的男人，一头白发，面部没有明显特征。但是他的一只手好像在拧着门帘的一角。

“我想我真这么干了，亲爱的，”休谟医生的声音突然改变，就像那抓住门帘的手一样突然。但他仍然努力说得轻松些，“如果我是你，我就不会去忧心这件事。洗衣店里都是些老实人。哎呀，哎呀，我真得走了。嗯？哦，原谅我，这是特里加农医生，我的朋友。”

门口的男人把手放了下来，微微鞠了个躬。

“特里加农医生是精神病学专家，”他微笑着解释道，“好了，我真的必须要走了。再见，布莱克先生。别往玛丽的脑子里面灌输荒谬的想法，也别让她对你这么做。亲爱的，今天下午试着睡一会儿吧。晚上我会给你些药，让你忘记所有的烦恼。‘把忧虑的乱丝编织起来的睡眠’，莎士比亚是这么说过吧？没错，确实如此。再见。”

第六章　一片蓝色的羽毛

站在中央刑事法院一号法庭证人席上的男人，声音洪亮且自信。当我蹑手蹑脚进去的时候，他的话正说到一半。

“——所以，当然，我想到了那个印台。就像‘在医生到达前做好预防措施’一样，你知道的。只不过这次来的是警察。”

兰多夫·弗莱明先生留着硬硬的红色胡须，身材高大健壮，四十年前，即使在近卫军中也会相当引人注目。他也有近卫军似的举止，而且不带丝毫的窘迫感。随着天色转暗，橡木板后隐藏的灯光照在白色的穹顶上，有种戏剧的感觉。我在庭审开始几分钟后才溜进来，感觉这里与其说是剧场，不如说更像教堂。

伊芙琳怒视着我，有些激动地低声说道：“嘘。他刚证实了戴尔的所有证言，从发现尸体的过程到安斯维尔发誓自己喝了一杯被下药的威士忌，然而他们发现无论是威士忌还是苏打水都没有被动过。嘘！那个金发女郎怎么说？”

我示意她别说话，因为不少人已经回头看我们。而且证词中提到印台的事也吸引了我的注意力。兰多夫·弗莱明先生深吸一口气，挺起胸膛，饶有兴致地环顾整个法庭。他充沛的精力似乎也感染了律师。他宽广的面庞看上去有些饱经风霜，硬硬的红胡子布满松垂的下巴，眼睑上有皱纹，眼神非常锐利。你会觉得他仿佛戴着单片眼镜，或者他棕色的硬发上应该顶着个铜盔之类。在询问的间隙，会像老电影的卡顿一样暂停，他就会打量法官和律师，抬起头打量坐在旁听席里的人们。当他说话的时候，弗莱明的下颌像个牛蛙似的一鼓一鼓的。

亨特利·劳顿正在询问证人。

“弗莱明先生，请解释一下印台是怎么回事。”

“好的，是这样的。”证人回答，他收着下巴的样子仿佛在努力去闻自己黑白相间的外套纽扣孔里插着的鲜花。“当我们检查小柜子的时候，看到玻璃酒瓶和水瓶都是满的，我对被告说，‘能不能像个男人一样承认是你干的？看看那里的箭，’我说，‘你可以看到那上面的指纹印；那是你的指纹，是吗？’”

“他对此怎样回应？”

“他什么都没说。因此我想给他印个指纹。我是个很务实的人，一直都是；所以我立马就想到了这点。我对戴尔说，如果我们有印台，就是那种你可以把橡皮图章按在上面的东西，这样我们就能得到一组清晰的指纹。他说休谟医生最近刚好买了几个橡皮图章和一个印台，它们都放在楼上医生的某件外套里面。他记得这件事，是因为他本来准备把这些橡皮章拿出来，以免它们弄脏口袋，所以他提出自己上楼去拿。”

“我们明白了，弗莱明先生。最终你有没有拿到印台，然后给被告印指纹呢？”

这时，证人正伸着脖子讲得起劲，对于律师的打断似乎相当生气。

“没有，先生，我们没有拿到。事实上，不仅是那个印台。戴尔没能找到那件外套。可能是他记错了。不过他从桌子里翻出了一个旧的紫色印台。然后我们在一张纸上印了一组被告的指纹。”

“是这张纸吗？请把它展示给证人。”

“是的，就是这张。”

“被告对此是否表示反对？”

“是的，有一点。”

“他干了什么？”

“其实也没什么。”

“我再重复一遍，弗莱明先生，他干了什么？”

“真的没什么，”证人低声嘟哝着，“他趁我不注意，伸手推了我一下。我没站稳，然后就撞到墙上，摔了一跤。”

“推了一下，我明白了。当他这么做的时候，他的态度如何？很愤怒吗？”

“是的，他突然间暴怒了。我们一起把他的手臂按住，这才按上指纹。”

“他对你‘推了一下’，然后你‘摔了一跤’。换句话说，他的袭击又快又狠？”

“他趁我不注意。”

“请回答我提出的问题。他突然出手袭击，又快又狠。是这样吗？”

“是的，否则他不可能推倒我。”

“很好。那么，弗莱明先生，你是否检查了房间墙壁上八号照片拍摄的这个位置——也就是箭被取下来的地方？”

“是的，我仔细查看了。”

“这些小钉子，使得箭能被固定在墙上的这些钉子，是不是有被强行拉扯出来的痕迹，就好像这支箭被突然扯下来了？”

“是的，它们在地上掉得到处都是。”

律师看了一下他的摘要。在经历了这次询问中的小冲突后，弗莱明挺直肩膀，挑起眉毛，并把一只拳头放在证人席的栏杆上。他认真检视整个法庭，仿佛要向任何质疑他回答的人发起挑战；但他的前额已经有了些细小的皱纹。有一次，我记得他的眼神穿过了整个法庭，刚好和我四目相对。我当时就想，这样的情形下普通人都会这么想，“这家伙到底在想什么？”

或者，也是同样的情形下，你会思考被告到底在想什么。今天下午他看上去比上午更加焦躁不安。不论什么时候，只要被告在座位上稍微动一下，你都会明显注意到。在被告席上干了什么，就和在空旷的舞池里面跳舞一样引人注意。无论是晃一下身子，还是动一下手，都尽收眼底。他经常会扫视一下律师席，视线的方向似乎朝着那一脸凝重讥讽又全神贯注思考的雷金纳德·安斯维尔。被告的眼神看起来有些疯狂又忧心忡忡；他耸着宽大的肩膀。H.M.的秘书罗丽波普现在也坐在律师席上，戴着纸质的一次性袖口，正聚精会神地阅读一篇打印稿。

律师清了清嗓子，继续询问。

“弗莱明先生，你告诉过我们你是不少箭术协会的成员，很多年前就成了一名弓箭手？”

“没错。”

“所以你认为自己也算是这方面的专家？”

“是的，我有这个自信。”证人严肃地点头回应，喉咙又像牛蛙一样鼓动了起来。

“我希望你能看看这支箭，然后形容一下。”

弗莱明看上去有些困惑。“我不知道你想要我具体说点什么。这是一支标准的男子用箭：红松木质地，二十八英寸长，四分之一英寸厚，铁质箭头或者叫箭镞，垫着子弹木，扣弦处是牛角制成的……”他把手上的箭翻了过来。

“扣弦处，没错。能请你解释一下什么是扣弦处吗？”

“扣弦处就是箭尾这个小小的楔形牛角片。这里有一个V形槽口。你可以用这个把箭矢搭在弓弦上。就像这样。”

他一边说着，一边手臂向后方伸展，想做出示范，结果他的手反倒撞在了支撑证人席顶部的柱子上。对此他显得相当意外又非常恼怒。

“那支箭有可能是射出的吗？”

“不会。完全不可能。”

“你认为这是绝对不可能的？”

“当然不可能。另外，这个家伙的指纹印是唯一印在……”

“我必须请你不要预先提到其他证据，弗莱明先生。为什么这支箭不可能是射出的呢？”

“请看这个扣弦处，它已经如此扭曲，绝不可能还能把箭搭到弦上。”

“当你第一次看到这支箭插在死者身体里的时候，它的扣弦处就已经是这个状态了吗？”

“是的，当时就是。”

“能请你把这个证物传给陪审团查看吗？谢谢。现在已经证实这支箭不可能是射出的：你告诉过我们，你在这支箭表面的灰尘上看到你认为是指纹的痕迹。那么除此之外，在任何地方，你还有看到其他任何痕迹吗？”

“没有。”

“我问完了。”

他坐了下来。陪审团仍在传看这支箭，H.M.发出一阵长长的、清嗓子的咕噜声后，站了起来。世上的声音有千万种，但是这个声音意味着战斗即将开始。好多人都被震住了，因为罗丽波普静静地做了个相当明确的警告手势，然后不知为何，她把刚才聚精会神阅读的打印稿举了起来。麻烦如同风一样明显地吹拂了进来，然而 H.M. 的开场白却是相当温和。

“你告诉过我们在那个星期六晚上你本来要去隔壁和死者下棋。”

“是的。”弗莱明用恶狠狠的口吻补充道，“那又怎样？”

“死者是什么时候和你约定时间的？”

“那天下午三点左右。”

“嗯。你们约在晚上几点？”

“他让我大概六点四十五分过来，我们可以一起吃点冷盘当晚餐，因为屋子里的其他人都出门了。”

“当乔丹小姐跑过来找你，你告诉我们你当时正准备去赴约？”

“没错，我出发早了一点。毕竟早到总比迟到好。”

“嗯嗯。现在看一眼，嗯，再来看看那支箭。看这三根羽毛。我想我这样陈述应该是正确的：它们被固定在这支箭杆的边缘，距离扣弦处一英寸，每根羽毛都是约两英寸半长？”

“是的。箭羽的大小各异，但是休谟喜欢最大的那种。”

“你看中间这根羽毛近一半的部分被完全扯掉了。当你发现尸体的时候，它是否就是这样？”

弗莱明疑惑地看着他，红色的胡须后显露出戒备的神色。

“是的，当时就是这样。”

“你有听到戴尔的证言说，在被告六点十分进入书房的时候，所有的羽毛都是完好无损的吗？”

“我听到了。”

“好的，我们也都听到了。也就是说，这根羽毛一定是从那时起到尸体被发现这段时间内被弄坏的？”

“是的。”

“如果被告把箭从墙上扯下来，握着这根箭杆的中间位置，然后袭击了休谟，那么你认为这片羽毛是怎么被扯掉的呢？”

“我不知道，大概是在打斗中扯掉的吧。休谟发现对方袭击自己时，伸手去抓了箭——”

“他抓到了箭尾，也就是和袭击他的箭头完全相反的方向？”

“他可能抓到了。或者也有可能在箭从墙上被扯下来的时候，羽毛被那些钉子扯坏了。”

“这就是另一种说法了。这片羽毛是在争斗中，或是当箭从墙上扯下来的时候被扯下来的。嗯。无论是哪个说法，这片羽毛现在在哪里呢？你在搜索房间的时候找到了吗？”

“不，我没有；但是这么一小片羽毛——”

“我提醒你一下，这‘一小片羽毛’可是有一又四分之一英寸长、一英寸宽，比半克朗铜币大多了。如果有半克朗铜币在地板上，你一定能注意到，对吧？”

“是的，但这并不是半克朗铜币。”

“我已经说了，这比铜币还要大得多。而且它还被染成了亮蓝色，不是吗？”

“我想是的。”

“房间里的地毯是什么颜色？”

“我不敢保证我的记忆是正确的。”

“那我可以告诉你，是浅棕色。你同意这个说法吗？好的。那么你是否也同意房间内几乎没有什么家具？嗯。但即使你认真搜查了那个房间，仍然没有找到那片消失的羽毛？”

在此之前，证人似乎对他自己展现的智慧相当得意，不仅刻意显摆自己的知识，在询问的间隙还故意扬扬他的胡子。而现在，他开始不耐烦了。

“我怎么会知道？可能在哪里被遮住了；可能还在那里。你为什么不去问问那个督察？”

“我会问的。现在我们来谈谈你了解的箭术知识，比如箭尾的三根羽毛。它们有任何实用价值吗？或者说它们只有装饰作用？”

弗莱明看起来相当吃惊。“它们当然有用。你可以看到它们是等距装设，与箭的前进方向平行。羽毛自身的曲线使得箭在空气中旋转运动，咻咻，就像那样，像来复枪的子弹。”

“是不是总有一根羽毛的颜色和其他的不一样，比如这根！”

“是的，这根是标羽；它告诉你应该把箭搭到弦上的哪个位置。”

“当你买入这些箭的时候，”H.M.继续说道，声调低沉且梦幻，其余人全都注视着他，“这些羽毛是已经组装好的，还是需要你自己装上去？”

“一般来说，按规矩都是组装好的。但是有些人喜欢自己装上他们偏好的羽毛样式。”

“我猜死者就是这种人，是吗？”

“是的。我不清楚你是怎么知道的；但是他确实喜欢不寻常的款式。大部分箭羽都是火鸡羽毛。休谟偏好鹅毛，还要自己组装。我猜他是崇尚灰色鹅毛的古老传统。这些都是鹅毛。一般由打零工的老桑克思帮他全部装好。”

“还有这个小东西：你叫它标羽。休谟用了一种他自己发明的特殊染料，为这种标羽上色，我这个说法是对的吗？”

“没错，是这样的。在他的工作室——”

“他的工作室！”H.M.兴奋地说道，“他的工作室！那么这个工作室在哪里？把屋子的平面图拿过来给我们指一下。”

陪审团传来一阵展开和抚平平面图的声响。有些听众也在座位上微微动了动身子，疑惑着这个老头在他那不体面的法袍袖子里面藏了什么秘密。兰多夫·弗莱明把毛乎乎的红色手指放在平面图上，然后抬起头来，皱着眉头。

“在这里。在后院一间单独的小屋里，离主屋大概二十码的距离。我想这间屋子本意是作为温室；但是休谟对那一类的事没什么兴趣。它的一部分由玻璃构成。”

H.M.点了点头。“死者在那里存放了什么东西？”

“他的射箭装备。弓、弦、箭、弓箭手套，这一类的东西。那个打零工的也在那里给羽毛上色。”

“还有别的吗？”

“如果你想要完整的清单，”证人回应道，“我这就告诉你。护臂，弓箭腰带，清洁箭头的毛穗，一两个给弓箭手套上油的油壶；当然，还有一些工具。休谟手很巧。”

“没有别的了吗？”

“我不记得还有什么了。”

“你现在对此非常确信吗？”

证人轻蔑地哼了一声。

“那么，现在，你已经做证说那支箭不可能是射出来的。但我要提醒你，这份证言还有些歧义。你会同意说那支箭可能是被投射过去的吗？”

“我没明白你什么意思。这有什么不同吗？”

“有什么不同？这么说吧，你看这个墨水台。如果我现在把它扔向你，它并不是用弓射出来的，但是你绝对同意它是被投射的。对吧？”

“是的。”

“没错。那么你也可以拿那支箭，然后向我投射过来吧？”

“我可以！”证人回答道。

他的语气仿佛在说：“天啊，我还真想这么干。”他们两人的声音都非常有力，而且声音都越来越大。这个时候，总检察长沃尔特·斯托姆爵士清着嗓子站了起来。

“法官大人，”沃尔特爵士的嗓音浑厚而平静，可以与大主教相匹敌，“我本不想打断我这位博学的朋友。但是我不得不问问，我这位博学的朋友是否在暗示这支近三盎司重的箭可以投掷过去，然后刺穿人体八英寸之深？我只能认为我这位博学的朋友是不是把箭和长矛搞混了，甚至是把箭当成鱼叉了吧。”

H.M. 背后的假发都要竖起来了。

罗丽波普立马激烈地摇动手指。

“法官大人，”H.M. 带着奇怪的哽咽似的声音答道，“我的意图会在接下来对证人的提问中展现。”

“请继续，亨利爵士。”

H.M. 喘了口气。“我的意思是，”他对弗莱明说，“这支箭是否可能由十字弓发射出来？”

法庭内一阵安静。法官小心翼翼地放下笔。他的圆脸转了过来，如同好奇的月亮从云后探出了身子。

“我还是不太明白，亨利爵士，” 兰金法官插了一句，“十字弓到底是什么？”

“我这里正好有一把。”H.M. 答道。

他从自己的桌子下面拽出一个像是用来打包西服的大纸箱。

他从箱子中取出一个沉甸甸的、看上去相当危险的机械装置。它上面的木质和钢质部分都已经打磨光滑。托柄的部分不长，有点像小型来复枪：最长不超过十六英寸。前端是一块宽宽的半圆形软钢片，两头都系在一根弦上，弦向后拉到一个绞盘上，绞盘装在托柄上，有V字形的缺口和象牙手柄。扳机连接着绞盘。平整的托柄中央有一道凹槽。这把十字弓的托柄上镶嵌着珍珠母，在众目睽睽下被H.M.握在手上，本应显得十分不协调。而实际上却并非如此。这把十字弓突然间看起来更像是来自未来的武器，而非过去的武器。

“这个，”H.M.如同拿着玩具的小孩一样，神情自若地继续说道，“是短腿十字弓。十六世纪的法国骑兵主要使用这种武器。把弦上紧，像这样。”他开始转动把手。随着一阵刺耳的咔嗒声，弓弦开始移动，把铁板的两个角往后拉扯。“凹槽里可以放进一支钢质的箭，叫作方镞箭。扣下扳机，就会像投石器一样把箭投射出去。箭会带着后面钢片的重量飞出去。这种箭比普通的箭要短。但它也可以用来射箭。”

他扣动扳机，造成了一片骚动。沃尔特·斯托姆爵士站了起来。总检察长的声音让刚才的低语声都安静了下来。

“法官大人，”他严肃地说，“不论它能不能作为证据，这个演示很有意思。我这位博学的朋友是否要提出另一种理论，说这次的犯罪是由他手上这把奇特的器械实施的？”

他露出了嘲讽的微笑；而法官却没有。

“没错，我也正准备问你这个问题，亨利爵士。”

H.M.把十字弓放到桌上。“不，法官大人。这把十字弓是从伦敦塔借来的。只是用来做演示。”他再次转向证人，“埃弗里·休谟是否拥有十字弓？”

“事实上，他曾经有。”弗莱明答道。

在陪审团下方的记者席里，有两个要赶下午早版截稿时间的记者站了起来，小心翼翼地踮脚走了出去。证人看起来有些生气，却又对此很感兴趣。

“很早以前，”他大声说道，“肯特郡护林人协会有一年尝试使用过十字弓。但是它们并不好用，相当笨重，和弓箭相比毫无优势。”

“嗯。那么死者曾拥有多少把十字弓？”

“两三把吧，我猜。”

“其中有和这把类似的吗？”

“我想有的。这都是三年前的事了，而且——”

“他把十字弓存放在哪儿？”

“在后院的那个小屋子里。”

“但是一分钟前，你忘了这件事，是吗？”

“一时忘了，没错。这很正常。”

两个人都一副怒火中烧的模样。弗莱明的大鼻子和下巴像木偶剧中的潘趣一样挤成一团。

“那么我们想听一下你这位专家的意见：那支箭可以用这样的十字弓发射吗？”

“准星很差。那支箭太长了，装上去很松。二十码外的距离就无法掌控了。”

“我询问你的是，是否能够发射？”

“我想大概可以。”

“你想大概可以？你明确知道确实可以，不是吗？来，把那支箭给我，我演示给你看。”

沃尔特·斯托姆爵士站了起来，温文尔雅地说：“演示就不必了，法官大人。我们接受我这位博学朋友的说法。我们也感谢证人在如此让人难受的环境下尽力诚实地表达自己的观点。”

“我就是这个意思，”伊芙琳对我低语道，“你看到了吗？他们会一直给这个老家伙下套，直到他看不清眼前的危险。”

显然普遍的意见都认为 H.M. 把事情处理得很糟，甚至什么都没有证明。他最后两个问题的语调甚至都有些哀怨。

“先别管二十码的准头。在非常短的距离内能射准吗，比如几英尺？”

“大概可以。”

“实际上，根本不会射偏吧？”

“两三英尺的话，不会。”

“没有其他问题了。”

总检察长简短的交叉询问否定了这个说法，甚至可以说连根拔除。

“按照我们这位博学的朋友的假设，要杀掉死者的话，使用十字弓的凶手需要距离被害人两三英尺之内，对吗？”

“是的。”弗莱明回答，神色缓和了些。

“换句话说，这个人需要在房间内？”

“是的。”

“没错，弗莱明先生，当你进入这个上锁的密室——”

“这个，我们对这一点有异议。”H.M. 突然站了起来，一边喘气，一边摇晃手中的文件。

沃尔特爵士第一次微微露出困惑的神色。他转向 H.M.，我们也得以看到他的正脸。他的脸很长，且神情坚定，深色的眉毛微微有些泛红——一张让人印象深刻的脸。但是他和 H.M. 都对着法官说话，仿佛彼此正通过一位翻译进行沟通。

“法官大人，我这位博学的朋友到底要反对什么？”

“密室。”

法官看着H.M.，明亮且坚定的眼神中透露出十足的兴趣。但他的语气却相当平淡。“这个词可能有些花哨，沃尔特爵士。”

“我乐意收回这个说法，法官大人。弗莱明先生，当你进入这个非封闭状态但是每个可能的出入口都从内部被闩上的房间时——”

“再次反对。”H.M.说。

“嗯，当你进入，”沃尔特爵士说，他的声音听起来不像他自己，反倒如同远处的雷鸣，“这个房间，它的门都从内部闩上，窗户的铁遮板也上了锁，你有没有看到这样的独特器械？”

他指向十字弓。

“不，我没有。”

“这不是一件可能会被看漏的东西，对吧？”

“肯定不是。”证人打趣地答道。

“谢谢。”

“传斯宾塞·休谟医生上庭。”

第七章　站在天花板附近

五分钟后，他们仍在寻找斯宾塞·休谟医生，我们知道事情有些不对劲了。我看到 H.M. 一双大手握着，并没有其他的表示。亨特利·劳顿站了起来。

“法官大人，证人好像，不见了。我们，嗯——”

“我也注意到了，劳顿先生。现在是什么情况呢？我想你是不是要申请休庭直到找到这位证人？”

检察官们商量了起来，不时有人看向 H.M. 的方向。然后沃尔特·斯托姆爵士站起身来。

“法官大人，检方认为我们可以略过这位证人的证言以节省庭审时间，然后按照原本的顺序继续传唤证人。”

“这个决定取决于你，沃尔特爵士。不过，既然证人被传讯，他就应该出庭。我认为这件事应该好好调查一下，之后我也会设法跟进此事。”

“是的，法官大人……”

“传弗雷德里克·约翰·哈德卡斯特上庭。”

弗雷德里克·约翰·哈德卡斯特警员证实了尸体发现的经过。当天傍晚六点四十五分，他正在格罗夫纳广场当班执勤。一个男人，现在他已经知道这个男人就是戴尔，走到他面前说：

“长官，请来一下，发生了可怕的事情。”当他进屋时，一辆车开了过来。车上载着休谟医生和一个女人（乔丹小姐），她好像晕了过去。在书房里，他看到了被告，还有一个自称弗莱明的男子。哈德卡斯特警员问被告：“发生了什么？”被告回答：“我什么都不知道，也不想再多说什么。”之后他让证人打电话到自己所属的分局，在警探到场之前一直把守现场。

辩方没有进行交叉询问。检方接下来传菲利普·麦克雷恩·斯托金医生上庭。

斯托金医生身材瘦削，头发凌乱，一张嘴紧紧地抿着，但又带着莫名多愁善感的气质。他抓着证人席的栏杆，自始至终都没有松开过。他的领带胡乱打了个结，一身黑西装也并不合身，但是他那双手却如同打磨过一样非常干净。

“你名叫菲利普·麦克雷恩·斯托金，是海格特大学的法医学教授，同时担任伦敦警局 C 分局的医学顾问，对吗？”

“是的。”

“一月四号这天，你是否被叫到格罗夫纳大街十二号，并在七点四十五分左右到达？”

“是的。”

“当你到达现场后，你在书房内发现了什么？”

“我看到一具男性的尸体躺在窗户和书桌之间，面部朝上，位置离桌子非常近。”证人的声音相当沙哑，以至于听不太清。“在场的有休谟医生、弗莱明先生和被告。我问：‘死者被移动过吗？’被告回答：‘是我把他翻过来仰面躺着。他原本朝左侧卧，脸几乎贴着桌子。’死者的双手开始变冷，而上臂和躯干部分仍然相当温暖。左臂下部及颈部已经开始僵硬。我判断他已经死了一个小时以上。”

“死亡时间能更精确一些吗？”

“我认为死亡时间在六点到六点半之间，没办法再缩小范围了。”

“你对尸体进行了解剖？”

“是的。死因是被一支箭的铁质箭头刺进胸腔八英寸，而且刺穿了心脏。”

“是当场死亡吗？”

“是的，肯定是当场死亡，就像这样。”证人说着，突然像变戏法一样打了个响指。

“之后他是否可能移动或者后退一步之类？我想问你的是，”沃尔特爵士张开双臂追问，“在遭到袭击后，他是否可能有力气去闩上门或者关上窗户？”

“这绝对不可能。他几乎是立刻倒地而亡。”

“你从伤口的情况得出了什么结论呢？”

“我的结论是，这支箭被当作匕首使用，某个强壮的人进行了一次有力的袭击。”

“比如像被告这样的？”

“是的。”斯托金医生赞同道，犀利地看了安斯维尔一眼。

“你得出这个结论的理由是什么？”

“伤口的方向。它的入口很高——在这里，”他解释道，“然后斜着向下刺入了心脏。”

“你是指一个锐角？从上往下刺？”

“是的。”

“对于箭可能射向他的说法，你是怎么认为的呢？”

“如果你问我个人意见，我认为这不太可能，几乎完全不可能。”

“为什么？”

“如果那支箭真的是射向他，我认为刺穿的路径多多少少应该是一条直线，而绝对不是现在这支箭造成的角度。”

沃尔特爵士伸出两根手指。“换句话说，医生，如果箭真的是射向他的，射出这支箭的人应该站在天花板附近，向下瞄准，对吗？”

我感觉他就差一句“像丘比特一样”，沃尔特爵士语气中的嘲讽意味已经不言自明。我发誓我看到陪审团中一名成员的脸上闪过了一丝怀疑的笑容。而平时他们都像假人一样坐在那里。气氛变得更冷了一些。

“是的，差不多是这样。否则被害人必须向前把腰弯得很低，就像在给凶手深鞠躬一样。”

“你是否发现了任何挣扎打斗的痕迹？”

“是的。死者的衣领和领带都很皱；他的外套在颈部拱了起来；他双手很脏，而且右手手掌上还有一处细小的伤口。”

“这个伤口是什么造成的？”

“我不敢肯定。可能是箭头造成的。”

“就像是他伸出一只手来保护自己，是这个意思吗？”

“是的。”

“死者手上的伤口是否有流血的痕迹？”

“是的，伤口流了一点血。”

“在你检查的过程中，是否在房间内发现任何其他沾有血迹的物品？”

“没有。”

“所以，事实上，这个伤口很可能是由箭头造成的？”

“我推测是这样。”

“医生，你能否告诉我们，当你在书房第一次检查完尸体之后，接下来发生了什么？”

这位头发浓密的证人再次瞄了一眼被告；嘴角露出厌恶的表情。“我和斯宾塞·休谟医生本来就认识，他问我能不能去看看被告。”

“看看他？”

“检查一下。休谟医生说：‘他告诉了我们一些荒谬的故事，说他自己被下了药；我已经检查过他，但是没有找到任何证据支持他这个说法。’”

“当时被告的精神状态如何？”

“他相当镇定，可以说太过冷静和镇定了；只是时不时用手抓头发，就像这样。他的震惊程度甚至不及我。”

“那你检查他了吗？”

“简单检查了一下。他的脉搏很快且不太规律，如果他真的服用了麻醉药的话，脉搏应该更缓慢。两眼的瞳孔也是正常的。”

“在你看来，他是否被下药了？”

“在我看来，他没有。”

“谢谢，我问完了。”

（“这下惨了。”伊芙琳说着。被告苍白的脸上露出困惑的神情；有一次，他已经从椅子上半起身，似乎要出声抗议，而他身边的两个法警立马警觉了起来。我看到他嘴唇无声地动着。现在猎犬也高声吠着；那么，如果他真的是无辜的，他现在一定相当恐惧。）

H.M.摇摇晃晃地站了起来，然后盯着证人足足看了半分钟。

“所以，你‘简单地’检查了他，是吗？”

H.M. 的语调使得法官都不由得抬起头来。

“你是否对你所有的病人都是‘简单地检查一下’？”

“这完全不是一回事。”

“这取决于他们是否会死，对吗？你是否认为一个人的性命可以取决于一次‘简单的’检查？”

“不。”

“那么庭上宣誓的证言是否能取决于它呢？”

斯托金医生的嘴抿得更紧了。“我的责任是验尸，而不是给被告验血。我认为斯宾塞 · 休谟医生是众所周知的专家，对于他的看法我信得过。”

“我明白了。所以你并不能给出自己第一手的证据？这都是根据休谟医生的观点，顺带一提，现在休谟医生甚至没有出庭？”

“法官大人，我必须抗议这样的暗示。”沃尔特 · 斯托姆爵士大喊道。

“亨利爵士，请根据证人的证言发言。”

“请见谅，”H.M. 抱怨道，“我认为这位证人的看法相当程度上受限于休谟医生的说辞……从你所知道的信息来看，你能发誓说他并没有服药吗？”

“不能，”证人生气地回击，“我不会这么发誓，我只是给出我个人的看法。我发誓我的这个看法是诚实的。”

法官温和平淡的声音打断了证人。“我还是不明白，你是否认为被告服用过药物这件事是不可能的？这是我们目前在讨论的问题。”

“不，法官大人，我并没有说这是不可能的，这个说法太过了。”

“为什么太过了？”

“法官大人，被告告诉我他服下这种不知名药物的时间大约是在六点一刻。而我在近八点的时候才对他进行检查。如果他真的服药了，药效到这个时候也可能基本消退了。但是，休谟医生在七点之前就对他进行过检查。”

“我们还没听到休谟医生的观点，”兰金法官说，“因为这个问题至关重要，所以我想了解得清楚一点。如果这个神秘药物的药效可能会消退，那我认为在这种情况下你并没有资格评论这件事？”

“法官大人，我刚才说了，我只是给出自己的观点。”

“很好，请继续，亨利爵士。”

H.M.显然相当高兴，开始聊起了其他事情。

“斯托金医生，还有一件也被你称之为几乎不可能的事——我是指箭可能是被射出的想法。我们先来谈谈尸体的位置问题。你是否接受被告的说法，最初，尸体是向左侧卧，面对桌子的侧面？”

医生冷笑着。“我认为我们今天在这里就是要检验被告的说法，而不是接受。”

“也许不是所有的情形都是这样。但是关于当前这一说法，你能勉强赞同吗？”

“或许能吧。”

“在你所知的事实里，有任何与这个说法相矛盾的吗？”

“不，我不能说有。”

“那么为了便于讨论，假设死者站在桌子旁边，也就是说（请看平面图，在那里）正对着房间那头的柜子。假设他正弯腰查看桌子上的什么东西，正当他向前弯下腰的时候，箭从柜子的方向射了过来：那么箭头会如同尸体上呈现的那样射进他的身体？”

“有微乎其微的可能。”

“谢谢，我问完了。”

H.M. 猛地坐了下去。总检察长的再次询问相当简短。

“如果事情真如我这位博学的朋友暗示的那样，”沃尔特·斯托姆爵士说，“那么是否会存在打斗的痕迹？”

“我想应该不会。”

“你应该也不会发现弄皱的衣领和领带，乱糟糟的外套，有污渍的双手以及右手手掌上的伤口了吧？”

“不会。”

“手掌上的伤口是否有可能因为受害人尝试在空中抓住向他射过来的箭头造成的呢？”

“我个人认为这个说法很荒谬。”

“你认为是否有可能是凶手拿着一把大十字弓藏在柜子里面？”

“不可能。”

“最后，医生，关于你是否有资格验证嫌犯是否服用药物这个问题，你在位于普雷德大街的圣普雷德医院工作了二十年，对吗？”

“是的。”

之后，医生离开证人席，检方传唤了他们最有利的证人：亨利·欧内斯特·莫特拉姆。

莫特拉姆督察一直坐在律师席上。我好几次注意到他，但始终不知道他的身份。莫特拉姆督察走得很慢，但步伐稳健，无论举止还是言谈都非常谨慎。他相对年轻，不超过四十岁；但是他回答问题时总是很温和，从来不会过快做出回答，想必他有过一些出庭经验。他站得笔直，态度仿佛在说：“我并不喜欢把谁送上绞刑架，但是我们也不想听这些毫无意义的废话。杀人就是杀人，我们越快制裁一个凶手，对整个社会就越好。”他长了一张方脸，鼻子较短，长脸、宽下巴，从眼神来看，要么就是相当锐利，要么就是他需要配副眼镜了。他带着整洁的顾家男人以及捍卫社会正义的气场进入法庭。他用洪亮的声音宣誓，那双锐利或者近视的眼睛一直盯着律师。

“我是大都会警局的分局督察。一月四号在接到报案后，我立马前往格罗夫纳大街十二号，于傍晚六点五十五分到达现场。”

“然后发生了什么？”

“我被领到一个称作书房的房间，在那里我看到了被告以及弗莱明先生、管家和警员哈德卡斯特。我询问了后三个人，他们告诉我的情况也和他们今天在此的证词一致。然后我询问被告有没有要说的。他回答：‘如果你把这些残忍的魔头赶出房间，我会尝试告诉你发生了什么。’我让其他人都离开了房间。然后我关上门，坐到被告对面。”

督察引用的疑犯陈述和总检察长在开场陈词时宣读的基本一致。而当莫特拉姆督察用毫无感情的语调重复一遍时，听起来更加枯燥且不可信。当说到威士忌被下药这部分的时候，沃尔特爵士打断了他。

“被告告诉你死者给了他一杯加苏打水的威士忌，他喝了一半，然后把杯子放在了地上？”

“是的，放在他的椅子旁边。”

“我听说，莫特拉姆督察，你滴酒不沾？”

“是的。”

“那么，”检察长温柔地说，“被告身上是否能闻到威士忌的味道？”

“一点都没有。”

这个问题显得那么直接、那么明显，以至于我认为检方一直故意保留着这个会引爆全场的论点。而这个证言也明显产生了效果，整个陪审团显然都领会了这个非常实际又日常的论点。

“督察，请继续。”

“当他说完这些话之后，我对他说：‘你有没有意识到你对我说的内容不可能是真的？’他回答：‘有人要陷害我，督察。我向上帝发誓，我是被陷害的。但是我不知道他们为什么要这么做，或者为什么要针对我。’”

“你听明白他这话的意思了吗？”

“我想他是指房子里面的其他人。他和我说话的时候并不困难，我认为他的状态很友好，甚至有些热情。但是对于这栋房子里的每个人，甚至这个家庭的朋友，只要这些人接近他，他都会表露出强烈的怀疑。然后我对他说：‘如果你知道门是从里面闩上的，窗子也都上了锁，那其他人怎么可能完成你所说的这些事？’”

“对此他是怎么说的？”

证人看上去有些困惑。“他开始谈论一些侦探小说，从外面闩上门或者锁上窗户的方法，比如用线头或者钢丝之类的东西。”

“督察，你也读侦探小说吗？”

“是的，先生。”

“你知道他提到的这些方法吗？”

“嗯，先生，我也知道一两个这样的方法，如果运气极佳的话，它们或许可行。”莫特拉姆督察稍有迟疑，然后又用略带歉意的口吻补充道，“但是在这个案件中，没有一个方法是可行的。”

在律师的示意下，作为证物的那个笨重的窗户遮板样品再次被拿了出来，这一次连门都一起做了展示——一块结实的橡木板装在一个门框上。

“我听说当天晚上，在雷伊警官的协助下，你把窗户遮板和门都拆了下来，并把它们都带回警局做了实验？”

“确实如此。”

“能不能请你告诉我们为什么在这个案件中，那些方法都用不上？”

莫特拉姆督察的解释与之前所说的相比，并没有什么新意，但是当这些内容从他嘴里说出来，就如同“老贝利”自身一样可靠且坚不可摧。

“在你询问他关于门窗的问题之后，督察，你又做了什么？”

“我问他是否介意被搜身。因为我发现在他站起来的时候，当时大部分时间他都是坐着的，他的外套右侧下方的裤子后袋显得鼓鼓的。”

“他怎么说？”

“他说：‘没必要搜身，我知道你想要什么。’然后他掀开外套，把手伸进他的裤子后袋，把它拿出来给了我。”

“给了你什么？”

“一把点三八口径的自动手枪，装满了子弹。”证人说道。

第八章　老熊还没有瞎

一把点三八口径的威百利史考特自动手枪被送上来检查指认。在我们身后的某个人已经开始轻轻地哼唱起“哦，谁会和我一起跨过丘陵”，只不过歌词改成了“哦，谁说他是无辜的”。从每个人极度严肃的神态中你可以感觉得到，整个法庭已经充满了怀疑的氛围。这时，我恰巧在看雷金纳德·安斯维尔，而这位被告的堂兄似乎第一次对展示的证物产生了兴趣。他抬了一下头，但是他阴郁而英俊的脸上除了傲慢的神色之外，并没有透露出任何信息。然后他又再次玩起了律师桌上的玻璃水瓶。

“这是他兜里的那把枪吗？”沃尔特·斯托姆爵士继续询问。

“是的。”

“被告有没有解释，为什么前来商谈未来婚事这么平和的话题的时候，兜里要揣把枪？”

“他否认枪是他自己带来的。他说一定是有人在他失去意识的时候放在那里的。”

“一定是有人在他失去意识的时候放在那里的。我明白了。他能否指认那个武器？”

“被告对我说：‘我相当了解这把枪。他属于我的堂兄雷金纳德。他不在亚洲的时候，总是待在我的公寓里。我记得我上次看到这把枪是在一个月之前，当时，它放在客厅桌子的抽屉里。在此之后，我就再也没有见过它。'”

关于检查房间的过程做了一番漫长且让人信服的证言之后，证人在检方的引导下进入最后的结论部分。

“综上所述，关于这次犯罪是如何实施的，你得出了什么样的结论呢？”

“以那支箭从墙上被扯下来的方式看，我认为它是从右向左扯动，而手握住箭杆的位置也就是指纹所在的位置。扯下箭的人站立的位置应该是在房间这边朝着小柜子的方向。在这个前提下，我认为死者绕过书桌，从左侧向着书桌前跑去，试图躲避袭击者——”

“换句话说，就是用书桌隔开自己和袭击者？”

“是的，就是那样，”莫特拉姆督察同意道，做了个肯定的手势，然后继续解释，“我认为袭击者也绕到书桌前方。然后两人发生了打斗，这时死者站立的位置应该非常靠近书桌且正对柜子。在打斗过程中，那一小片失踪的羽毛从箭上断裂了，死者的手掌也在这个过程中被划伤。然后死者受到致命一击，在桌子旁边倒了下来。在他死前，他抓住了地毯，这使他的手上沾上了灰尘。我认为这就是事件发生的经过。”

“是否有可能是他伸手去抓那支箭，从而使他手上沾上了箭柄上的灰尘？我的意思是，箭有一部分刺进了死者的身体，因此无法获取指纹，对吗？”

“是的。”

“所以死者手上的灰尘也可能来自那里吗？”

“很有可能。”

“最后，督察，我相信你是个合格的指纹专家，曾受过这方面的训练，对吗？”

“是的，确实如此。”

“你是否采集了被告的指纹——先是在格罗夫纳大街，用现场的紫色印台，然后在辖区警局又采集了一次？”

“是的。”

“你是否把你采集到的指纹和箭杆上的指纹进行了比对？”

“是的。”

“请指认这几组照片上的各种指纹，然后向陪审团解释它们的一致性……谢谢。箭杆上的指纹是被告的吗？”

“是的。”

“在房间内是否发现除了死者和被告以外的其他指纹？”

“没有。”

“在威士忌酒瓶，苏打水瓶和四个玻璃杯上有没有发现任何指纹？”

“没有。”

“还在哪里发现了被告的指纹？”

“在他坐的椅子上，桌子以及门闩上。”

在继续询问了几个关于最后逮捕安斯维尔的问题后，检方结束了询问。这次问询从某种角度来看，又进一步巩固和总结了整个案件。如果H.M.真要发起攻击，就是现在了。我们头顶挂在墙上的钟一定一秒不停地走着，因为外面已经暗了下来，雨点敲击着玻璃屋顶。白色带橡木装饰的法庭在灯光的照射下显得更亮堂了。H.M.站起来，双手撑在桌子上，问了一个相当突兀的问题：

“谁闩上的门？”

“对不起，我没明白你的意思？”

“我说，是谁从里面闩上了门？”

莫特拉姆督察眼睛都没眨。“门闩上有被告的指纹，先生。”

“我们不否认是他打开了门，但是是谁最初闩上了门？在门闩上除了被告的指纹还有别人的吗？”

“有的，有死者的指纹。”

“所以死者也可以像被告一样闩上门？”

“是的，他可以很容易做到。”

“现在，我们来理一下这个案子。戴尔做证说在六点十四分左右，他听到死者说：‘你发什么病？你疯了吗？’然后听到有人拖着脚步走路的声音。嗯……从你的角度来看，拖着脚步走动的声音是否意味着休谟已经被杀害了？”

莫特拉姆督察并不会因为这种问题上当。他摇了摇头，眯起眼睛，认真地考虑了一下。

“你想听我个人的看法吗，先生？”

“没错。”

“从我提交的证据来看，我们得出的结论是这次拖着脚步的声音很短暂，当戴尔敲门询问是不是出了什么问题时，就立马中断了。当时门还是从里面闩上——”

“所以你的意思是，他们当时在里面安静而自在地继续打架？”

“我不是这个意思，”证人相当镇定地答道，“我是说因此没人能进得去。”

“所以他们就在里面打斗了十五分钟？”

“不，也有可能是在十五分钟之后再次爆发了争吵。”

“明白了。那么如果被告在六点十五分的时候闩上了门，那肯定意味着他已经做好准备要下手了，不是吗？他有可能闩上门，然后坐下来和死者心平气和地谈话吗？”

“有这个可能。”

“你寄希望于陪审团会相信这种话？”

“我希望陪审团会相信法官大人告诉他们的证据，先生。你只是在询问我的意见。另外，我已经说过了门可能是死者自己闩上的。”

“哦？”H.M. 吼着，“事实上，你认为门有可能是他闩上的？”

“嗯，是的。”警长承认道，坐直了身子。

“很好，检方希望我们相信被告在口袋里放了一把上膛的手枪，之后去到了那栋房子。而这件事证明了被告有杀人的预谋，对吗？”

“普通人通常不会随身携带武器，除非他们认为这东西能派上用场。”

“但是他并没有使用那把枪。”

“没有。”

“无论是谁杀害了死者，他是穿过整个房间，从墙上扯下箭矢，然后用它袭击了死者吗？”

“我们是这么认为的，是的。”

“事实上，这就是你们认为的全部真相，不是吗？”H.M. 前倾身子越过桌子逼问道。

“这是案件的一部分，不是全部。”

“但是是最核心的部分？”

“关于这点，我希望交由法官来判断。”

H.M. 把手放到自己的假发上，伸出一只手拍了拍假发顶，好像是在给自己塞上软木塞，以防自己爆炸的气体直冲天花板。证人的声音清晰且不带感情色彩，始终不慌不忙。莫特拉姆督察言简意赅，表述充分。

“那么我们来谈谈失踪的那片羽毛，”H．M．温和地陈述着，“你们到处都没找到，是吗？”

“没有。”

“你有没有彻底搜查整个房间？”

“非常彻底。”

“所以，如果羽毛在房间里，是绝对不会找不到的，是吧？你同意吗？那么，那片羽毛到底在哪儿？”

莫特拉姆督察露出了一个微笑，是那种刚好会被法庭允许的笑容。他用那双有些近视的眼睛观察着H.M.，在证人席上的愚蠢发言会毁掉一个警察，但他显然是有备而来。

“我们也考虑过这个问题，先生，”他冷淡地回答道，“当然，除非有其他人把它从房间里拿走了。”

“等一下，”H．M．立马打断他，“其他人？但是从这个案子的情况来看，那就必须是在这里做证的某个人？”

“是的，我想应该是。”

“也就是说，有一个证人在撒谎，不是吗？那么对于被告的控诉，其中一部分是根据谎言建立起来的？”

督察开始回击。“你还没等我把话说完。我刚才这句话是为了排除所有可能性，先生，我们必须这么做。”

“好的，那你本打算说什么呢？”

“我本打算说羽毛肯定是夹在被告的衣服里被带出了房间。他当时穿着外套，一件厚重的大衣。这片羽毛可能夹在他的衣服里，甚至他自己都没注意到。”

“这个说法，”H．M．伸手指着对方，“也证实了羽毛是在打斗中被扯断的？”

“是的。”

H.M. 向律师席做了个手势。这个时候，他仿佛显露出一种近乎邪恶的喜悦。“督察，你相当强壮，是吧？很有力气？”

“我想大概和大部分人差不多。”

“好的。那么，请看他们递给你的东西。你知道这是什么吗？这是一片羽毛——鹅毛。如果你想要的话，我们还有其他种类。我希望你把手上的这片羽毛扯成两半。尝试一下，扯啊扭啊拉啊，怎么做都行，只要把它扯成两半。”

莫特拉姆督察关节突出的双手握住了羽毛，肩膀张得很开。他整个人晃来晃去，整个法庭一片寂静，然而什么都没有发生。

“有问题吗，孩子？”H.M. 语气柔和。

对方皱起眉头看了 H.M. 一眼。

“请你站到首席陪审员那边，”H.M. 提高了音量继续说，“假装你们两个正在打斗拉扯。请小心，别把对方从栏杆里拉出来。啊，就是这样。”

首席陪审员是个引人注目的男人，留着灰色的胡子，中分的棕色头发，颜色明亮到让人不由得怀疑那是不是真发。这场拉扯大战中，他就像上钩的鱼一样，差点被拉出了陪审席。但是当这片羽毛终于开始解体的时候，它变成了丝状的，与其说像一片破碎的羽毛，更像是被压扁了的蜘蛛。

“实际上，”在大家都还处于惊讶中时，H.M. 开口说道，“这根本办不到，对吧？我用鹅毛来清洁烟斗，所以我很清楚这一点。现在，看看被当作凶器的那支箭上破碎的羽毛。看到了吗？断裂的地方虽然长短不一，但是相当整洁，没有任何一缕羽毛是零散的。你看到了吗？”

“我看到了。”莫特拉姆平静地答道。

“那么现在，你承认这片羽毛不可能是在打斗中被扯断的吧？”

（“天啊，”伊芙琳低语道，“他真的做到了！”）

莫特拉姆什么都没说；他太过诚实，所以不愿评论。他站在那里，眼神从破碎的羽毛转移到了H.M.身上，然后动了一下双脚。检方第一次被将了一军。然而所有可能的激动情绪都被沃尔特·斯托姆爵士冷静地浇灭了。

“法官大人，我认为我这位博学的朋友的实验看上去很精彩，但是并不令人信服。我能看一眼那片被用作实验的羽毛吗？”

沃尔特和H.M.彼此点头致意时，羽毛也传到了他手上。现在检方必须要认真应战了。在此之前，检方的优势太大，感觉只需应付了事即可。

H.M.的喉咙里发出一阵咕噜声。

“如果你还有所怀疑，督察，尽管用这支箭上的其他羽毛来试试。我再重复一遍：你是否承认它不可能如你刚才所说的那样被扯断？”

“我不知道，我说不好。”莫特拉姆诚实地答道。

“虽然你很强壮，但还是办不到？”

“但是——”

“只要回答我的问题。羽毛破损了，是怎么破损的？”

“那支箭上的标羽很旧，比较易碎。整个都干了，所以可能——”

“是怎么破损的？”

“我没办法回答你，先生，你根本不给我说话的机会。但是我不认为这根羽毛坚不可摧，不能被扯成两半。”

“你能做到吗？”

“不行，至少用你给我的羽毛做不到。”

“那你用箭上剩下的两根老旧又易碎的羽毛试试吧。能成功吗？不行。对吧。那么现在来看看这个。”他拿起十字弓。“假设你正在把箭装进这把弓里面，当把箭放进凹槽的时候，你会把标羽放在中间，对吧？”

莫特拉姆有些恼火。“可能吧，我不知道。”

“那我给你解释一下：你需要把箭放在凹槽后，向后拉，直到它卡在发射装置里面吧？”

“大概是吧。”

“然后，当你拉紧弓弦的时候，我想这些转轮的齿轮会夹住箭尾部的羽毛，对吧？”

“我对十字弓真的一无所知。”

“但是我正在演示给你看，看这里。最后，”在检方提出反对之前，H．M．大声说道，“我想这是唯一能让这根羽毛这么整齐地断裂的方式，就是和那边那根羽毛断裂得一样整齐。这是因为这个钢片弹射出去，凭借自身的重量把羽毛劈成了两半吧？”

他松开十字弓的扳机，弓弦撞在十字弓的顶端，发出了巨大声响。

“那么羽毛在哪儿呢？”H.M. 质问道。

“亨利爵士，”法官开口了，“你叙述问题即可，不要争辩。”

“如法官大人所愿。”H.M. 嘟哝道。

“我进一步请问，这些问题和案情相关吗？”

“我们是这么认为的，”H.M. 说，他整个人已经蓄势待发，“在适当的时候，我们会出示那把我们认为用来完成犯罪的十字弓。”

法庭里的黄色座椅突然间全都嘎吱作响。还有人在咳嗽。兰金法官直视 H．M．片刻，然后就转头去看自己的笔记，他胖胖的手上握着笔，不停写着什么。甚至连被告都在看着H.M.，他显得很吃惊但又有些兴致索然。

H.M.转头看向莫特拉姆督察，他正安静地等着。

“来说说这支箭。你一到格罗夫纳大街就立马检查了它？”

“是的。”督察答道，清了清嗓子。

“你做证说，箭上的灰尘除了你发现有指纹的地方之外，完全没有其他任何痕迹？”

“是这样没错。”

“请看卷宗里的三号照片，然后告诉我你说的是否完全属实。有没有看到有一条非常细的直线贯穿了整支箭杆？确实有点模糊，但是那里也没有灰尘，对吗？”

“我说的是灰尘上没有其他痕迹。这是事实。而你刚才提到的地方原本就没有灰尘。那是这支箭挂在墙上的地方，本来就没有积灰。就跟挂在墙上的画的背面一样，你知道的。”

“就跟画的背面一样，你这么认为。你有在任何时候看到过这支箭挂在墙上的情形吗？”

“确实没有。”

“哦？但是你也听到戴尔做证说，这支箭并非紧贴着墙，你听到他说箭是放在钉子上，而且离墙还有一点距离吧？”

一阵安静。“根据我的观察，另外两支箭都是紧紧贴着墙的。”

“没错，它们是这个三角形的另外两边，它们必须要向上立着，紧贴着墙，才能维持那个形态。但是作为三角形底边的这支箭又是如何呢？”

“我没听懂你的问题。”

“我解释一下。三角形的两边都紧贴着墙，对吗？第三边，底部的这条边，横穿上面两支箭的底部。所以，这支箭由另外两支箭支撑，和墙面之间有四分之一英寸左右的距离。你是否能接受戴尔关于这件事的证言？”

“如果法官大人认为这是证据的话，我能接受，是的。”

“没错，”H.M.嘟囔道，“如果它距离墙有四分之一英寸的距离，那么它不可能不积灰，对吧？”

“也不尽然。”

“也不尽然？你也认可这支箭不是贴着墙吧？是的。那么这支箭的箭杆上一定全都积满了灰尘，不是吗？”

“这个问题很难讲。”

“确实很难讲。整支箭杆并非完全布满灰尘，是吧？”

“是的。”

“有一条非常细微的直线贯穿了整支箭杆？”

“是的。”

“那么我来告诉你，”H.M.说着，手上拿着十字弓，“会造成类似这样的痕迹的唯一方法就是，把箭放进十字弓之中，然后发射它。”

他举着十字弓，然后用一根手指划过十字弓的凹槽，恶狠狠地环顾了整个法庭。这让我们看到了他的脸，然后H.M.坐了下去。

“呸。”H.M.说。

法庭里的人似乎都松了一口气。老熊还没因为鲜血而瞎了眼，他刚才的表现确实让人印象深刻。莫特拉姆督察作为一个相当诚恳的证人，在证人席上确实相当不好过。但刚才发生的一切并没有撼动他，只不过他的嘴抿得更紧，让他看起来如同在期待一次更加公平条件下的对决。现在，他仿佛迫不及待想要接受检方的再次询问。

“我们已经听过好多次，”沃尔特爵士突然开口，“关于造成某个结果的‘唯一方式’。我提醒证人注意照片中的一个证据。你确定，当箭从墙上被扯下来的时候，是从左向右大力拉扯的吧？你刚才的证言有提到过这一点？”

“是的，先生。”

“这种暴力拉扯把挂钉都扯了出来？”

“确实如此。”

“如果你要做出上述行为，那么在猛烈扯动箭之后，你会将它从旁边拉出来吧？”

“是的，我应该会这么做。”

“所以，在你把箭靠着墙拉出来的过程中，有可能形成了那个痕迹？”

“是的，有这个可能。”

兰金法官透过他的眼镜俯视着。“沃尔特爵士，这里仿佛有些矛盾。根据我的笔记，开始的说法是这里本来就没有灰尘。但是现在，我们听到的是说灰尘有可能被刮掉了。这两种说法，你到底赞同哪一个？”

“事情很简单，法官大人。如同我这位博学的朋友和他的十字弓一样，我也是在陈述我的想法。我博学的朋友坚称这件事只有唯一的方法可以达成。那么如果我来告诉他各种各样可能的方法，他想必很难提出反对意见……那么现在，督察，我猜，在你家的墙上挂了照片吧？”

“照片，先生？有很多照片。”

“它们不是完全紧贴着墙的，对吗？”

“没有，全都挂在墙上。”

“但是，”沃尔特爵士的眼神瞄向女性陪审员，“相框的背面几乎都没有积灰吧？”

“几乎没有，确实如此。”

“谢谢。那么关于另一个‘唯一的方法’，羽毛会被扯成两半的唯一方法，”总检察长用他那带着嘲讽的客套口吻继续说道，“据我所知，在调查这个案件的过程中，你也学习了一些箭术知识吧？”

“是的。”

“好的。我听说箭的标羽，也就是本案中那根破损的羽毛，会比其他羽毛更容易破损或扯坏？我想要问你的是，标羽标示箭搭在弦上的位置，因此它更有可能会被手或者弓弦擦到或者损伤？”

“确实如此。它们经常需要更换。”

“当两个人在打斗中，其中一个还是在为他的性命而搏斗的时候，这支箭上的这根标羽绝对不可能被扯坏吗？”

“我想也不是不可能，不过我也要承认——”

“我没有其他问题了。”沃尔特爵士打断了他。他刻意停顿了一会儿，等证人离开证人席后，才转身面向法官。“法官大人，以上所有证言加上被告的自我陈述，就是检方全部的证据。”

最糟糕的时候已经过去了。除去这次再次询问，整个案子对被告的不利因素已经有些许减弱，一种不明就里的疑惑感开始显现。但是疑惑正是合理怀疑的开始。在一阵嘈杂声中，伊芙琳兴奋地低声说道：

“肯，H.M.要拿下这个案子了。我告诉你，我已经感觉到了。检方的再次询问太弱了。虽然听着还可以，但是太薄弱了。他就不该去扯什么照片背后的灰尘。照片背后当然会有灰尘，非常多的灰尘。当时，我看了看几个女性陪审员，我都猜得到她们在想什么。跟箭一样小的东西除非完全贴着墙，不然绝对会布满灰尘。你不觉得陪审团现在完全不确定了吗？”

“嘘，肃静。”

法官正看着钟，书记员大声说道：

“各位陪审员，当被告被带到治安官面前时，他被问到对于这项指控是否有话要说；并告知过他没有必须做出陈述的义务，不过他说的每句话都会被记录并作为呈堂证供。他说：‘我否认这项指控，我也要保留我的辩护权。因为这项指控，我失去了生活中对我有价值的一切，所以你们想怎么样都行。但是我是清白的。我要说的就是这些。’”

“如果亨利爵士没有异议，”兰金法官语速很快，“我们现在休庭，明日再审。”

随着法官起身，所有人也都站了起来，发出各种乒乒乓乓的声响。

“所有与此次中央刑事法庭国王之法官大人审判事项相关的人员，” 雨点不停地拍打着玻璃屋顶，已经到了让人感到有些疲惫，忍不住想要喝上一杯的时候，“现在请离席，明天十点半在此继续开庭。”

“天佑国王，及国王之法官大人。”

短暂的安静再次被打破。法官转过身，迈着他轻快的内八字步在长椅背后穿梭。一号法庭的人开始散开，大家纷纷考虑着各自的事，抓着圆顶礼帽准备回家。有人大声地打着哈欠，突然，一个出人意料的声音大声喊道：

“看住他，乔！”

这声音让大家都吃了一惊。我们都转过头看向被告席上的骚动。两个法警跳到前方，双手抓着被告的肩膀。快到通往牢房的台阶前时，安斯维尔突然转身，快步走回被告席。我们能听到他的脚步声，而他脚下的地板已经被不知道多少个死刑犯人的脚步磨得光亮。但他并没有什么进一步的动作。他用手扶着被告席的边缘站在那里，声音异常响亮。他说话的音量大得像个聋哑人说话。

“搞这些有什么用吗？那片羽毛就是在我刺向他的时候断裂的。我杀了那头猪，我承认了。现在不要再继续了，就此结束吧。”

第九章　红袍不慌不忙

如果有人问我在这种混乱下会发生什么，我能想到一万种可能性，也无法料到当下真正发生的情况。因为被告正对着法官讲话，我们也都看向了法官。当时兰金法官已经快要走到门口。门在右侧长椅后面，法官进出都是通过那里。可能有十分之一秒，他轻快的步伐迟疑了；可能有十分之一秒，他微微转了头，一瞬的眼神中透着木然和冷漠。然后，他的红袍消失在门后，没有丝毫慌乱。他身后的门随即关上了。

他“没有听到”被告对着巨大空间的大声喊叫，所以我们也没有听到。我们就像一群哑巴，弯腰收拾着我们的帽子、雨伞和包。我们翻动手头的文件，看着地板，假装跟身边的人交流。

“我的天啊，没人听我说话吗？你们没听到我在说什么吗？”陪审团成员全都闷着头走路，没有一个人看向旁边。只有一个受到惊吓的女陪审员由警卫扶着手臂向前。“求你们了，看在上帝的分儿上，听我说，我杀了他，我认罪。我希望你们——”

法警用安抚的语调嘀咕着：“好了，小伙子，好了。从这里下去，小心点。乔伊斯，带着他小心点，小心。”

安斯维尔停了下来，视线仿佛在两个法警之间来回移动。我们的视线在他背心的纽扣之下，但是你仍然能感觉到他比之前任何时候都更加进退维谷。当法警拉着他回牢房时，他双眼发红，充满了困惑。

“但是听着！等下，我不想离开，不，等一下，我，他们都没在听我说话吗？我认罪了，你们听到了吗？”

“好的，小伙子，有的是时间。注意台阶——”

我们有序离场，将满是黄色座椅、如教室一样的死气沉沉的法庭留在身后。我们对此没有加以评论。脸色发白的罗丽波普向我做了个手势，我猜她的意思是“楼下见”。我在人群中没有看到 H.M.。法庭的人已经开始关灯了。周围的低语如同一张大网把我们都包裹其中。

有人在我耳边说：“——剩下的就是执行死刑了。”

“是啊，”另一个声音低语道，“但是，有那么几秒，我差点以为——”

“以为不是他干的？”

“我也不确定，也不完全肯定，但是——”

走到外面时，伊芙琳和我讨论了起来。“他们很可能是对的，”她承认道，“我感觉不太好。我必须得走了，肯。我答应塞尔维亚六点半到那里。你要一起来吗？”

“不，我有消息要带给 H.M.。那个叫休谟的女孩对他问题的回答是‘是的’。我要在这儿等他。”

伊芙琳拉紧了她的皮草外套。“我不想待在这里了。哦，天啊，肯，我们为什么要来这儿？这事会毁了他的名誉，不是吗？”

“这要取决于他刚才的发言能不能算作证据，但是显然那不能算。”

“呵，证据！”伊芙琳轻蔑地说，“说什么证据！如果你是陪审员，你会怎么想？这才是关键。我真希望我们没有来这里，我真希望我们从来没听说过这个案子！那个女孩看上去怎么样？不，别告诉我。我一点也不想知道。最后，再见，亲爱的，待会儿见。”

她匆忙消失在雨中，留我一个人在人群中不知所措。虽然雨基本已经停了，但人群仍然像鸡仔一样在“老贝利”的门口挤来挤去，看上去就像刚刚放学的样子。一阵寒风向着这栋建筑的角落袭来，纽盖特街的两排煤气灯显得暗淡阴沉。在等着接名人显贵的车流中，我找到了H.M.那辆紧关着车门的沃克斯豪尔（而非他那辆有些奇特回忆的兰彻斯特），里面坐着他的司机路易基。我靠着车，尝试在风中点燃一根烟。内心深处的记忆向我袭来。经过圣墓教堂，再走过吉尔特思普大街，从吉尔特思普大街再过去是瘟疫庄[1]，多年前我和H.M.曾与那里的鬼魂同行。而在那个时候，詹姆斯·卡普隆·安斯维尔的脑海中还从未出现过谋杀的念头。从“老贝利”出来的人流正慢慢离开。一阵雷电之后，两个带着如同包了蓝布消防帽头盔的伦敦市警出来查看情况。H.M.几乎是最后出来的。他迈着大步，头上那顶笨重的礼帽卡在后脑勺，领子已经被虫蛀烂了的大衣飘在身后。从他骂骂咧咧的口型中，我猜他已经和安斯维尔谈过了。

他把我推进车里。

“他妈的，”H.M.咒骂着，然后说，“我的天啊，这个小混账。他全搞砸了。”

“所以他确实有罪？”

“有罪？不，他没有。他只是个体面的年轻人。我必须得帮他一把，肯，”H.M.情绪低落地说着，“他值得被救。”

---

①这里提到的内容，出现在约翰·迪克森·卡尔在一九三四年出版的《瘟疫庄谋杀案》中，在该书中，亨利·梅里维尔爵士首次登场。

在我们要转进纽盖特街的时候，一辆车差点擦到我们的挡泥板。H.M. 把头伸出窗外，他咒骂的声音之大，用词想象力之丰富，都在暗示他目前的精神状态。

“我想，”H.M. 继续说道，“他认为只要他站出来认罪，法官立马就会说：‘好的，孩子，这就够了，现在把他带出去，绞死他。’你明白吗？”

“但是为什么要认罪？还有，这个能不能算作证据？”

关于这一点，H.M. 的看法和伊芙琳相似。“这当然不能算证据。但问题在于这件事会造成的影响，即使老巴尔米·兰金法官告诉陪审团要无视这个发言。我非常信任巴尔米，肯。但是你是不是在想当检方提交完他们的证据后，最糟糕的部分就已经结束了？孩子，我们的麻烦甚至都还没有开始。针对安斯维尔的交叉询问是我最担心的。你有没有听过沃尔特·斯托姆的交叉询问？他会把一切像闹钟一样全部拆散，然后要你把所有零件一一装回去。从法条的角度，我不一定非得让安斯维尔上证人席。但是如果我不这么做，斯托姆定会拿此大做文章。而且我构建的故事也需要他走上证人席才能完整。我担心的是，我的证人会转过头来针对我。如果他站在那里，起誓后再说出刚才他的那通发言，那么，这就会成为证据，我这个老头儿也就全完了。”

“但是我再重复一遍（这该死的法庭礼仪已经传染给我了）：为什么安斯维尔要认罪？”

H.M. 哼了一声。他靠着坐垫，他那顶笨重的礼帽盖过了他的眼睛，粗壮的双臂交叉在胸前。

“因为有人和他说了些什么。我不知道他们怎么对上话的，但是我非常确定这个人是谁——我是指我们的雷金纳德。你有没有注意到整个下午他都在和雷金纳德交换眼神？但是你不认识雷金纳德吧。”

“我认识，我今天下午碰到了他，在休谟家里。”

犀利的眼神向我扫了过来。“然后呢？”H.M.突然扬起声调，“你觉得他怎么样？”

“嗯，还好吧。虽然有点傲慢，但是感觉还算正派。”

他移开了眼神。“嗯。对了，那个女孩有什么回信？”

“她让我告诉你，‘是的’，语气强烈。”

“好姑娘。”H.M.说道。他透过自己歪斜的帽檐盯着玻璃挡板。“最终可能会是好结果。我今天下午的运气还不错，也有些麻烦的地方。最糟糕的环节就是斯宾塞·休谟没有出庭做证。我还指望着他。如果我还有头发，听到他不出庭的消息，能让我急到头发全白了。天啊，我想他是不是已经潜逃了。我真的这么想！”他想了一会儿，“大家觉得我毫无尊严。这个情景不错啊，我和罗丽波普到处找证人，干着这些本该事务律师替我们完成的苦差事。看我这个出庭律师干的好事，我问你——”

“说实话，”我说，“问题的本质在于你不愿意事务律师插手，H.M.。你太执着于自己操纵整个事件了。”

不幸的是，这番大实话使得H.M.彻底爆发了。毕竟不久之前他的大喊大叫就已经预示着他正在担心什么事。

“所以就是这样谢我的，是吗？在我像个列车服务员一样在火车站上跑来跑去之后？这就是我能得到的感谢？”

“什么火车站？”

“别管什么火车站。”H.M.说着，突然意识到自己说得太多，脸色变得严肃了起来。但是由于引发了另一层神秘的气氛，让他忍不住有些兴奋，使得他本身的怒气缓和了不少。“哼，我说啊，肯，根据你今天听到的证人证言，你会去哪个车站呢？”

“去搭哪班车？我们的对话到底为什么会扯到火车站上？”我说，“我还不太明白，这话的潜台词是休谟医生可能会逃走？”

“他可能会。哎，饶了我吧，我想，”他盯着玻璃挡板看了一会儿，然后兴奋地转过身来，“今天下午你有没有碰巧在他们的房子里遇见休谟医生？”

“没错，他在那里发表了一通陈词滥调，彰显自己的一片好心。”

“那你有没有照我的指示散布一些神秘论调？”

“有的，而且我认为我做得相当成功。但我说不准具体是哪句话起了核心作用。不过，他确实告诉我们今天下午他会出庭做证。他说他会提出一个非常有力的证言证明安斯维尔精神失常。对了，当时还有一个叫特里加农的精神病学专家和他在一起。”

H.M.的帽子盖着他的鼻子缓缓滑了下来，在帽子向外滑落的过程中，看起来好像是他试图玩着什么戏法让帽子保持平衡。他对这顶帽子相当得意，但是一不留神让它掉在了地上。

“特里加农？”他茫然地重复了一遍，“特里加农医生。哦，我的天啊！我不知道我到底该不该那样做啊？”

“我希望我们不是要去英雄救美，”我说，“这到底是怎么回事？你又在想那个邪恶的叔叔，还是他会因为玛丽·休谟成为辩方证人而做出什么事吗？我也想过这些事，但是一团乱麻。其实这是很普通的案子，H.M.，还是要把着眼点放在普通的生活常识上，你不会真觉得他会伤害自己的亲侄女吧？”

H.M.回过神来。“不，我不认为他会这么做。”他的语气严肃。“但他要维护自己的尊严。如果他发现玛丽找不到他那双土耳其式拖鞋的话，我们这位唱着圣歌的斯宾塞叔叔不知道会变成什么可怕的模样。现在，就是现在！”

“还有印台、火车站、犹大之窗和高尔夫球外套，这些全都包含着某些秘密或是互相之间有着邪恶的关联，是吗？”

“没错，但是别太在意了。我想她不会有事，我还得继续深挖下去。”

他的愿望还需要一些时间才能实现。车停在H.M.位于布克街的房子前面，一个女人正爬上台阶。她穿着毛皮大衣，戴着一顶歪歪扭扭的帽子。接着，她从台阶上跑了下来，一边在手提包里翻找着什么。面对我们的是玛丽·休谟那双热切的蓝眼睛，她现在上气不接下气，一副马上要哭出来的样子。

“没问题了，”她说，“我们救得了吉姆。”

H.M.脸上的表情有些诡异。“我才不信，”他说，“饶了我吧，我们不可能有这样的运气！按常理来说，这小子注定不可能有这样的好运气，如果——”

“但是他就有！是斯宾塞叔叔。他逃跑了，还给我留了一封信，里面可以说承认了——”

她还在自己的手提包里翻找着，一支口红和一条手帕从包里掉到了地上。当她终于把信拿出来，一阵风又把信从她手中吹走了。最后我跳起身，终于抓了回来。

“进屋去吧。”H.M.说。

H.M.的房子装饰得异常华丽，却有些冷清，好像只是用来接待客人。大部分时间里也确实只有H.M.和他的仆人住在这里。他的妻子和两个女儿通常都在法国南部。还是和往常一样，他忘了带钥匙。于是他用力砸门，拼命大叫，直到管家出来问他是不是想要进去。进入屋子后面一间冷清的书房之后，他一把从女孩的手中抓过信，在桌上的台灯下展开。这封信用了好几页便条纸，写得密密麻麻，字迹显得工整且从容。

星期一，下午两点

亲爱的玛丽：

当你收到这封信的时候，我应该已经离开了。我认为没人能找到我。关于这件事，我内心有些愤愤不平，因为我什么都没做，完全没有，我没有做过任何我需要为之感到羞耻的事。相反，其实我很想帮上你的忙。但是特里加农怀疑梅里维尔已经找上了奎格利，明天会让他出庭做证。而今天下午，我在房子里偶然听到的事也让我有了同样的想法。

我希望你不要把你这个老叔叔想得太坏。相信我，如果我能让事情向着最好的方向发展，我早就说出来了。而整件事也让我感觉非常痛苦。现在我可以告诉你的是，安斯维尔那杯威士忌里面被下的药是从我这里得到的。这种药叫“Brudine”，从东莨菪碱或者麻醉剂中提取，我们医院正在进行相关的实验——

“哇，”H.M.吼道，一拳锤在桌面上。“这可太好了，我的小姑娘。”

她打量着H.M.。“你认为这能让他摆脱嫌疑吗？”

“这只是我们想要的一半。安静点，该死。”

“——它几乎立即生效，会让人在差不多半小时内完全失去意识。安斯维尔比预计得还早醒了几分钟。可能因为，为了去除他嘴里的酒味，给他灌进薄荷提取液的时候，把他扶起来过。”

“你还记得安斯维尔是怎么说的吗？”H.M.问道，“当他醒来的时候，他注意到的第一件事就是自己嘴里有一股奇怪的薄荷味，另外，他还流了不少口水。自从巴特莱特案件之后，关于是否可能把液体灌进一个睡着的人嘴里，并且不让他呛到这个问题，一直都有争论。”

我现在还是一头雾水。“是谁给他下了药？又是为了什么？他们到底想干什么？埃弗里·休谟要么喜欢安斯维尔，要么对他恨之入骨——但到底哪个才是真正的答案呢？”

当时我认为在威士忌酒瓶里下药真是个大错，因为这样，事后就必须要想办法扔掉酒瓶，不如把药直接下在杯子里。相信我，玛丽，一想到有人可能会找到那个酒瓶就让我浑身难受。

最后，我跟特里加农和奎格利安排好了该做的一切。这就是我能做到的全部了。我的一番好意却导致了这样不幸的后果。这不能怪我。不过我想你能理解为什么我无法说出全部实情。

这时候，H.M. 把那页信纸翻了过来，发出了如同窒息的声音，最后这个声音化作呻吟。我们的希望如同一部坏掉的电梯一样急速下坠。

当然，如果安斯维尔真的是无辜的，我有义务站出来说出真相。你一定要相信我。但是，如我先前告诉你的，真相帮不了他什么忙。他有罪，亲爱的，绝对有罪。突发的狂暴是他们家族多年以来的遗传病。他在这样的情形下杀害了你的父亲。与其放他自由、重回你的身边，我更乐意送他上绞刑架。他有可能是真心实意宣称自己是无辜的。他可能都不知道自己杀了你的父亲。“Brudine”的药效目前尚不明确。它对人体无害；但是在药效消退之后，服药人可能会出现记忆断层。我知道这对你来说是坏消息，但是请让我告诉你真相。安斯维尔认为是你的父亲给他下药，打算对他做点什么。当他感觉到药效的时候，立马就知道自己的酒里被下药了。这点留存在了他的记忆中。这也是他在醒来之后想起来的第一件事。有太多发生过的事他已经想不起来了。遗憾的是，他们当时还在讨论怎么用箭杀人。在可怜的埃弗里弄明白是怎么回事之前，安斯维尔拿到箭并刺死了他。然后你亲爱的未婚夫坐到椅子上，直到完全恢复意识。在此之前，他已经做完了所有的事。

以上帝之名，玛丽，这就是真相，是我亲眼所见。永别了，我会祝福你，即使我们再也无法相见。

你亲爱的叔叔，

斯宾塞

H.M.双手抵着前额，捂着眼睛。然后他在书桌旁晃来晃去，最后坐到了椅子上。我们每个人心中都满是疑惑。

“那这个就不能……”女孩大叫着。

“救他？”H.M.问道，他抬起头来，面无表情。“我亲爱的好姑娘，如果你把这封信带到法庭去，那这世上就没什么东西能救得了他了。我在想现在有没有什么办法救得了他。哎，我的天啊。”

“但是我们不能把这封信最后这部分裁掉，只给他们看开头的部分吗？我是这么想的。”

H.M.酸溜溜地看了她一眼。她长得真是漂亮，却没有与这张脸蛋相配的智慧，否则不会提出如此建议。

“不，我们不能那么做，”他告诉她，“不是说我不会搞小动作，只是问题在于这封信最糟糕的部分写在了谈到威士忌里下药内容的信纸背面。这就是证词。这就是证据。饶了我吧，我们不敢用这样的东西！告诉我，我的小姑娘。看到这封信之后，你还相信他是无辜的吗？”

“我非常确定……哦，我不知道！是的，我不确定。我只知道我爱他，你必须要想办法让他脱身！你不会弃我而去，对吗？”

H.M. 坐在那里，双手放在肚子前，一边绕着手指，一边盯着地板。他吸了吸鼻子。

“我？哦，不会的。我对于这种打击上瘾呢。他们把我这个老头儿逼到角落，然后用棍子猛击我的头。每过一会儿，他们就说：‘什么，你怎么还没晕倒？再给他来上一棍！’可是，哎，那家伙为什么要撒谎？我指的是你那个好叔叔。他承认了威士忌被下药的事。我今天本想就这件事做交叉询问，你知道的。我已经准备好把他撕成碎片，揭露真相。我敢发誓，他一定知道真相，甚至知道真凶是谁。但是他现在发誓说安斯维尔……”H.M.嘀咕道，“‘我亲眼所见。’就是这个部分我搞不懂。该死的，他怎么可能亲眼看见？这不可能。当这事发生的时候，他还在医院。他的不在场证明和这栋巨大的房子一样牢固。我们都查证过了。他在撒谎。但是如果我证明他是在撒谎，那么这封信的开头部分又变得不可信了。我们不可能两全其美。”

“都到这个时候了，”我说，“关于你打算怎么替他辩护，你仍然不愿给出任何提示吗？等你明天上法庭，你打算说什么？到底有什么话可说？”

H.M. 的脸上露出一丝邪恶的笑容。

“你认为我这个老头不再能言善辩了，对吧？”他问道，“你好好看着，我会站上去，然后看着他们的脸，我要说——”

第十章　传被告出庭做证

“法官大人，各位陪审员。”

H.M.一只手背在身后，双脚分得很开，正视他们的眼睛。但我本希望他的举止不要像个拿着皮鞭和手枪走进笼子的驯兽师一样，或者至少不要这么恶狠狠地盯着陪审团。

一号法庭挤满了人。关于这次事件惊人进展的流言已经传遍了全城——从早上七点起，在门外排队的队伍就一路延伸到我们头顶的公共走廊。昨天旁听席上只有为数不多的几个记者，到了今天，仿佛伦敦所有大小报纸都派来了记者，全部挤在空间不足的记者席上。在开庭前，罗丽波普隔着被告席的栏杆和被告谈了好一会儿。他看起来有些震惊，但还算冷静，最后疲惫地耸了耸肩。这番对话似乎引起了阴郁的雷金纳德·安斯维尔上尉的兴趣，他一直注视着他们。十点四十分的时候，亨利·梅里维尔爵士站起身来，为辩方做称述。

H.M.双手交叉着。

“法官大人，各位陪审员。你们可能正在疑惑我们会提出何种辩护理由。那么，我来告诉你们，”H.M.大方地说，“首先，我们会力图证明检方所做出的所有称述中，没有一个是正确的。”

沃尔特爵士干咳着站了起来。

“法官大人，这个主张实在惊人，我必须要澄清一下，”他说，“我猜测我这位博学的朋友不会否认死者已经死亡这一点吧？”

“嘘！”看到 H.M. 举起双拳，罗丽波普立即发出了嘘声。

“对吗，亨利爵士？”

“不，法官大人，”H.M. 说，“我们会承认这个观点，这是检方独自调查出的唯一真相。我们也承认斑马身上有条纹，鬣狗会号叫。从个人角度还没有比较过鬣狗和——”

“这些生物学的知识和我们无关，”兰金法官不动声色地说道，“请继续，亨利爵士。”

“请法官大人原谅，我收回刚才的问题，”检方严肃地说，“我要指出，公认的事实是鬣狗并不会号叫，它们只是在大笑。”

“鬣狗，我说到哪儿了？啊，我想起来了。各位陪审员，”H.M. 双手撑在桌上，继续说道，“检方在称述这个案件的时候向你们提出了两个要点。他们告诉你们：‘如果不是被告干的，那又会是谁？’他们还说：‘关于这次犯罪，我们确实不能提出任何动机，但是这其中一定存在非常强烈的动机。’你们从这两个观点出发，去做进一步的讨论都是非常危险的。他们把整个案子建立在一个找不到的犯人和一个不知道的动机之上。

“我们先来看看动机的问题。他们要你们相信被告带着一把上膛的手枪来到了埃弗里·休谟的家里。为什么？好吧，负责这个案件的警官说：‘普通人通常不会随身携带武器，除非他们认为这个东西能派上用场。’换句话说，他们巧妙地让你们相信被告到那里去时就已经有了杀掉埃弗里·休谟的念头。但为什么？对于马上就要步入婚姻生活的人来说，这有点过激吧。到底发生了什么促使他要这么做？你们听到的唯一的解释就是那通电话。

我要提醒各位注意的是，从始至终，整通电话中都没有出现任何恶毒或者激烈的词汇。‘根据我听到的，我想最好我们一起解决一下关于我女儿的问题。你能六点到我的房子来一趟吗？’等等。他有直接对被告说‘我要好好治治你，该死的’吗？他没有。他是对着已经挂断的电话说的，他是在自言自语。被告听到的，所有人都证实他听到的，只是一个冰冷且正式的声音邀请他到房子里去。然而，检方却要让你们相信他因此就抓起别人的枪，满脸杀意地冲到房子去了。

“为什么？检方暗示说被害人听到了一些关于被告相当糟糕的传言。然而你们并不知道那些传言是什么。你们只是听说有这样的传言，但他们并不能告诉你们传言的内容。他们只说：‘无风不起浪’；但是你们根本没有看到任何浪。他们根本不能解释为什么埃弗里·休谟突然举止怪异。

“但是，你们看，我能。”

毫无疑问，他抓住了听众的注意力。他的口气相当轻松，拳头掐在腰上，透过眼镜瞪着所有人。

“实际上，这起案件中所有物证都没有任何问题。我们需要质疑的是造成这些事实的原因。我们会向你们展示造成被害人奇怪举动的真实缘由。我们会向你们展示这件事和被告没有任何关系。我们会指出，整个案子是对被告一次彻头彻尾的陷害。检方不能为任何一个人的行为提出任何动机，我们可以；检方不能告诉你们那一小片神秘消失的羽毛是怎么回事，我们可以；检方不能告诉你们，除了被告之外，其他人如何犯下这起罪行，我们会告诉大家。

“一分钟前，我说过这个案子被展示给你们的时候：‘如果不是被告干的，那又会是谁’；但是你们不能怀着‘很难想象不是他干的’这样的想法。如果你们真的这么想，那么你们应该判他无罪。但是我并不打算只是提供合理怀疑来让他脱身，我们会向各位展示他是清白无辜的，关于这个事实不存在任何合理怀疑。为什么，天啊。”

H.M.转了转脖子，这时，罗丽波普警告似的晃动着一份让人好奇的打印纸。

“好的好的，换句话说，你们会听到一个全新的解释。那么，如果不是被告干的话，也不该由我来断言谁是真凶。这在我们的辩护范围之外。我会向你们展示两小片羽毛，它们藏在如此明显的地方，但是在这次让人眼花缭乱的调查中，却没有任何人想到要去那里检查。那么我想问问，你们认为当埃弗里·休谟被杀害的时候，凶手到底站在哪里？你们已经听了许多观点和想法。你们听到的都是关于被告邪恶的狞笑和古怪的行为，刚开始他们告诉各位，他是如此紧张，以至于连自己的帽子都拿不稳；然后他又是如此冷酷无情，在那里抽着烟。然而为什么这两种行为会被解读为可疑？我头脑简单，想不明白。你们已经听到，开始的时候他威胁休谟说要杀了他，然后休谟站起来闩上门，以便对方能更加方便地下手。你们也听到他可能做了什么，他大概做了什么以及在这广阔的世界上他不可能做到什么。现在，随着陀斐特[①]燃烧的号角声，是时候让你们听到真相了。我传被告出庭做证。”

当H.M.拿着玻璃杯大口喝水的时候，被告席里的一个法警拉住了安斯维尔的手臂。被告席的门锁打开了，安斯维尔被领到了法庭的另一边。他走得非常紧张，经过陪审团的时候，也没有看他们一眼。他的领带因为反复揉搓，已经有些松了；然而

①陀斐特：古犹太地名。在圣经中，陀斐特曾是献祭的场所，耶路撒冷的居民曾在这里把子女焚烧献祭摩洛。

他的手仍然不时地伸到领带那里。我们又有机会细细观察这个正饱受煎熬的人了。他浅色的头发梳在一边，五官端正，看起来与其说是智力拔群，更让人感觉想象力丰富且感情细腻。除了摸领带和微微动了动他宽阔的肩膀之外，他唯一的动作是抬头去看证人席上方的屋顶。屋顶上有一面隐藏的镜子，是当年需要用聚光灯时的遗留物，这面镜子好像不时让他很入迷。他的眼睛有些凹陷，眼神呆滞。

尽管 H.M. 举止粗鲁——他喝水的声音大得像在漱口，我知道他正忧心忡忡。这是本案的转折点。当被告站在证人席时（通常是一个多小时，有的时候也会是一整天），他说出的每句话都会决定他自己的命运。一个清白的人在企图粉碎他的交叉询问面前也不会动摇。

H.M. 正故作轻松。

“那么，孩子，你叫什么名字？”

“詹姆斯·卡普隆·安斯维尔。”对方答道。

虽然他说得很轻，已经听不太清楚，但声音仍然跑了调。他好几次把头扭到一边，清了清嗓子，然后有些愧疚地瞄了法官一眼。

“你没有固定工作，住在杜克大街二十三号，对吗？”

“是的。我住在那里。”

“去年十二月底左右，你是否和玛丽·休谟小姐订婚了？”

“是的。”

“你当时在哪里？”

“在苏塞克斯的弗洛伦德，斯通曼夫妇的房子里。”

H.M. 慢慢引导他谈到那几封信的事，但并没有让他完全放松下来。“一月三日，星期五，你是否决定第二天要进城？”

“是的。”

“你为什么决定这么做？”

一阵听不太清楚的低语声。

“你必须要说得大声点，”法官语气犀利，“我们完全听不清你在说什么。”

安斯维尔环顾四周，那呆滞且死气沉沉的眼神丝毫没有改变。他终于提高了音量，听上去好像是一句话刚好说到一半。“——我想去买订婚戒指。我还没有订婚戒指。”

“你想去买订婚戒指，”H.M. 重复着，语气一直在鼓励对方，“你什么时候决定要去的呢？我的意思是，在星期五这天内的什么时段，你决定了这件事？”

“星期五晚上。”

“嗯，是什么让你想起要去这一趟？”

“我的堂兄雷金纳德那天晚上要进城去，然后他问我需不需要替我买个订婚戒指。”一阵长长的停顿，“我第一次意识到这件事。”又是一阵长长的停顿，“我想我应该更早些想到这点。”

“你有没有告诉休谟小姐你要进城去？”

“是的，当然。”安斯维尔答道，脸上突然露出一抹奇怪的笑容，随即又消失了。

“你是否知道当天晚上她和她在伦敦的父亲通了电话？”

“不，我当时不知道，后来才听说的。”

“你是在她打这通电话之前还是之后决定第二天要进城去？”

“之后。”

“好的。然后发生了什么？”

“发生了什么？哦，我明白你的意思。”对方好像松了一口气似的答道，“她说她会给她的父亲写一封信。然后她就坐下来写了一封。”

“你看过那封信吗？”

“看过。”

“在这封信里，有没有提到你早上会乘坐哪班火车？”

“有的，是九点钟从弗洛伦德车站出发的火车。”

“这趟车程大约需要一小时四十五分钟，对吗？大致是这个时间？”

“是的，这是趟快车。也不像去奇切斯特那么远。”

“这封信上是否提到了出发时间和到达时间？”

“是的，十点四十五分到达维多利亚车站。玛丽进城也是坐这班火车。”

“所以他对这班车应该非常熟悉，是吗？”

“应该是的。”

H.M. 给了他相当充分的时间作答，对他关照有加。安斯维尔仍然是那副呆滞且死气沉沉的表情，他的口齿通常是句子开头还说得清晰，渐渐就含糊了起来。

“你到伦敦之后都做了什么？”

“我，我去买了戒指，还有些别的东西。”

“那之后呢？”

“我去了自己的公寓。”

“你到那里的时候是几点？”

“一点二十五分左右。”

“差不多在那时死者给你打了电话？”

“是的，差不多一点半的时候。”

H.M. 身体前倾，耸着肩膀，伸开两只大手撑着桌子。与此同时，被告的双手开始剧烈颤抖。他抬头看了看从证人席上方延伸出去的顶棚边缘。仿佛它们正接近极限，那里的线不能拉得太紧，否则就会断掉。

“现在，你是否听到证人说当天早上死者多次打电话到你的公寓，一直都没人接听？”

“是的。”

“实际上，当天早上九点他就打电话去了你的公寓？”

“是的。”

“你听到戴尔这么说了吗？”

“是的。”

“嗯。但是他应该完全清楚自己肯定找不到你，不是吗？九点的时候，你才刚离开弗洛伦德，坐上车程为一小时四十五分的火车。他十分清楚你动身和到达的时间，那是一班他女儿经常搭乘的火车。他一定是知道的，不是吗？他知道至少要两个小时后，你才有可能接到他的电话？”

“我想应该是这样。”

（“这个人到底在干什么？”伊芙琳在我的耳边抱怨道，“折磨己方证人吗？”）

“现在我们来谈谈这通电话。死者说了什么？”

安斯维尔的证言和其他证人完全一致。他的态度开始变得相当急切。

“死者说的话里有没有任何一处冒犯到你了？”

“不，不，完全没有。”

“你总体有什么感觉？”

“嗯，他的口气确实不怎么友善，但是有的人就是这样的。我想他可能比较保守。”

“你是否想过他可能发现了你生活中什么见不得人的秘密？”

“就我所知没有。我从没这么想过。”

“当天傍晚你去见他的时候，是否带上了你堂兄的枪？”

“没有。我为什么要做这种事？”

“六点十分的时候，你到达了死者的房子，对吗？好的。现在我们已经听说你怎么弄掉了帽子。你看上去脾气不好，还拒绝脱掉外套。孩子，这一连串的行为背后真正的原因到底是什么？”

兰金法官打断了被告既快又含糊的回答。“如果你真想帮自己的忙，你必须大声说话。你在说什么？我完全听不清。”

被告转过身来，面对着他，用双手做了个令人不解的手势。

“法官大人，我想尽力留下一个好印象。”他停顿了一下。“特别是他听上去不太热忱，你明白的，在电话里面。”又停顿了一下，“然后，当我进门的时候，我的帽子从手上滑落了。这让我有些抓狂，我不想让自己看起来像个——”

“像个什么？你说什么？”

“像个十足的傻子。”

“像个十足的傻子，”法官毫无感情色彩地重复道，“继续。”

H.M.伸出一只手。“我想年轻人第一次见他们的岳父母的时候，都会有和你一样的情绪。那外套又是怎么回事呢？”

“我本不是那个意思。我也不想那么说。但是当我说出口之后，就没办法收回来。不然的话，情况将会变得更糟。”

“更糟？”

“更像个混球。”证人嘀咕道。

“好的。然后你被带到了死者那里？他对待你的态度如何？”

“保守而且——古怪。”

“让我们把话说得更明白些，孩子。你说的‘古怪’是什么意思？”

“我也说不清楚。”又一次停顿，“就是古怪。”

“好的，那么请告诉陪审团，你们两个都聊了些什么。”

“他注意到我正在看墙上的那几支箭。我问他是否对箭术感兴趣。他开始谈论当他还是个孩子的时候，就在北方玩弓箭，还说这在伦敦也很流行。他说这些箭都是肯特护林人协会所谓年度比赛的奖品。他说：‘在比赛中，无论谁最先射中金的，都会成为下一年的协会会长。’”

“‘金的？’”H.M. 低沉的声音重复道，“‘金的？’他这是什么意思？”

“我问了他，他说这是指靶心。他说这话的时候直视着我，表情有些奇怪——”

“好好解释一下。放松点。”

安斯维尔再次做了个手势。“嗯，好像他觉得我是为了钱才追求他的女儿。我就是有这种感觉。”

“‘好像你是为了钱才追求他的女儿。’但是我想无论别人说你什么，也不会说你会为了钱做这种事吧。”

“我希望别人不会这么看我。”

“然后他说了什么？”

“他看了看自己的手指，然后瞪着我说：‘这里的任意一支箭都能用来杀人。’”

“好的。然后呢？”H.M. 温和地鼓励着他。

“我想我最好还是换个话题。所以我就试图开个玩笑，我说：‘先生，我不是来偷东西或者杀人的，除非情况必要。’”

“哦？”H.M. 大声说道，“在你说其他的话之前，你说了句‘我不是来偷东西’，我们还没听别人说过这件事，你知道的。你真的说了那句话吗？”

“是的，我确定我先说了那句话。因为我当时还在想着所谓‘金的’，心里疑惑着他到底在想什么。这都是顺其自然的。”

“我同意。然后呢？”

“我想再旁敲侧击下去也没什么必要，所以我直说了：‘我想娶玛丽·休谟，您是怎么看的呢？’”

H.M. 慢慢引导着他开始聊到倒威士忌的证词。

“现在我需要你十分注意。我需要你告诉我们，在他倒了威士忌之后，到底说了什么——请注意，每个表情和手势，只要你能记得的都说出来。”

“他说‘祝你成功’。他的表情好像有些变了，变得让我有些不喜欢。他说：‘詹姆斯·卡普隆·安斯维尔。’他说这话的时候对着空气，仿佛在重复着什么。然后他看着我说：‘我认为那桩婚事很有好处，是一次双赢。”

H.M. 抬起手打断了他。

“等一下，请注意。他的原话是‘那桩婚事’，对吗？他没有说‘这桩婚事’？”

“不，他没说。”

“请继续。”

“然后他说：‘你也知道，我早就表示过赞同。’”

“让我重复一遍。”H.M. 立马打断了他。他抬起手来，用他粗短的手指指着每个字。“他真正所说的是‘那桩婚事很有好处。我早就表示过赞同。’”

“是的。”

“我明白了。然后呢，孩子？”

“他说：‘我找不到任何反对的理由。我有幸见过已故的安斯维尔夫人。我知道你家族的经济情况优越。'"

"再等一下！他说的是：'你的经济情况'还是'你家族的经济情况'？"

"是'你家族的经济情况'。然后他说：'所以我准备告诉你——'这就是我清楚听到的全部内容。我的威士忌被下药了，然后药效发作了。"

H.M. 长舒了一口气，晃了晃他的法袍，低沉的声调仍然保持不变。

"现在，让我们再回到那通把你叫到格罗夫纳大街的电话。死者知道你将在九点乘坐从弗洛伦德出发的火车到伦敦来，对吗？"

"他肯定知道。"

"他也知道，他怎么会不知道，这班火车将在十点四十五分到达。所以在十一点之前，他是不可能联系上你的？"

"玛丽告诉过他。"

"没错。但是他还是从早上九点开始就不停打电话到你的公寓，那个时候你都还没有从弗洛伦德出发？"

"是的。"

"在周六下午一点三十分，你和他通话之前，你是否曾听过他的声音或者见过他本人？"

"没有。"

"我想知道这次电话的对话是怎么开始的。告诉我开场白。"

"电话响了，"安斯维尔用平静的口吻回答，"我拿起听筒(他用手势示意)。当时我坐在沙发上，一面接电话一面看报纸。我当时认为他说的是：'我找卡普隆·安斯维尔。'然后我说：'我就是。'"

H.M. 向前倾过身子。

“哦？你当时认为他说的是：‘我找卡普隆·安斯维尔。’但是当你再次回忆这件事的时候，你是否意识到他当时说的有点不同？”

“是的，我意识到了。我确定就是那样的。”

“那他当时到底说了什么？”

“有点不一样。”

“他是否这么说了？他是否说的是‘我找安斯维尔上尉[①]’？”

“是的。”

H.M. 把他的卷宗材料扔到桌子上。他双手交叉，语气极其温柔。

“简单来说，”H.M. 说道，“整个对话中，包括之后在被害人的房子里，他都以为自己在和你的堂兄雷金纳德·安斯维尔上尉对话，不是吗？”

①原文中的卡普隆·安斯维尔（Caplon Answell）和安斯维尔上尉（Captain Answell）的发音相似。

第十一章　秘密行事

大概有将近十秒，整个法庭鸦雀无声。我感觉都能听见别人的呼吸声。这个暗示缓缓进入了人们的意识中。我们能感觉到它突然出现，然后渐渐靠近。但是这样的暗示是否适用于这个案件，我也不确定法官是否会允许此事。被告疲惫的脸上浮现出一丝嘲讽的表情，仿佛在挑战雷金纳德·安斯维尔，看他是否敢正视自己的眼睛。对方并没有看他。雷金纳德坐在律师席上，背对着证人席。他手上拿着水瓶，仿佛什么都没听见。他的发色和被告一样，阴郁的脸上仅仅显露出一丝不耐烦的惊讶。

“没错，我说的就是那边的那个男人。”H.M.继续说道，把注意力转到他的身上。

雷金纳德上尉摇了摇头，轻蔑地笑了笑。沃尔特·斯托姆爵士怒气冲冲地站了起来。

“法官大人，”他口气严厉，“我是否能指出，休谟先生当时到底怎么想，并不是由被告说了算？”

法官用他的小手指轻轻地揉着太阳穴，思考了一会儿。

“你说得没错，沃尔特爵士。与此同时，如果亨利爵士对于这个观点还有进一步的证据，我认为我们应该再给他一些空间。”他眼神锐利地看着H.M.。

“是的，法官大人，我们有证据。”

“那么请继续。但是记住，被告自身的怀疑并不能作为证据。”

虽然总检察长没有反驳就坐了下来，但是很明显他已经宣战。H.M. 再次转向安斯维尔。

“关于这通我们一直在说明的电话，你堂兄前一天晚上就已经到达伦敦了，对吗？”

“是的，从我在的同一个地方出发的。”

“那么当他在伦敦的时候，也一直住在你的公寓里吗？我记得之前已经有过这样的证词了？”

“是的。”

“那么，如果死者想要联系他，星期六早上九点就开始给你的公寓打电话也是合情合理的吧？”

“是的。”

“当你在星期六傍晚到达格罗夫纳大街的时候，是否在任何时间提到过你的全名？”

“没有。我对管家说‘我叫安斯维尔’；当他通禀的时候，说的是，‘有位先生来见您了，老爷’。”

“所以，当死者说：‘我亲爱的安斯维尔，我要好好治治你，该死的。’你认为他并不是在谈论你？”

“我确信他不是在说我。”

H.M. 翻了翻手中的材料，以便这个信息有时间被消化。然后，从那杯威士忌开始，H.M. 又追问了一遍整个故事。我们都知道这部分是事实，但问题是，他是否有罪？这个男人或许不是世界上最好的证人，但是他说的每句话都具有强烈的说服力。他给人一种自己正备受困扰的感觉。而如果他真的是无辜的，他必然会带有这样的情绪。这次询问非常漫长。如果昨天傍晚他没有站在被告席上宣称自己有罪，安斯维尔本可以给人留下不错的印象。虽然现在没人提到，但是整件事就像一层阴影，笼罩在他说的每个字上。在他做证之前，他就已经是一个认罪的杀人犯了。就好像存在两个安斯维尔，在一张双重曝光的照片上，影像正彼此融入对方。

“最后，”H.M.大声说道，“我们来谈谈各种事的缘由。你是在什么时候第一次意识到其中可能有误会，当天晚上死者一直把你当成了你的堂兄？”

“我不知道。”他略微停顿，“当天晚上我就想到了，但是我不敢相信。”再次停顿。“事后我再次想到了这一点。”

“你当时为什么没有提出来，是有什么理由吗？”

“我——”他犹豫着。

“请告诉我，你是否有任何理由？”（注意点，H.M.，看在上帝的分儿上，注意点！）

“你已经听到问题了，”法官说，“请回答。”

“法官大人，我想我大概是有理由的。”

兰金法官皱起了眉。“你要么有理由，要么没有？”

“我有理由。”

H.M.现在可能开始流汗了。“告诉我，你是否知道为什么死者想要和你的堂哥碰面，而不是你？”

在律师和被告之间似乎有一个天平，而现在这个天平开始倾斜了。这个年轻的蠢货挺起胸来，深吸了一口气。他双手放在栏杆上，然后用清澈的眼睛环顾法庭。

“不，我不知道。”他清楚地答道。

一阵安静。

“你不知道？但是确实是有原因的，不是吗，这个误会为什么会发生？”

安静。

“这是有原因的，不是吗，为什么死者不喜欢安斯维尔上尉，还希望‘好好治治他’？”

安静。

“难道不是因为——”

“亨利爵士，不行，”法官打破了这紧张的局面，“我不能让你进一步引导证人作答了。”

H.M. 鞠了一躬，把全身的重量都压在了自己撑着桌子的拳头上。他很清楚现在继续这个话题已经没用了。各种各样的猜测正在这个法庭内无声地散布开来，藏在我们周围这些看上去面无表情的听众心里。我首先想到的就是这件事肯定和玛丽·休谟有关。比方说玛丽·休谟可能和那个不名一文的安斯维尔上尉之间存在什么惊人的关系？那么，非常现实的埃弗里·休谟可能打算彻底解决这个问题，以免它毁了一桩美满的婚事？这个假设符合目前的情况，只是被告宁可自己上绞刑架也不愿意承认吗？这太难以置信了。让我们理智地看待这个行为：现在已经不会发生这种事了。所谓骑士精神也不会做到这一步。肯定还有什么别的原因和玛丽·休谟相关。但是我想，这可能不是我们能猜到的了。当我们真正了解真相之后，我们就能理解了。

H.M. 暂时结束了对证人的询问，难以对付的沃尔特爵士起身做交叉询问。他起初有好一阵子都没有说话，然后用平静且不带感情色彩的轻蔑口吻抛出了一个问题。

“关于你是否有罪这个问题，你下定决心了吗？”

有些语调是不能用在某些人身上的，即使对方孤立无援的时候也不行。就算其他任何话都没有用，这句话也会激起反应。安斯维尔抬起头来。他的眼神穿过了整个法庭，直直地看着总检察长。

“这就跟问‘你是否已经停止在牌局上作弊了？’一样。”

“安斯维尔先生，你的打牌习惯和本案无关。只是要请你正面回答我的问题，”对方说着，“你有罪还是无罪？”

“我没杀人。”

“很好。我想你的听力是正常的吧？”

“是的。”

“如果我对你说‘卡普隆·安斯维尔’，然后是‘安斯维尔上尉’，即使在法庭各种各样的噪声之下，你仍然可以分辨两者的不同吧？”

坐在律师席上的雷金纳德·安斯维尔微微一笑，然后将眼神移向一旁。这些事对他造成了什么影响还不好说。

“请大声作答。我想你不存在暂时性失聪的毛病吧？”

“没有。但是当这事发生的时候，我没太注意。我正在看报纸。我用另一只手拿起了电话，而且在听到休谟先生的名字之前，我也没太上心。”

“但是他的名字你倒是听得很清楚？”

“是的。”

“我这里有你的供词，第三十一号证物。关于死者可能说的是‘安斯维尔上尉’而非‘卡普隆·安斯维尔’的这套说辞，你有跟警察提过吗？”

“没有。”

“即使你告诉我们你在凶案当天晚上就想到了这点？”

“当时我没有太当回事。”

“在这之后，是什么原因让你认真思考起这件事了？”

“嗯，我就是从头到尾认真考虑了一下。”

“在侦询的时候你有提到这件事吗？”

“没有。”

“我不得不问清楚，这个念头到底是什么时候在你的脑海里变得清晰的？”

“我不记得了。”

“那么，是什么原因使得这个念头变得清晰了？这一点你还记得吗？也不记得了？简单来说，关于你这个奇特的想法，你能给出一个合理的理由吗？”

“是的，我可以。”证人大叫道，仿佛从之前麻木的状态中解脱了出来。他的脸都红了，他还是第一次让人看上去总算像个活生生的人了。

“很好，什么理由？”

“我知道在我和玛丽认识之前，她就和雷金纳德关系很好。还是雷金纳德介绍我们两个认识，在斯通曼的——”

“哦？”沃尔特爵士用相当温和的口吻问道，“你是在暗示他们之间可能存在什么不正当的关系吗？”

“没有。不是的。那是——”

“你有任何理由怀疑他们之间存在不正当关系吗？”

“没有。”

沃尔特爵士把头向后一仰，似乎正按摩着面部，试图理清这些奇奇怪怪的想法。

“那么请告诉我，关于你提出的这些想法，我下面的陈述是否正确。休谟小姐和安斯维尔上尉关系很好，不存在任何让人生疑的问题。因此，相当讲理的休谟先生对安斯维尔上尉产生了极大的厌恶，还突然下定决心要‘好好治治他’。他给安斯维尔上尉打电话，电话被你接到了，而你误以为电话找的是你。你没带武器去了休谟先生的房子，在那里，他给了你一杯被下了药的威士忌，因为他认为你是安斯维尔上尉。在你昏迷的时候，有人把安斯维尔上尉的手枪放到了你的口袋里，然后（我想你还这么告诉了我这位博学的朋友）还花时间把薄荷提取液灌进了你的喉咙。当你醒来时，你的指纹出现在你从未触碰过的箭上，威士忌也倒回了一个没有任何指纹的酒瓶中。我是否准确地描述了你在这起案件中的观点？谢谢。你真的认为陪审团会相信这些吗？”

现场一片安静。安斯维尔双手垂在身旁，环顾了整个法庭。然后他用自然且不假思索的口吻说道：

“上帝啊，到这个时候我已经不期待任何人、不相信任何事了。如果你认为人们所做的每件事都一定有什么理由，那也请你站在我的立场，想一想你说出口的这些话。”

法官用严厉的指责打断了他的话。但是他已经克服了紧张的情绪，眼神中的呆滞也已经消失了。

“我明白了，”沃尔特爵士镇定地应对着，“你是想说你的行为都没有任何理由吗？”

“我一直认为是有的。”

“那一月四号晚上你的行为有什么理由吗？”

“是的。就是因为他们一直用你这样的口吻跟我说话，我才会闭口不答。”

这番话又受到了法官的指责。但是安斯维尔现在给人的印象比起之前接受询问的时候已经好多了。这种好印象来得相当没道理，因为沃尔特爵士一直都把他困得死死的，整个法庭里相信他的话的人估计不超过三个。但是，在他让 H．M．大失所望之后，他给人的印象确实变好了。我不知道这是不是那个老家伙刻意安排的。

“你已经告诉过我们你拒绝脱掉外套，对一位证人说话的口气被形容为‘恶狠狠地’，这些都是因为你不想‘看起来像个十足的傻子’。对吗？”

“是的。”

“那你是否考虑过，相较于脱掉外套，穿着外套会使得你看上去更像个十足的傻子？”

“是的。不是的。我的意思是——”

“你到底想说什么？”

“我就是这么感觉的，就是这样。”

“我认为你之所以不愿意脱掉外套，是因为你不希望任何人注意到你裤子后兜里藏着手枪？”

“不是的，我从没这么想过。”

“你从没想过什么？你兜里的手枪？”

“是的，我兜里根本就没有手枪。”

“现在，我再次提醒你注意，你在一月四日晚上对警察的供词。你是否意识到你今天说的话与当时你向警察提供的供词相矛盾？”

安斯维尔缩回身子，又开始捻弄他的领带。“不，我没懂你的意思。”

“让我给你念一下，”沃尔特爵士用一贯沉重的口吻说道，“‘我去到他的房子，’你说，‘在六点十分的时候。他相当友善地迎接了我。’现在你又说他的态度相当不友善，是这样吗？”

“是的，并不友善。”

“那么你希望我们相信你的哪份证词呢？”

“两份证词都是对的。我就是这个意思：我是指那天晚上他把我当成别人了，他的态度并不友善。但是他对我的态度确实相当友善。”

沃尔特爵士盯着证人看了一会儿，之后他低下头，仿佛在努力让自己冷静下来。

“我们不需要在这个事上纠缠。我想你可能没听懂我的问题。不管当天晚上他把你当成了谁，他和你说话时的态度是友善的吗？”

“不是。”

“啊，这就是我想要得到的答案。也就是说你供词中的这部分是错误的，对吗？”

“但是我当然认为是那样的。”

“但是在那之后你彻底改变了想法？很好。你又告诉我们：‘他说他为我的健康干杯，还说他完全赞成我和休谟小姐的婚事。’现在你决定说他态度不友善，那你怎么把这段证词和他不友善的态度联系起来呢？”

“我当时误会了。”

“换句话说，”在略微停顿后，总检察长一字一顿地说道，“现在你希望陪审团相信的是和你这份供词多处相悖的说法？”

“理论上说是的。”

在整整一小时里，沃尔特·斯托姆爵士把证人拆得跟闹钟零件一样七零八落。他仔细询问了证言中的每个细节，发表了一番我听过的最强有力的总结发言，然后坐了下来。本以为H.M.会再次询问，以此帮助他的证人改善形象。但是他没这么做。他只是说：

“传玛丽·休谟出庭做证。”

一个法警带着安斯维尔回被告席。被告席的门再次被打开，安斯维尔重新回到他那开放式的围栏中。从下方递过来一杯水，于是他大口喝了起来。但是当他听到 H.M. 传下一个证人上庭时，立刻透过杯子边缘瞄了一眼。

在刚才交叉询问的时候，没人知道玛丽·休谟身在何处。她仿佛突然间出现在了法庭上，仿佛运送证人的接驳车没受到任何阻挡一路开到了法庭中央。安斯维尔出庭已经相当出人意料。而这时，雷金纳德·安斯维尔的表情变了。虽然不太明显，只是有点警觉，好像有人突然从背后拍了他的肩膀，但他并不想回头一样。他那张俊美的脸庞显得更加骨骼分明。他装出一副愉快的表情，手指慢慢地敲打着水瓶。他抬头瞄了一眼被告，对方一脸微笑。

在走向证人席的途中，玛丽·休谟看了一眼雷金纳德上尉的后脑勺。除去莫特拉姆督察之外，她可以算是（至少表面上看来）在证人席上最冷静的人了。她穿着黑貂大衣，伊芙琳坚称那是故作姿态。但她也许确实正处于一种想要反抗的情绪中。她没有戴帽子，黄色头发中分，两侧和后面都梳理得整整齐齐；配上她那对眼距很宽的蓝色眼睛，更显得她的面容分外温柔，又有一种独特的性感。她双臂笔直地抓着证人席的栏杆，就好像正坐在一架水上飞机上。她的举止中已经看不到我之前见过的那种温顺。

“向万能的上帝起誓，你做出的证言——”

“是的。”

（“她现在害怕得要命。”伊芙琳低声说。我认为她并没有显露出一点这样的迹象。但伊芙琳只是摇了摇头，然后又朝着证人的方向点了点头。）

不管真相如何，她的出场都意味着接下来会有狂风暴雨。就连她娇小的身材仿佛都在强调她本身的重要性。这也引发了记者席新的兴趣。H.M.受此影响，连说话声音都听不太清楚，现在他正静静地等着这场骚乱安静下来。只有法官丝毫不为所动。

“嗯，你的名字是玛丽·伊丽莎白·休谟吗？”

“是的。”

“你是死者唯一的孩子，住在格罗夫纳大街十二号？”

“是的。”她答道，梦游似的点了点头。

“在苏塞克斯弗洛伦德的圣诞聚会中，你和被告相识了？”

“是的。”

“你爱他吗，休谟小姐？”

“我非常爱他。”她说着，眼睛眨得飞快。比之前任何时候都更加空洞的寂静在此刻充斥了整个法庭。

“你知道他现在被控谋杀了你的父亲？”

“我当然知道。”

“那么，夫人，小姐，我请你看一下我手上的这封信。上面的日期是‘一月三号，晚上九点半’，凶案发生的前一天晚上。你能告诉陪审团，这封信是否是你写的吗？”

“是的，是我写的。”

这封信被大声念了出来，内容如下：

亲爱的父亲：

吉姆突然决定明天上午要到伦敦来，所以我想最好告诉你一声。他会搭乘我通常乘坐的那班火车，你知道的，九点从这里出发，十点四十五分到达维多利亚车站。我知道他明天想找个时间见见你。

爱你的，

玛丽

又及：你会处理好那件事的，对吗？

“你是否知道你的父亲有没有收到这封信？”

“是的，他收到了。当我听到他的死讯，自然是立马进城来了。这封信是我当天晚上从他口袋里找到的——在他被害的那天晚上，你知道的。”

“你是在什么情形下写了这封信？”

“在星期五晚上，就是那个星期五晚上，你知道的。吉姆突然决定要进城，给我买订婚戒指。”

“你有没有阻止他，劝他别去？”

“有的，但是我不能表现得太明显，以免他生疑。”

“你为什么想要阻止他？”

证人舔了舔嘴唇。“因为他的堂兄安斯维尔上尉星期五晚上就到了伦敦，为了第二天和我父亲见面。我担心他和吉姆会在我父亲的房子里碰见。”

“你是否有什么理由使得你不希望他们在你父亲的房子里碰见呢？”

“有的，有的。”

“是什么原因呢？”

“那一星期的早些时候，你知道，”玛丽·休谟回答道，“安斯维尔上尉要求我，或者说要求我的父亲付给他五千英镑的封口费。”

第十二章　从发现到搜查

“你是指坐在那里的那个男人？”H.M.问道，用他的粗手指指着，再次毫不留情地把对方拎了出来。

他的手指如同一盏无情的聚光灯。雷金纳德·安斯维尔面如土色。他坐直了身子，你可以看到他胸口的起伏。这时，我回忆起之前的种种，终于看清了整件事的脉络。他本以为自己相当安全；他以为她没有胆量背叛这段紧密而又特殊的关系。她甚至用相当害怕的神色答应过他，她会守口如瓶。现在你就能理解她当时表现出温顺驯服的原因了。“谢谢你做的一切。”——他们这段对话突然闪现在我的脑海中。然后是他那番意味深长的话：“公平交易，不过，都说定了吧？”随后是她不带感情色彩的“你了解我的，雷”。当时她应该就在心里计划着现在这些。

法庭上，三个声音一个接一个地响了起来。

首先是总检察长：“安斯维尔上尉现在是在受审吗？”

第二个是H.M.：“还没有。”

第三个是法官：“请继续，亨利爵士。”

H.M.转头看向证人，她丰满美丽的脸庞显得很镇定。她正注视着雷金纳德的后脑勺。

“所以安斯维尔上尉向你，或者说向你父亲勒索五千英镑？”

“是的。他知道我肯定没这么多钱，不过他确信能从我父亲那里得到这笔钱。”

“嗯嗯。他手头有什么东西可以用来勒索你吗？”

“我曾经是他的情人。”

“没错，但是是否还有别的更有说服力的原因？”

“哦，是的。”

在整个审判过程中，这是第二次被告企图站起身来，在被告席上说点什么。他没预料到会发生这种情况。H.M.朝着他的方向做了个凶狠的手势。

“另外的原因是什么呢，休谟小姐？”

“安斯维尔上尉拍了很多我的照片。”

“什么样的照片？”

她的声音变得含糊。“没穿衣服，还做出某些姿势。”

“我没听清，”法官说道，“你能大声点吗？你刚才说了什么？”

“我说，”玛丽·休谟清楚地说道，“没穿衣服，还做出某些姿势。”

法官的冷静和不留情面让法庭上的所有人都显得有些不安。

“什么姿势？”兰金法官追问。

H.M.打断了他。“法官大人，为了让大家理解被告为何如此紧张不安，不愿谈论此事，甚至做出了某些行为，我这里有那些照片的其中一张。在照片的背面写有：‘她为我所做过最好的事之一。’我想证人能够确认这是安斯维尔上尉的笔迹。我会把这张照片作为证据提交法庭，并交付陪审团，作为我们还原事件真相的证据。”

照片被提交了上去。当法官看着照片的时候，你似乎都能听到法庭的寂静中暗含一触即发的声响。大家都在揣测证人此时此刻的感受：屋子里的每双眼睛都瞄了她一眼，仿佛看到她身穿别的衣服，或者说完全不穿衣服的模样。沃尔特·斯托姆爵士没有提出反对。

“你可以把这个拿给陪审团了。”法官语气平静。

这张照片在两排面无表情的人之间被传看着。“这样的照片一共有多少张？”

“十二张左右。”

“这里的这张照片、你作为证据提交的这张，是你手头唯一的一张吗？”

“是的，其他的都在雷手上。如果我不在法庭上提到他问我要封口费的事，他承诺会把剩下所有的照片都还给我。”

雷金纳德·安斯维尔缓缓地站了起来，然后准备离开法庭。他尽量让自己的步伐显得从容自然。当然，没有人企图发表意见或者阻止他。但是H.M.故意停止了询问，以便让整个法庭的压力都聚集到安斯维尔上尉的身上。椅子，坐在律师席的人，手肘，脚，好像所有一切都在挡他的路，使他的步伐更快了。就如同在剧院里，有人想要不引人注意地出去，却不断绊到他这一排人的脚。等他到门口的时候，已经跑了起来。当班的法警看了他一眼，然后让到了一边。我们听到玻璃门被推开时发出的吱呀声。

“所以，”H.M.观察着，用低沉的声调说，“我们来说说这些照片的事。它们都是什么时候拍摄的？”

她又舔了舔嘴唇。“大约在一年前。”

“在你碰到被告之前，是否就已经和安斯维尔上尉断了往来？”

“哦，我的上帝，早就断了。”

“你有向他要照片吗？”

“有的，但是他只是大笑着说这些照片没什么危害。”

“当安斯维尔上尉听说你和被告订婚的时候，他做了什么？”

“他把我领到一边，然后祝贺了我。他说这真是一件激动人心的事，他也赞同这桩婚事。”

“还有呢？”

“他说如果我不付给他五千英镑，他就会把这些照片拿给吉姆看。他说既然其他人都有这么多钱，他为何不能从中捞上一笔。”

“这是发生在十二月二十八日到一月四日这一星期内的事？”

“没错。”

“请继续，如果你能做到的话，休谟小姐。”

“我说他肯定是完全疯了，他知道我手头连五千便士都没有，也凑不出这么多钱。他说确实如此，但是我的父亲会愿意为此付一大笔钱。他，他说我父亲这辈子最大的梦想就是看到我拥有一段美好且富足的婚姻。然后——”

“然后——”

“然后就说到我的父亲无论多绝望，也一定会付钱。”

“等等，小姐，稍微停一下。你之前有干过类似的事吗？”

“没有，没有，没有！我只是在复述雷——安斯维尔上尉的原话。他说我的父亲不会让五千英镑阻碍我钓到吉姆·安斯维尔这样的金龟婿。”

H.M. 观察着她。“你父亲是个非常顽固的人，对吗？”

“他确实如此。”

“当他想要什么的时候，总是能得到吗？”

“是的，总是能。”

“你父亲知道这些照片的事吗？”

她间距有些宽的蓝色眼睛睁得大大的，似乎搞不懂为什么会提这么愚蠢的问题，即使是为了在法庭上把问题搞清楚非问不可。

“不不，他当然不知道。告诉他这种事糟糕得像——”

“但是你确实告诉他了，不是吗？”

“是的，我不得不这么做，所以我告诉他了。”证人简略地答道。

“说说这件事具体的过程，好吗？”

“好的，雷——安斯维尔上尉说他给我几天时间准备好钱。星期三的时候，我给我父亲写信说我必须得见他一面，有非常紧急的事要跟他商量，这件事和我的婚事相关。我知道这么说他一定会赶过来。我不能一言不发就离开这场家庭聚会，特别是吉姆正到处花钱大肆庆祝，当地的所有慈善机构都前来祝贺我们。所以我问父亲能不能在星期四早上来一趟，在弗洛伦德附近的村子里和我碰面。”

“好的，没问题，请继续。”

“我和他在一家名叫‘蓝色野猪’的旅店碰面。我想这家店位于去往奇切斯特的路上。我本以为他会大发雷霆，但是他并没有。他只是静静听我说完。他把手背在身后，在房间里面来来回回走了几圈，然后说五千镑这个数目太荒唐了。他说，如果金额小一些，他愿意付钱，但是他最近亏了好几笔，事实上，他还有点指望能拿到吉姆的钱。我说安斯维尔上尉可能会降点价。他说：‘我们不必担心付钱给他的事，你只需要把他交给我来处理，我会好好治治他。’”

“哦？‘你只需要把他交给我来处理，我会好好治治他。’他说这话的时候是什么表情？有什么举动？”

“他的脸色和纸一样苍白，我想如果雷当时在现场，他会杀了他。”

“哈，好的。所以，”H.M.一边观察着对方一边绕着手指，“你的父亲会好好治治安斯维尔上尉，甚至给了他一杯下了药的威士忌，这听起来并没有像我这位博学的朋友说的那么愚蠢吧，嗯？”在有人对这个不礼貌的评论提出抗议之前，H.M.赶紧继续说道，“他有没有告诉你他会怎么治治安斯维尔上尉？”

“他说他要回伦敦，还需要点时间来想想。他说如果雷在此期间有什么动静，要让他知道。”

“还有什么别的吗？”

“哦，是的，他让我想办法搞清楚雷把照片藏在了哪里。”

“你试过了吗？”

“是的，可我很不擅长这件事，反倒暴露了我的意图。雷只是看着我，然后大笑道：‘这就是你的把戏，对吗？就因为你搞这一套，我的小姑娘，我现在就直接去伦敦会会你父亲。’”

“这是星期五发生的事，对吗？”

“是的。”

“之后你干了什么？”

“我在星期五傍晚给我父亲打了电话——”

“就是那通我们一直提起的电话？”

“是的。为了提醒他，也问问他准备怎么办。”

H.M.用催眠似的语调郑重地说道：“我希望你能准确复述他的话语，每个字，尽你所能。”

“我尽力。他说：‘好的，都安排好了。我明天早上会和他联系，邀请他来一趟。我向你保证，他再也不会来打扰我们了。'”

她说话的语气极其紧张，所以H.M.停顿了一下，让陪审团能够慢慢消化她的证言。然后他又重复了一遍刚才的话。

“他有没有告诉你他要怎么‘治治安斯维尔上尉’？”

“没有，我问了他，但是他不肯告诉我。他唯一说到的另外一件事，是问我在哪里肯定能找到雷，我说在吉姆的公寓。他说：‘好的，我也这么认为，我已经去过那里了。'”

“他说他已经去过那里了？”H.M.提高了声调，“他有没有提到从公寓里把安斯维尔上尉的手枪拿走了？”

对话被法官直接打断了。

“证人已经告诉过你了，亨利爵士，她没听说其他事。”

H.M.一脸满足地拍了拍自己的假发。“然后，经过这一切，”他继续道，“你的未婚夫又突然间决定要去伦敦，你是不是害怕事情会暴露？”

“是的，我都快疯了。”

“所以在星期五晚上打完电话后，你又给你父亲写了封信？”

“是的。”

“所以这里的‘又及’，‘你会处理好那件事的，对吗？’——指的是，治治安斯维尔上尉吗？”

“是的，没错。”

“还有个小问题，”H.M.擤了好一会儿鼻子，继续说道，“有证人做证说，星期六早餐的时候，你父亲在收到信后举止很奇怪。他走到窗边，然后用阴沉的口吻说你的未婚夫当天会进城来，还打算来拜访他。证人说：‘噢，那我们就不去苏塞克斯了，我们要邀请他共进晚餐。’或者类似的话。死者告诉他们仍按计划去苏塞克斯。他还说：‘我们不会请他吃晚饭，或者去任何地方。'" H.M.双手拍在桌子上。"他的意思也就是说，他们不会请他共进晚餐以免两位堂兄弟碰见？"

本来一动不动的沃尔特·斯托姆爵士立刻站了起来。

"法官大人，我最后一次抗议辩方持续不断地企图让证人回答他们没有看到的或者没有听到的事，特别是一直用诱导的方式提问。"

"不要回答这个问题。"兰金法官说道。

"从你的角度来看，"用一贯的嘲讽口吻道歉之后，H.M.继续道，"根据你所看到的以及你所听到的事，你会不会觉得你刚才说的话展现了凶案当天晚上发生的真实情形？"

"会的。"

"如果一个女人不是完全相信这个男人是无辜的，她会有这样的勇气来面对你刚才所告诉我们的一切吗？"

他假装要得到回答，然后猛地坐了下去，整个椅子都吱嘎作响。

我们背后、周围甚至更远一点的地方，到处都是嘈杂的低语，而你知道这些话语都围绕着一件事。玛丽·休谟想必也很清楚，她用手指在栏杆的边缘画着什么，双眼下垂。但她不时地也抬头瞄上一眼，与此同时，总检察长也正拿着什么东西准备开始他的交叉询问。她漂亮的脸庞开始变得暗红；她仿佛下意识地把自己的裘皮大衣裹得更紧了些。你完全不知道这样的精神麻醉还能让她撑多久。她的证言极大地破坏了检方的整个故事构架，让人意识到安斯维尔那相当混乱又愚蠢的证言正是实情，很明显陪审团也这么想。但是这些低语如同森林中嘈杂的声音一样越来越响。有人直接就问他们是否会给我们看那些照片。我注意到给新闻记者预留的位置现在空空如也，但我甚至没有注意到他们中有谁匆忙离开。这已经成为每个英国家庭里的头条新闻和话题。

“当心，要开始了。”伊芙琳低声说道，语气激烈。这时沃尔特·斯托姆爵士站起身来开始交叉询问。

总检察长表现出最大程度的同情和关切。他的声音颇具说服力。

“相信我，休谟小姐，我们非常赞赏你在这件事上坦诚的态度，以及你提供这张不寻常的照片所具备的勇气。与此同时，我认为你也是毫不迟疑地摆出了那些姿势并拍摄了一打照片？”

“十一张。”

“好的，十一张。”他停顿了一下，把一些书在桌子上整整齐齐地摆成一条直线。“你刚刚所做证的内容，休谟小姐，我认为在凶案发生的时候你就已经意识到了吧？”

“是的。”

“我想你刚才已经说过，当你知道自己父亲的死讯，急急忙忙从苏塞克斯赶了回来，当天晚上就到了那栋房子？”

“是的。”

“确实如此。”对方答道，然后又小心翼翼地把另一本书摆在同一条线上，“但无论是当时还是之后，你从来没有向警察提起过刚才你做证所说的这些令人惊讶的事情？”

“没有。”

“你向其他任何人提过吗？”

“只对——”她微微抬手指了一下H.M.。

“你有没有意识到，休谟小姐，如果你把这些信息告诉警方，表示安斯维尔上尉曾企图敲诈你，那么你就根本不必把这张照片带到法庭上来了？或者说，也不用接受这种羞辱一样的询问？”

“是的，我知道。”

“哦，你知道啊？”沃尔特爵士问道，语速很快，兴趣十足的样子，盯着书的眼睛也抬了起来。

“是的，我了解过了。”

“我猜测这种经历对你来说算不上愉快吧？”

“不，当然不。”女孩答道。她的眼神看上去很紧张。

“那你之前为什么没有提过这件事，你不提是对被告有什么帮助吗？”

“我——”

“是否因为你认为被告肯定是有罪的，所以这些照片和他切实的罪行之间也没有什么联系？”

H.M.费劲地站了起来。“我很欣赏我这位博学的朋友关切的心情，但是我们想知道这个问题到底要问什么。检方现在是否已经接受我们一直在称述的事实——卡普隆·安斯维尔和安斯维尔上尉被弄混了，死者想要好好治一治的是另外一个人。”

沃尔特爵士微笑着。“并不尽然。我们承认这些照片，我们也承认是安斯维尔上尉拍了这些照片，但是我们不得不反对这两件事和我们目前手头所讨论的问题——那就是被告究竟有罪与否之间有任何联系。”

坐在我旁边的伊芙琳突然轻推了我一下。

“但是他们现在当然无法质疑这一点吧？”伊芙琳问道，“为什么啊，对我来说，这就跟太阳一样清晰可见。”

我告诉她，她带有偏见。“斯托姆表现得相当诚恳。他认为安斯维尔是个普普通通的杀人犯，在证据面前垂死挣扎。他要展现的是这个姑娘是在说谎来替他开脱。就算雷金纳德和玛丽·休谟之间有点什么，但是雷金纳德也完全没有勒索的意图。这不过是辩方在做最后的挣扎。”

“好吧，但是就我而言，这听起来很蠢。你相信这个说法吗？”

“不，但是看看陪审团里的两位女性。”

不满的眼神从各个方向看了过来，我们两个也不再说话。总检察长继续询问。

“可能我刚才没有把话说清楚，”沃尔特爵士说，“让我重说一次。今天你在这里告诉我们的所有事，在被告被逮捕的时候你本可以说出来吧？”

“是的。”

“如果这些话在当时说出来，难道不会和我这位博学的朋友现在希望我们相信的一样有价值吗？”

“我，我不知道。”

“但是你当时并没有提出来？”

“没有。”

“你更希望（请原谅我的用词，休谟小姐，但是我感觉这是有必要的），你更希望搞出这么一场表演，而非在此之前就解释清楚。”

“这话说得太重了，沃尔特爵士，”法官严厉地打断了他，“我必须提醒你，这里并不是道德法庭。在此之前，我们就见过太多人因为各种成见而不堪重负，我感觉有必要在此重申这个问题。”

对方鞠了一躬。“遵命，法官大人。我个人觉得刚才的提问还停留在交叉询问的权利范围之内。休谟小姐，你告诉我们在一月三日星期五傍晚，安斯维尔上尉离开弗洛伦德前往伦敦，是为了在第二天和你的父亲碰面，对吗？”

"是的。"

"目的是去勒索钱？"

"是的。"

"那么他为什么没有去见你父亲呢？"

证人张了张嘴，什么都没说。虽然她看上去柔弱不已，但到目前为止，她还算坚持得不错。

"让我把问题说得更清楚点。好几个证人都做证说（实际上是在我这位博学的朋友的施压下）星期六全天，你的父亲除了刚才提到的那些内容之外，没有其他任何访客、消息和电话。安斯维尔上尉没有接近他，甚至没有尝试联系他。而如你所说，安斯维尔上尉急匆匆地来到伦敦就是为了你提到的目的，你是怎么看待这两件事之间的矛盾呢？"

"我不知道。"

对方伸出一只手。"我可以告诉你，休谟小姐，四日，也就是星期六的时候，安斯维尔上尉根本不在伦敦。"

"但是我告诉你，这是不可能的！"

"你能接受我这个说法吗，休谟小姐。这是引自警方提交的与本案有关的每个人的行踪的调查报告。在星期五傍晚，安斯维尔上尉离开了弗洛伦德，开车去拜访了他在罗切斯特的朋友，一直到星期六午夜才抵达伦敦。"

"不！"

"你能进一步接受我的说法，当他在弗洛伦德的时候就向好几个人提起过他准备去罗切斯特，而不是伦敦？"

没有回答。

"你至少会同意，如果当时他人在罗切斯特的话，他肯定不在伦敦吧？"

“他可能对我撒谎了。”

“可能是吧。让我们来看看这件事中的另一个要素。你告诉我们说这些照片是在一年前拍下的？”

“大概是，可能是更早之前。”

“在此之后，你和安斯维尔上尉的关系又持续了多久？”

“不长，一个月左右，不长。”

“在这之后那么长的时间里，他有跟你要过钱吗？”

“没有。”

“或者以这些照片作为威胁，提出任何要求吗？”

“没有。但是你看到他从这里跑出去的时候的脸色了吗？”

“那不是我们应该关注的事，休谟小姐。然而，我能够推测出这件事让他羞耻的原因，与勒索毫无关系。你不能吗？”

“不要回答这个问题。”法官说道，手头的笔也放了下来。“总检察长刚才已经提到说这件事不是你需要注意的。”

“你告诉我们，之后很长一段时间里，安斯维尔上尉从未勒索过你？”

“是的。”

“你知道起誓的意义吗？”

“当然。”

“很不幸，我认为你刚才提出的关于安斯维尔上尉的勒索行为以及你父亲宣称说要‘好好治治他’，都是彻头彻尾的谎言。”

“不，不，不！”

沃尔特爵士安静且温柔地注视着她。然后他摇了摇头，耸了耸肩，坐了下去。

那些认为H．M．会再次询问的人又要失望了。H．M．带着有些厌烦的神情站了起来。“为了一次性弄明白这件事，”H．

M. 清晰地说道，“传皮特 · 奎格利医生上庭。”

我确定在此之前听过这个名字，而且就是在最近。但走进证人席的完全是个陌生的面孔。他是个强壮的苏格兰人，举止温和，说起话来每个音节都很清晰。虽然他年纪最多三十岁出头，但是给人的印象却要更加老成。H.M. 以他一贯的随意态度开始问话。

“你的全名是？”

“皮特 · 麦克唐纳 · 奎格利。”

“你毕业于格拉斯哥大学医学专业，又在萨尔茨堡大学获得了科学犯罪学的学位，对吗？”

“是的。”

“嗯。在十二月十日到一月十日期间，你在哪里工作？”

“我受雇给约翰 · 特里加农医生当助手，在他位于萨里的泰晤士迪顿的私人诊所就职。”

“你是怎么到那里去的？”

“我需要解释一下，”奎格利字斟句酌地说，“我是国际医学委员会的成员之一，受雇于英国精神医学会，专门调查一些精神科从业医生在一般情形下难以确证的谣言或指控。”

“接下来你要告诉我们的事是否已经包含在你提交给英国医学委员会的报告中，并且已经通过了该机构的批准？”

“是的。”

“你是否认识死者，埃弗里 · 休谟？”

“是的。”

“你能否告诉我们雷金纳德 · 安斯维尔上尉是否尝试从死者那里敲诈钱财？”

“据我所知，是的。”

“好的。现在，你能否告诉我们关于这件事你都知道些什么？”

“在星期五，一月三日——”

证人说出的第一个词就立马被法庭的骚动吞没，伊芙琳也正低声跟我说话。这个证人的可信度毋庸置疑。H.M.正极其悠闲地把检方的陈述撕得粉碎。他让他们交叉询问的时候，随意审问，也从来没有再次询问证人，他只是晃晃悠悠地继续。这时我的脑海里又出现了那几句H.M.曾引用过的诗句，与其说是诗句，更像是公式：

“从发现到搜查，从搜查到猎物进入视野，在视线下完成晨间狩猎。”

“在星期五，一月三日——”

第十三章　印台是关键

因为这令人震惊的证人和证言，上午的庭审一直延续到下午两点才结束。H.M.、伊芙琳和我终于再次坐在位于伍德大街的米尔顿首酒馆楼上的包间里享用午餐。这个案子里几乎所有的事实都已经摆在我们面前，而实际上又并非如此。火光映衬下的H.M.如同中国大师一样，斜叼着一根雪茄，瞪着双眼，一手把他的盘子推开。

“好吧，呆瓜们。你们现在都了解情况了，对吗？”

“大致了解了，没错。但其中的关联还不清楚。还有你是怎么找上奎格利的？”

“靠坐着思考。你以为我最初为什么要接这个案子？”

“当然，”伊芙琳真心实意地说道，“那个姑娘来找你，双眼含泪，而你希望年轻人都过得幸福。”

“我就知道你会这么说，”H.M.骄傲地说着，“天啊，我从别人那里得到的感谢就是这样。你们就是这么看待一个强势又安静的男人，他——哎！现在听我说，我说真的，”很明显他确实非常认真，我们也都在等他开口。“我喜欢为上帝修正错误。你们之前已经听我说过很多次关于各种天意弄人的事，我想你们可能觉得那只是我在瞎抱怨。但我其实是认真的。通常来说，天意弄人的事都很滑稽。就算你踢到废纸桶然后弄得满屋子都是，你还是会忍不住大笑。比如，当天早上，你有个重要的会议，而你恰巧没赶上火车。你带心爱的姑娘去餐厅吃饭，付账的时候发现自己把钱包落在了家里。但是，你有没有想过这些天意弄人也会发生在更严肃的事上？回想一下你自己的生活，看看你身上所发生的绝大部分重要的事，真的是因为某人想使坏或者做好事而引发的吗，哦，天啊，或者是别人做了什么吗？还是简简单单是因为该死的、痛苦的天意弄人？”

我好奇地看着他。他正猛抽着烟，我想这大概是心情放松之后爆发出的情绪。他主要的证人现在搞得沃尔特·斯托姆爵士束手无策，总检察长敏锐的大脑现在也想不出任何回击。

“你不是要搞出一套宗教理论吧？”我问道，“如果你真的认为所有事都是因为与某个阴谋联系在一起，最后从上天降下惩罚什么的，你不妨隐居到多塞特[①] 去写小说。”

“你看，”H.M.用毫不留情的嘲讽语调说道，“你能想到的天意都是你自己可能遭遇的那些事。就跟希腊悲剧一样，天神如果对某个可怜的普通人下手，他就永无翻身的可能。你想说：‘嘿，公平一点！如果必要的话，你可以对他来几拳，但别太过分，搞到那家伙在伦敦的迷雾中也会中暑就不好了。’不是这样的，孩子。所有的事都有两面性，天意弄人的事更是如此。因为天意弄人，安斯维尔陷入这件事，我也只能循着同样的方式让他脱身。问题在于你永远无法像沃尔特·斯托姆期望的那样，理性地解释全部的事。随你用什么华丽的词汇称呼这个都可以，叫它命运、宿命或者不成文法的弹性空间，但这就是天意弄人。”

①多塞特：位于英国西南部的郡，一面临海，风景优美。多塞特和东德文海岸已入选世界自然遗产。

“比如说这个案子，”他拿着雪茄指指点点地说道，“那个姑娘来找我的时候，我就意识到到底发生了什么。当你们听到所有证据后，可能也会意识到真相。吉姆·安斯维尔得到了错误的信息，然后径直走进为那位雷金纳德设计的圈套中；但不论是安斯维尔还是休谟小姐，在开始的时候都没有意识到。他们都是当局者迷，人都看不见自己眼中的沙子。他们只是知道沙子在那里。但在一个月前，我从她的嘴里撬问出来整个故事、搞清楚事情的真相的时候，一切都太晚了。案子已经确认要开庭审理了。如果她当时就跟他们说实话，他们也不会相信她的——就像沃尔特·斯托姆发自内心地不相信她今天的发言一样。”

他擤了一下鼻子。

“可是我问你，这个姑娘最初应该怎么想？她听闻自己父亲的死讯，回到家里，然后发现自己的未婚夫单独和她父亲被关在一个保险库一样的房间里。箭上有他的指纹，所有的证据都指向他是凶手。她怎么会想到这是为她未婚夫设计的陷阱？她怎么会把这件事和我们这位雷金纳德联系起来？除非某人向她指出这一点。”

“所以这个某人就是你？”

“是的。我就是从这个思路出发，坐下来思考整个案子。当然，有一点很清楚，那就是老埃弗里·休谟自己准备了好些花样用来对付我们的雷金纳德。你们都已经听过了。他从早上九点开始就不停往那个公寓打电话，即使安斯维尔最初对警察的供词中就提到，休谟知道他自己在十点四十五分之前不可能到达公寓；他给厨子和女仆计划外的休假；他下令将整个书房的遮板全部关上，这样外面的人什么都看不见；他让管家注意到柜子里面有一整瓶威士忌和苏打水；当安斯维尔和他单独在一起的时候，他从里面闩上了书房的门；他大声地喊出那些话以便管家能够听见，

‘你发什么病？你疯了吗？’这是最大的败笔。因为如果安斯维尔真的喝了被下药的威士忌，世界上没有任何一个主人会在看到客人站不稳倒下并且失去意识的时候自然而然地说出：‘你疯了吗？’他会说：‘你不舒服吗？’或者‘你病了吗？’甚至是‘你喝多了吗？’

“由此可见，埃弗里·休谟正在搞什么把戏。他本想干什么呢？他想让我们的雷金纳德闭嘴，但是他并不打算付钱。我们从雷金纳德本人身上能找到什么线索吗？我从那个姑娘身上了解到一个事实，和你今天告诉我你无意间听到的一样。比如说，我们不是已经知道雷金纳德的家族里存在疯狂的基因吗？”

我脑海里面的记忆变得鲜活了，好像在“老贝利”的楼梯上，听着压过脚步声的对话。雷金纳德和休谟医生正一起下楼，他们之间虚情假意地客套着，暗含某种恶意。雷金纳德·安斯维尔用看似随意的口吻抛出了那个观点：“我们家族本来就有疯狂的基因，你知道的。当然也不是多严重，就是拿好几代前的黑人血统说事罢了。”

“可是就这件事的目的而言，已经足够了，”H.M. 继续说道，“哦，可以说是相当够用。我不知道他们两个人当时在想着什么？他们都知道真相，但是他们都绝口不提。总之，我们继续。雷金纳德的家族有疯狂的基因。埃弗里·休谟的弟弟是个医生。而为了达到他们的目的，需要一种非常特别的药物。斯宾塞·休谟医生有个好朋友，特里加农医生，对方是一名拥有私人诊所的精神科医生。只要两个医生做证就——”

“所以，据我们所知，他们打算把雷金纳德关进疯人院。”我说道。

H.M. 皱起了眉头。

“好的，开始的时候，我只考虑了‘证据’的问题。”他把雪茄放进嘴里，如同一个吸薄荷冰棒的孩子一样吸了起来，“但是埃弗里和斯宾塞 · 休谟可能早已策划好了。我们不妨来看看他们的这些把戏如何能奏效。他们确实犯了个天大的错误，把吉姆认成了雷金纳德。但是这对我们发现的细节是否有影响呢？我们来看看。”

“雷金纳德本应受邀到这栋房子里来。有家族病史的他为什么会被认定发疯了呢？这很简单。他之前和玛丽 · 休谟过从甚密，就连吉姆 · 安斯维尔都知道这事。”

“他知道照片的事吗？”伊芙琳感兴趣地问道。

“哼，哼，”H.M.说道，“那些照片啊。不，他当时并不知道。他是后来才知道的，在牢房里的时候，因为我告诉了他。这给我添了一大堆麻烦。吉姆 · 安斯维尔并非那种装腔作势的青年英雄，宁可愚蠢地走上绞刑架，也不愿意其他人知道自己的姑娘和其他男人有过风流韵事。但话不能这么说。当涉及和照片相关的问题时，他不能，无论是从生理上还是心理上都不能在法庭上把一切说出来，让全世界的人都知道。他不能这么做来拯救自己。你能吗？”

“我不知道，”我承认道，思考着安斯维尔面临的抉择，“你越是考虑这件事，越会觉得这么做很残忍。”

“但是她却可以，”H.M.咧着嘴笑道，“这就是我喜欢她的原因。她是个真诚又纯洁的女孩。那个法官也很不错。当巴尔米 · 兰金说出这里不是道德法庭的时候，天啊，我差点就要站起来递给他一整盒雪茄。三十年来，我一直希望能有个法官认真听取事实而不妄下结论，我跟你们说过，我对巴尔米很有信心。但是别再打断我了，该死，我正要告诉你们对付我们的雷金纳德的招数。

“我说到哪儿了？啊，我想起来了。好的，大家都知道雷金纳德和玛丽·休谟曾经过从甚密。大家也知道雷金纳德没什么钱，埃弗里·休谟绝不可能让自己的女儿嫁给他。之后，他富裕的堂弟詹姆斯和她订婚了。而雷金纳德去见了这个老头，结果发了狂。

“你们明白埃弗里的计划了吗？他大声说话以便有人能听到。当证人（一无所知的证人）跑进来之后，他们会发现雷金纳德的口袋里有他自己的手枪，暗示他有暴力倾向。他们还会在一支箭上找到他的指纹印，而这支箭明显（可以说是非常明显）是从墙上被扯了下来，暗示他的暴力倾向已经超出了理智的范围。他们看到他的头发乱糟糟的，他的领带也被扯了出来。他们还会看到埃弗里·休谟全身上下都是打斗留下的痕迹。然后看上去既狂乱又有些搞不清自己到底在哪儿的迷茫的雷金纳德，对这一切又能怎么辩解？他会说他被下药了，这些都是设计好的陷阱。但是现场就有医生发誓说他没有服用过任何药物。而装满了威士忌的酒瓶完好地摆放在柜子里。除了往他的头上再插一把稻草，我看不出他还能做任何别的准备了。

“然后，我心里想，当大家发现他的时候他会说点什么呢？应该是：‘嘘，小声点！别张扬！这件事必须保密，只能让少数几个见证人知道，以证实其真实性。’不能让别人知道这个可怜的家伙发了疯；也不能让精神病院的负责人听说这件事。这个小伙子一直在嘀咕什么玛丽·休谟、照片、陷害，所以更不能让这些诽谤性的胡言乱语再传出去了，不能任由一个疯子乱讲。何不把他送去特里加农医生的私人诊所，让斯宾塞·休谟来处理？即使对于吉姆·安斯维尔，当不得不把这个悲伤的消息告诉他的时候，也要让他和其他人一样守口如瓶。在他婚礼的前夕，他也不会想让自己堂兄被强制送进疯人院的事引起特别关注。

“当然，负责这件事的医生会没收他的所有私人物品：衣服，钥匙，等等。无论他把那些照片藏在哪里，他们都能在很短的时间内找到并付之一炬。”H.M.打了个响指，然后抽了下鼻子。“这就是事情的全貌，我的小傻瓜们。整个计划甚至不需要花费什么。我们的雷金纳德会一直被监禁到他保证不干坏事为止。这都是他罪有应得。可惜的是这个计划并没有成功。即便他不愿服软，他也证明不了任何事，还会一直被人怀疑精神不正常。而埃弗里·休谟的女儿早已结婚。这种事之前也发生过很多次，你知道的，这是消除丑闻的体面方法。”

我们认真地想了想，这比奎格利医生在证人席上用冷冰冰的语调说的内容要具体得多。

“埃弗里·休谟，”我说道，“显然是个狠角色。”

H.M.在这个古旧房间中的火光的映衬下眨了眨眼睛，显得有些吃惊。

“并不完全如此，我的孩子。他只是个体面人。同时，他也是个现实主义者。有人敲诈他。必须要想办法解决这件事。所以他想了这个办法。你也听到他的女儿今天下午在法庭上的发言了。我并不讨厌像他这样的人。如我所说，这就是一出有些可笑的狗咬狗的好戏。我还有些遗憾他的计划没能实现，没能送我们冷冰冰的雷金纳德去更加冷冰冰的病房里，好好反思一下世上还有许多别的赚钱方法。但我是个老派的律师，肯，不能因为这些狗咬狗的事就让他们吊死我的当事人。所以，从一开始，我就要找到一个对这个计划略知一二的证人。必要的话，我都准备好要贿赂特里加农，让他自己泄露这些秘密——”

“你刚说了贿赂？”

“没错。但是我找到了奎格利，因为医学委员会的人已经在调查特里加农了。实际上，就是已经有人偷听到埃弗里、斯宾塞和特里加农策划的事，已经有人潜伏在特里加农的私人诊所，等着找机会揭发他。我刚才所说的天意也有两面性就是这个意思。”

“但是辩方现在的策略到底是什么？”

“啊！”H.M. 皱着眉说。

“虽然你能够证明整件事是计划好的。但是斯托姆会因此而放弃整个案子吗？还有没有什么别的理由能够证明安斯维尔是清白的？”

“没有，”H.M. 说道，“我也在担心这个。”

他把椅子往后一推，摇晃着站起来，然后迈着内八字的步伐，在房间里走来走去。

“所以辩方现在的策略到底是什么？”

“犹大之窗。”H.M. 说着，眼睛透过镜片凝视着下方。

“现在，现在！”他很有说服力地说道，“请你们看看这些证据，和我一样从头开始审视一遍。现在我们已经证明有这样一个计划，现在也有各种各样有用的证词来证明这个计划确实被施行了。我给你一个提示。这个计划里有一件事让我有些困扰。埃弗里和斯宾塞策划要一起治治安斯维尔——很好。但是，在实施计划的当天晚上，埃弗里却让除了管家之外的其他人都离开了屋子。厨师和女仆都出门休假去了。阿米莉亚 · 乔丹和休谟医生准备前往苏塞克斯。但是我告诉自己：这里有问题！斯宾塞不可能就这么离开了。他的哥哥需要他帮忙。如果不是休谟医生的话，谁会走进来对那个假疯子评头论足？谁来检查这个疯子？谁会发誓证明他并没有服用任何药物？他是整个计划中最重要的组成部分，他是核心。”

“除非他们已经找到了特里加农。”

“没错，但是他们不太会让特里加农这么早就参与进来。这会显得太可疑。先说一下关于另一个问题的答案。如果斯宾塞带着听诊器一直在现场附近晃荡，或是整件事进展得太过顺利，其他人或许会产生怀疑。是那个叫乔丹的女人，她昨天在法庭上的那些发言无意间给了我提示。我一个月前就听过她的这些证言，当时就发现了问题。还记得她当时准备去做什么吗？她正要开车去接斯宾塞，到医院去接他，然后他们要一起开车去乡下。你想起这些了吗？”

“是的，那又怎样？”

“你是否也想起，”H．M．说着，眼睛睁得很大，“斯宾塞让她帮自己做了什么吗？他让她为自己打包行李，然后把箱子带到医院去，这样他就不用再麻烦地回去一趟。天啊，我简直想不到比这更精妙的计策了。她准备好要去苏塞克斯，但斯宾塞从没这么打算。如果世界上有什么肯定不能得到你想要的东西的事，那就是突然请别人帮你打包行李。就算对方用尽全力，把他认为你需要的东西全塞进箱子，也总会出差错。在这个案子里，斯宾塞只需要随便找一个借口。当她把箱子拖到医院的时候，‘啊，’斯宾塞客客气气地问，‘你帮我收拾好了。你有没有把我那个银质背面的刷子也放进去？’或者是他的睡衣，他晚礼服的银领扣，或是任何其他东西。他需要做的不过是照着单子一个个往下问，直到找到一个没装进去的东西。‘你把那个落下了？’他会说，‘上帝啊，女人，你认为我能就这么到乡下去吗，连我的那什么都没带上？那个东西绝对是必需品。这真是件不幸的倒霉事。’——你听不到斯宾塞这样说吗——‘但恐怕我们必须要回到屋子去拿那个东西。’”

H.M. 拍着肚子，高耸的眉毛下，一双眼睛斜瞟着。他把斯宾塞·休谟模仿得惟妙惟肖，让人感觉几乎能听到那个医生的声音了。然后他恢复常态，补充道：

“所以他们开车回去。到达的时候，（意外且巧合地）刚好发现埃弗里·休谟正在对抗一个想要杀掉他的疯子。”

他停了一会儿。

“这真是个巧妙的诡计，很具有说服力。”伊芙琳承认道，“那个女人，阿米莉亚·乔丹，也参与了这个整治雷金纳德的阴谋吗？”

“没有，如果真是那样就没有理由搞这些把戏了。她是没有任何预先准备的证人之一。另外两个是戴尔和弗莱明——”

“弗莱明？”

H.M. 把雪茄从嘴里拿了出来，露出嘲讽的神色，再次在餐桌前坐了下来。“请注意！你们已经听到弗莱明在证人席上的发言。埃弗里告诉过他，让他在六点四十五分的时候来屋子一趟。好的。根据弗莱明的习惯，他甚至可能猜到弗莱明会早到几分钟。现在，按照事情本来应有的发展脉络，把注意力集中在整件事精确的时间点上。”

“埃弗里告诉那个可能发疯的家伙六点整会来家里。然后，考虑到对方是来敲诈勒索的，他确信雷金纳德会准时到达。埃弗里吩咐阿米莉亚·乔丹一过六点十五分就开车离开（戴尔会提前把车从修车行取回来）。谁给我一张纸，还要一支笔。埃弗里·休谟是个做事有条不紊的人，他制订的这个计划就如同他制定贷款条约一样精准。就像这样：

“下午六点，雷金纳德会到达。他会被乔丹和戴尔看见。戴尔带他去书房，然后戴尔会被派去取车；戴尔很有可能会在书房门口停留几分钟，还记得他曾被提醒过来访的客人不值得信任吧。然后戴尔会离开屋子，比如说在六点五分。他会在六点十分到六点十五分之间开车回来。在六点十五分到六点二十分之间，阿米莉亚·乔丹就会离开，开车去医院。

“从格罗夫纳大街到靠近帕丁顿的普雷德大街的车程很短。假如阿米莉亚·乔丹到达医院的时间是六点二十二分。她会把行李箱拿给斯宾塞，对方就会发现他的某件东西没在里面，然后他们开车回去。他们会在六点二十七分到六点三十分之间回到家中。

“到这时，舞台全都布置好了。埃弗里·休谟会大声叫嚷，使得戴尔前来用力敲门。他打开门后，会看到刚在书房里发生了一次激烈的打斗。雷金纳德因为药效未退显得脚步蹒跚，眼神疯狂而且语无伦次。然后医生会到场发表意见。当这种刺激感达到高潮的时候，弗莱明会到场，成为最后一个证人。就是这样。”

H.M. 吐出烟来，然后用手挥散烟雾。

“只是事情并没有这样发展，”我说，“有人利用那个计划杀害了那个老头。”

“正是如此。现在我已经把本应发生的事讲述出来了。接下来，为了帮助你们理解，我会告诉你们到底发生了什么。我会给你们看一张当天晚上的时间表，因为它会非常有启发性。大部分官方认定的时间，比如说警察到场的时间，或者和这次谋杀直接相关的几个时间点，你们都已经在法庭上听到了。其他的时间点就没有直接证据那么重要，也没有被强调。但是我掌握的所有这些信息，是从警方的记录里抄来的。在我和安斯维尔以及玛丽·休谟谈过之后，我又在这些时间点信息的旁边写上了我自己的备注。我建议你们（呵，我开始讨厌这个说辞！），在研究这些的时候稍微动动脑子，就能理解不少事了。”

他从衣服内袋拿出一张巨大而肮脏的纸，因为多次翻阅已经磨损严重。他把这张纸小心翼翼地展开。上面的日期是一个多月前。左侧表格是时间表，显然是罗丽波普用打字机打好的；右侧表格是 H.M. 用蓝色铅笔潦草写着的备注。如下：

时间表	备注
6：10　安斯维尔到达，被带到书房。	因浓雾迟到。
6：11　埃弗里·休谟告诉戴尔去取车，书房的门被关上，但并没有闩上。	
6：11 － 6：15　戴尔一直待在书房门外的走廊里，听到安斯维尔说："我不是来杀人的，除非情况必要。"然后听见休谟用尖锐的声调说着什么，具体的话没听清。但是最后一句很大声，"喂，你发什么病？你疯了吗？"然后就听到拖着脚走路的声音。戴尔敲门后询问是否出事了。休谟说："没事，我能处理，走开。"	没有提到偷东西的对话。 "你疯了吗？"这句话很可疑，需要调查一下。 "拖着脚走路的声音"是安斯维尔摔倒的声音？ 当时门已经闩上了吗？没有，否则戴尔会听到因为不常使用而有些不顺滑的门闩撞进闩孔的声音。 休谟表现得非常勇敢，不太正常，可疑。
6：15 戴尔去取车。	听命行事。 六点十八分到达了车行。
6：29　阿米莉亚·乔丹收拾自己的行李，以及休谟医生让她帮忙打包行李。	震惊。 假设她遗漏了什么东西？
6：30–6：32　阿米莉亚·乔丹下楼来，走到了通往书房房门的走廊里。听见安斯维尔说："起来，该死的！"尝试打开书房的门，发现门被闩上或者以什么方式锁上了。	肯定闩上了，因为门锁卡在"打开"的状态。
6：32 戴尔取车回来。	

时间表	备注
6：33—6：34　阿米莉亚·乔丹让戴尔阻止他们打架或者去找弗莱明；她自己去找了弗莱明。	
6：34　看到弗莱明正从自家门前台阶上下来，准备去隔壁。	有点太早，但是又怎样呢？
6：35　弗莱明和她一起。他们所有人一起敲响了书房的门。	
6：36　安斯维尔打开了书房的门。	
6：36—6：39　检查尸体和房间。毫无疑问门窗都从里面锁上了。安斯维尔冷酷且茫然的举止受到了质疑。“你是石头做的吗？”安斯维尔回答：“他在我的威士忌里面下了药，活该。”检查威士忌。酒瓶和苏打水瓶都是满的，玻璃杯完全没动过。安斯维尔还在宣称这是一次陷害。箭上的一片羽毛被扯掉了。	药效还没消退。Brudine？ 休谟如何处理原来的苏打水瓶？原来的酒瓶呢？安斯维尔说玻璃杯里没有放任何东西，那就肯定是下在酒瓶里了？ 特别注意：这些锁没有什么花样。门有一英寸半厚，镶板和门把都又大又重。门框没有空隙，没有锁孔。遮板都有闩，没有缝隙，窗户也都锁上了。 咯吱咯吱。
6：39　弗莱明让阿米莉亚·乔丹去找休谟医生。弗莱明要采集安斯维尔的指纹。戴尔说斯宾塞·休谟的外套里就有印台。	为什么？是个爱管闲事的人？
6：39—6：45　戴尔找不到印台或外套。想起来在书房的桌子里还有个旧印台。安斯维尔拒绝按指纹，袭击了弗莱明，最后终于沮丧地同意了。	桌子被搜查过了吗（特别注意：我了解到，搜查过了。）？那么那片不见的羽毛在哪里？
6：45　戴尔上街叫来了哈德卡斯特警员。	

这时伊芙琳插嘴道："我说！这是否意味着，实际上，从他们进入书房到戴尔出去找到警察之间，只隔了九分钟？不知道为什么，他们在法庭上的证言听上去感觉要长得多。"

H.M.不满地哼了一声。"当然。听上去总是要长得多，因为他们有很多要说的。但这是真实的记录，你们自己就可以查到。"

"这里最让人困惑的是，"我坚持道，"为什么有这么多关于印台的讨论？印台好像和这个案子毫无关系。弗莱明有没有采集到安斯维尔的指纹又有什么区别吗？警察也会干这件事，然后把它和箭上的指纹进行对比。但是就连检方都特别指出这一点，翻来覆去地讨论。"

呼出一口烟后，H.M.心满意足地向后一靠，闭上一只眼睛以免被烟熏到。

"当然，他们确实这么做了，肯。但他们关心的不是印台。他们实际想强调的是，当弗莱明想要采集安斯维尔指纹的时候，安斯维尔完全没有被下药的症状，反而发狂一样地把弗莱明推倒在房间的另一头。他们宣称安斯维尔也是采取了类似的手段袭击了死者，你明白了吗？但是我很高兴他们提起这件事，如果他们不提，我也会提。因为我对其中一个特别的印台兴趣十足。它就是整个案件的关键。你们也看出来了，对吗？"

第十四章　弓箭手的时间表

我们在米尔顿首酒馆那低矮的小房间内等待下午开庭，整个讨论过程和这个案子的其他信息一样，给我留下了清晰的印象。火光照耀在一排锡质的啤酒杯、H.M. 巨大的鞋子、他的眼镜以及他那洋溢着喜悦的脸上。伊芙琳双脚交叉地坐着，身子前倾，一只手托着下巴。她褐色的眼睛里流露出喜悦和烦恼。H.M. 总能让女人露出这样的神色。

"你明明知道我们没看出来，"她说道，"不要坐在那里哈哈大笑，晃来晃去，扮着鬼脸，像《匹克威克外传》[①] 里的托尼·维勒想着怎么对付史德金斯一样。你知道，很多时候你就是最让人发怒的人。哼！你为什么以迷惑别人为乐呢？如果马斯特斯先生也在这儿，所有人就都到齐了，对吗？"

"我没有以此为乐。该死！"H.M. 抱怨着，自己对这个说法深信不疑。"只不过别人总是以羞辱我为乐，我不得不予以还击罢了。"他用安抚的口吻说道，"你们都回到案子来。继续看看这张时间表。我只问你们一个问题：如果吉姆·安斯维尔不是凶手，那么谁是？"

① 《匹克威克外传》：狄更斯作品。讲述了老绅士匹克威克一行五人到英国各地漫游的故事。

“不用了，谢谢，”伊芙琳说，“我已经不是第一次遇到这种事了。你在法国干过一次，在德文郡又干过一次。你列出一长串被告名单，让我们选一个。最后总是另有真凶。我猜这个案子你会说凶手是沃尔特·斯托姆爵士或者法官。所以不用了，谢谢。”

“这话是什么意思？”H.M. 问道，透过镜片看着她。

“就是这个意思。你让我们把注意力都集中在这张时间表上，这就是最可疑的信号。你好像已经把注意力集中在案发时在现场附近的人身上。但是其他人呢？”

“什么其他人？”

“至少还有三个人，我是说雷金纳德·安斯维尔，玛丽·休谟，还有休谟医生。比如，总检察长今天‘告知’那个叫休谟的姑娘，雷金纳德当时根本不在伦敦，他在罗切斯特，直到半夜才回到伦敦。你根本没有反驳他，你也没有再次询问证人。那么，他到底在哪里？我们知道，案发当晚的某个时间，他就在房子里，虽然可能是很晚的时候。我听到他自己也这么说过，当时他正从‘老贝利’的楼梯上往下走。玛丽·休谟也在那儿，时间也很晚了。最后，还有那个医生，现在他失踪了。之前你暗示说休谟医生有不在场证明。但是昨天晚上，肯告诉我，他写了一封信，发誓称自己亲眼看到了凶案的经过。你准备怎么解释这一切呢？”

“如果你把这张时间表看完就明白了！”H.M. 咆哮道，然后渐渐冷静下来。“有一部分让我很担忧，”他承认道，“你们知道的，对吧？法庭已经对斯宾塞下达了拘捕令？我们知道他已经逃走了，但是巴尔米·兰金不会放过他。如果他们抓到他，巴尔米会以在谋杀案的审判中故意藐视法庭的罪名将他送进牢房。我认为沃尔特·斯托姆略过这个证人实在是太掉以轻心了，他本应该申请延期审判。沃尔特一定知道他已经逃走了。但是巴尔米也知道。天啊，我想……算了，你有什么想法吗，肯？”

我的立场很简单。“我没有什么社会正义感，也不太关心是谁杀了他。我更想知道这个案子的犯罪过程。我和马斯特斯一样：‘别管动机了，让我们先听听犯案手法。’现在有三个可能性：第一，确实是安斯维尔杀了他；第二，休谟是自杀，不论是意外丧命还是主动自杀；第三，存在一个未知的凶手使用了某种未知的手段。H.M.，你能不能正面回答一些问题，不要避重就轻或者模棱两可？”

他的表情缓和了下来。

“当然，孩子，随便问吧。”

“按照你的说法，真正的凶手是通过犹大之窗进来的。是这样吗？”

“没错。”

“凶手使用十字弓行凶。这是你的论点吗？”

“是的。”

“为什么？我的意思是，为什么是十字弓？”

H.M.想了一会儿。“这是逻辑推导下来可能性最大的东西，肯。这是唯一符合这起犯罪的武器；同时，这也是使用起来最简单的武器。”

“最简单的武器？就是那个你展示给我们的又大又笨重的东西？”

“简单，”H.M.严肃地说，“一点也不大，孩子。非常宽，没错。但记住，它并不长。你自己也看到了——那是一把短腿十字弓。然后，简单吗？你也听到弗莱明自己承认，在非常近的距离内，即使是外行也不会射偏。”

“我正要说这个。这支箭是从多远的距离射出的呢？”

H.M.透过他的镜片没好气地打量着我们。“这种法庭礼仪真的会传染。我感觉就像之前一次庭审中，某个医学界人士说的那样：‘我感觉这像是宣誓下的大学考试。’肯，你要我说得精准无误，但是这件事我真的没办法精确到几英寸之间。但是以防你们又要说我逃避问题，我可以告诉你，不会超过三英尺，最远也不过如此。满意了吗？”

“还没完。当箭发射的时候，休谟站在什么位置？”

“凶手当时正在和他谈话。休谟站在桌子旁边，正弯腰去看什么东西。当他弯腰前倾的时候，凶手下意识地扣下了十字弓的扳机。所以箭的角度很奇怪，如一条直线刺进去。沃尔特·斯托姆对这事调侃了半天，但这就是板上钉钉的事实。”

“弯腰去看什么东西？”

“是这样的。”

伊芙琳和我对视了一眼。H.M.咬着他那快要抽完的雪茄，把那张时间表推给了我。

“现在你想问的都问完了，何不把注意力放到与本案相关的事上来？比如说，斯宾塞·休谟。他是本案的一个缺口，因为他从来没有出庭做证。不是说他回到屋子后做了什么很重要的事吗？他到底做了什么很让人感兴趣。你知道，当斯宾塞知道真正发生了什么的时候，一定极其震惊。他们抓到的是吉姆·安斯维尔，而非雷金纳德。”

“他认得出这对堂兄弟吗？”

“当然，”H.M.又是一副古怪的神色，“两个人他都认识，他是整个要命的案子中唯一同时认识这对堂兄弟的人。”

时间表	备注
6 : 46　斯宾塞 · 休谟到达格罗夫纳大街。	斯宾塞叔叔，根据警方的记录，有滴水不漏的不在场证明。从五点十分到六点四十分，他在医院巡房。六点四十分，他下楼后在大厅等着，最后走到外面的台阶上。六点四十三分(开得好快)，A. 乔丹开车赶到，告诉他赶紧上车，埃弗里死了，玛丽的未婚夫发疯了。 斯宾塞不是凶手。咯吱咯吱。
6 : 46 – 6 : 50　哈德卡斯特警员尝试讯问安斯维尔，然后用电话通知了警局。	
6 :46 – 6 :50 斯宾塞 · 休谟带着阿米莉亚 · 乔丹上楼，医生有必要在场。	
6 :51 – 6 :55 斯宾塞 · 休谟到达书房。当着弗莱明和戴尔的面，安斯维尔说："你是个医生，看在上帝的分上，告诉他们我被下药了。"斯宾塞说："我找不到下药的迹象。"	斯宾塞为什么不承认酒被下药的事实？太危险了？
6 : 55　莫特拉姆督察和雷伊警官到达现场。	警察对作为第一现场的书房进行了搜查。
6 : 55 – 7 : 45　莫特拉姆督察第一次侦讯安斯维尔，其他证人被问话，由莫特拉姆督察和雷伊警官搜查了书房。	箭杆上有一条垂直的细线上没有灰尘。非常可疑。是被发射的吗？ 羽毛完全被扯成两半，不可能是打斗造成的。羽毛被整齐有力地切断，卡在哪里了。机械？被发射的？ 什么机械？找到可能出现在一个弓箭手家里的东西？ （之后）J. 桑克思，一个为三户人家打零工的人，报告说后院小棚屋的工具箱内的十字弓不见了。 十字弓不见了。 高尔夫球外套不见了。 1+1 ＝ 不可信，哎，警察啊。

时间表	备注
7：45　分局法医斯托金到达现场。	
7：45－8：10 验尸。	注意尸体的位置。伤口的方向？不相符。可能！
8：15　斯宾塞·休谟打电话给在弗洛伦德的玛丽·休谟。	虽然出门吃饭，但及时回来收到了信息。
8：10－9：40　进一步讯问以及搜查房间。安斯维尔崩溃。	
9：42　打电话给安斯维尔的堂兄雷金纳德。	雷金纳德从罗切斯特开车回来，刚刚到达公寓。据说五点十五分左右离开罗切斯特。在路上的一家酒店内提早吃了晚饭。晚饭花了很长时间，回来的路上他都有些醉了。不记得酒店或村庄的名字。
9：55　雷金纳德·安斯维尔到达格罗夫纳大街。	
10：10　安斯维尔被送到警察局。雷金纳德陪同。	
10：35　玛丽·休谟立即搭乘火车返回家中。	
10：50　尸体被送到太平间，这时，之前在死者口袋里的两封信被发现不见了。	玛丽拿走了，为什么？
12：15　安斯维尔在警察局做出了最后的供述。	

结论：根据上述的时间和事实，毫无疑问能指认出真正的凶手。咯吱咯吱咯吱。

“这真是相当具体，”我评价道，严肃地看着他，“这张表能告诉我们什么吗？还有，这不断出现的‘咯吱咯吱’到底有什么意义？”

“哦，我也不知道。我当时就是这个感觉而已，”H.M.满怀歉意地说，“它代表我逐渐触碰到事情的真相。”

伊芙琳又看了一遍整张单子。“好的，除非你作了假，不然还有一个人的嫌疑也可以排除，我指的是雷金纳德。你说有证据证明他在五点十五分离开罗切斯特。罗切斯特距离伦敦有三十三英里左右，对吧？好的。所以，在一个小时内开三十三英里，还要应对交通状况，这只存在理论上的可能性。特别是考虑到伦敦市中心的交通状况，我不认为他能够及时赶到格罗夫纳大街行凶，而且你已经排除了休谟医生。”

“排除休谟医生？”H.M.问道，“哦，不，我的小姑娘。完全没有。”

“但是你承认他有滴水不漏的不在场证明。”

“哦，不在场证明！”H.M.挥动着他的拳头吼道。他站起身，开始在屋子里一边咆哮，一边到处走动。“红寡妇血案[①]中的凶手也有不错的不在场证明，不是吗？孔雀羽谋杀案中的那个人不也有个很好的不在场证明。但这些都不是我真正烦恼的事。让我烦恼的是那封该死的信，昨天晚上斯宾塞叔叔写给休谟小姐的那封信。他发誓说自己看到了凶案过程，还说确实是安斯维尔干的。他为什么要这么写？如果他撒了谎，那么他又为什么要撒谎？最阴险的一点在于，他认为安斯维尔发誓说自己是无辜的可能是发自真心——也就是说他真的杀害了休谟，只是不记得了。哦，我的天啊！你有听说过任何人使用这套理论吗，当初狄更斯就想这样为《德鲁德疑案》[②]收尾。贾思帕就是真凶，只是他自

①红寡妇血案以及后文提到的孔雀羽谋杀案，都来自亨利·梅里维尔爵士系列作品。

②《德鲁德疑案》：狄更斯的最后一部小说，这部小说尚未完成，狄更斯就因脑溢血去世。后文中的贾思帕是这本书中的主角。

己不记得了，因为吸食了鸦片？威尔基·柯林斯在《月亮宝石》中关于偷窃宝石的案件也是这套理论，所以我不应该惊讶。如果我这一整套伟大而漂亮的理论就因为这点而垮塌的话……但是这不可能！天啊，这不合理。羽毛的问题又怎么解释呢？我第一个怀疑的人就是斯宾塞叔叔——”

“你怀疑他的理由是因为他有不在场证明？”我问。

“跟你聊天真是没什么用，”H.M.疲惫地说，“你看不到问题所在。我认为就算不是他亲手杀人，也是他安排的——”

一个新的可能性出现了。

“我想起我看过的另一起类似的案件，”我说，“但那是很早之前的事，我已经不记得它是真实的案件还是小说。一个男子在海边一座高塔上层的房间内死亡，有迹象显示是他杀。他的胸口被猎枪击中，但是找不到凶器。唯一的线索是房间内的钓鱼竿。不幸的是，这座高塔的门被监视着，没有任何人进出过。唯一的一扇窗户很小，在面向大海的墙上方。谁杀了他？凶器又到哪里去了？事情的真相相当简单。是自杀。他在窗户上架好猎枪，正对着他。他站在几英尺远的地方，然后用钓鱼竿拉动了扳机。枪的后坐力使其在开枪之后向后跌出窗外，掉进了海里。案件被认为是谋杀的话，他的家人就可以获得保险金。你的意思是在埃弗里·休谟的书房里可能存在什么装置，他无意间触碰后，被箭射死了？不然你到底是什么该死的意思？”

“不可能是那样，”伊芙琳反对，“如果真的这么奇特的话，我们还要相信凶手当时正在和休谟说话。”

“没错。”H.M.承认道。

“那也一样，”我说，“我们好像偏离了最重要的一点。不论是谁实施了这次谋杀，动机是什么？你总不能告诉我，例如，安斯维尔之所以抓起箭刺向休谟，只是因为他认为他未来的岳父大人给他的威士忌里面下了迷药。除非他真的像他们想要让雷金纳德看上去一样疯癫。但是在这个案件中好像没有人提到过动机。那么谁还有杀掉休谟的动机呢？”

“你是不是忘了遗嘱的事了？”H.M.问道，抬起无神的双眼。

“什么遗嘱？”

“你在法庭上已经听过了。埃弗里·休谟急于抱上外孙，就跟所有白手起家的人一样，为了延续香火之类的。他正准备立一份新的遗嘱，把所有的财产都交给信托机构。注意，是所有的财产，都留给这个未来的外孙。”

“他已经立下遗嘱了吗？”

“没有。他还没来得及。所以我想，去一趟萨默塞特宫应该很有意思。在那里花上一先令，看看原本的遗嘱内容，就是现在将要对照执行的那份遗嘱。当然，那个姑娘是主要继承人。但是其他人也能分得这个老头财产的一部分。他对分钱这件事并不谨慎。连可怜的老戴尔都能拿到一笔钱。甚至有一张高达三千五百英镑的支票会付给肯特郡护林人协会，用来建造新的房子。这笔钱会直接打给协会会长，根据他自己的方针处置。”

“所以肯特护林人协会的人聚在一起，进军伦敦，然后一箭刺穿了他？胡说八道，H.M.！你这么说有失水准。”

“我只是在给出各种意见。”H.M.用出人意料的温顺口吻回应道。他皱起眉毛，向上看着。“只是想看看有没有什么事能激发你的灰色脑细胞。你永远制定不出合理的辩护策略，肯。你不能从证据中找到线索，然后以此直接找到证人。比如，假设我认为找到斯宾塞叔叔这件事非常重要，就算我不能把他送上证人席，但是我认为非常有必要和他聊一聊，那么我应该怎么伸出手去触及他的所在？”

“鬼知道。这可是马斯特斯最喜欢的日常工作。如果警察都找不到，我不懂你怎么能找到他。记住，他都已经跑掉好久了，现在可能都到巴勒斯坦了。”

一阵敲门声使得H.M.从迷茫的状态中醒了过来。他把烟蒂扔进盘子里，坐直了身子。

“请进，”H.M.说着，“他是可能都到巴勒斯坦了，”他补充道，“但是他没有。”

门被小心翼翼地打开了。斯宾塞·休谟医生，衣着讲究，一只手拿着一顶圆顶帽，手肘处挂着一把收好的雨伞，走进房间。

第十五章　犹大之窗的形状

如果“老贝利”屋顶上镀金的正义女神像从穹顶上滑落下来，然后出现在这里，可能也不会比现在的情况更让人吃惊。但是休谟医生今天并不如平日一般温和。他看上去一脸病容。虽然他的一头黑发还是如之前一样梳得整整齐齐，但是他脸上的红润不见了。他那双敏感的小眼睛显得紧张不已。当他看到伊芙琳和我坐在火光中，更是吃惊得后退了一大步。

“没事的，孩子。”H.M. 向他保证。H.M. 正坐在桌子后面，一只手盖在眼睛上。医生的眼神下意识地瞥向窗户，那正是他想去的那栋大楼的方向。“这都是我的朋友。其中一位我想你昨天已经见过了。坐下来抽根雪茄吧。炮兵部队里有句老话：‘目标越近，你越安全。’你现在就在巴尔米·兰金的眼皮底下，没事的。你可以去公众旁听席入口排队，然后跟着听众进到旁听席，你可以坐在巴尔米的头顶上，而他还以为你已经在比中国还远的地方。”

“我，嗯，也知道。”斯宾塞带着一丝苦笑答道。他笔直地坐在椅子上，粗壮的体形有种奇怪的体面感。他没要 H.M. 的雪茄，双手平放在膝盖上端坐着。“说实话，今天整个上午我都坐在旁听席上。”

“哼哼。我很确定我当时就看到你了。”H.M.满不在乎地说。对方的脸色变得更加苍白了。“这不是什么新鲜的招数。查理·皮斯[①]当时就去旁听了年轻的哈珀的庭审，而案件的被害人实际上就是皮斯杀害的。说实话，你比我想象的要大胆得多。”

“但是你并没有说出来？”

“我讨厌法庭上闹成一团，”H.M.抽了下鼻子，看着自己的手指，“这会影响整个美妙安详的氛围，还有那种智慧上的平衡感。但是，跑题了。我想你昨天晚上收到我的消息了？”

休谟把他的帽子放在地板上，小心翼翼地把雨伞靠在椅子的一侧。

“重点是你已经把我弄到这里来了，”他回答道，但并没有敌意，“现在你能回答一个问题吗？你怎么知道要到哪里去找我？”

“我不知道，”H.M.说，“但是我不得不去最有可能性的几个地方都找一找。你已经准备逃走了。但是你却花时间写了一封非常长、非常细致，也非常有分量的信给你的侄女。如果是要乘坐飞机或者轮船火车逃跑的人，一般不会有时间干这种事。你知道他们会来抓你，因为藐视法庭已经是刑事犯罪。那就只有一个借口可以用：你得了重病。我想你应该是直接去找了你的朋友特里加农，藏身在他私人诊所的床单和冰帽之间。你应该能够弄出一张证明，以此说明你昨天病得有多厉害。我之前说过好多次，找人这件事差不多就是美化一下那个白痴男孩找马的老故事一样。‘我只是在想，如果我有一匹马，我会去哪里，我去了那里，它就在那儿。’我往那里给你送了封信，你就在那里。”

①查理·皮斯：英国臭名昭著的罪犯，曾犯下多起盗窃案，在一次盗窃中重伤了发现他的警察，导致对方最后不治身亡。之后，居住在事发地点附近的威廉·哈珀被逮捕，并作为此次案件的犯人被判处绞刑，后又减刑为终身监禁。查理·皮斯后承认自己曾出席哈珀的庭审。

"那真是一封很奇怪的信。"斯宾塞说着，狠狠地瞪着他。

"是的。那就是为什么我们现在需要坐下来谈谈正事。我认为世界上至少有一个人，你不愿意看到他被吊死？"

"你指的是我自己？"

"没错。"H.M.赞同着，把他遮着眼睛的手拿开了。他拿出自己廉价的大怀表，把它放在了桌上。"听我说，医生。我不是在虚张声势。如果你还在怀疑，我可以证明给你看。但是我必须在十五分钟内赶到法庭，今天下午我会结束对吉姆·安斯维尔的辩护。请注意，我没说一定如此，但是我要说，当我结束的时候，你因为谋杀的罪名被逮捕的概率大概是100：6。"

对方始终一言不发，用手指敲着膝盖。然后，他伸手从内侧口袋里拿出一个香烟盒，取出一根香烟，然后狠狠地一按，关上了盒子，好像是要结束什么别的事一样。他用平静的语调开了口。

"那就是虚张声势。我之前有怀疑，现在确定了。"

"我知道那个印台，高尔夫球外套还有其他消失的东西都在那里，而且这些东西现在全都已经到了我的手上。我这么说你还觉得是在虚张声势吗？"

H.M.的表情毫无变化，他把手伸进了自己侧边的内袋里，拿出一个装在普通锡盒里的黑色印台和一个刻着某人名字的长形橡皮图章。他把它们扔在桌上盘子的间隙中。我已经第一百次怀疑这些事的关联性。H.M.手上的动作如此粗暴，而他却可以完全不动声色，相当矛盾。休谟医生并没有太吃惊，而是有些沮丧和困扰。

"但是，我亲爱的先生……是的，没错。但是这又怎么样呢？"

"这又怎么样？"

"奎格利医生，"对方怨恨地说，"今天在法庭上彻底否认了我的品格。我想我们不得不接受他的证言。假设你把这些有趣的证物一样一样提交上去，除了现在已经被证明的事之外，还能证明什么吗？已经淹死的人还会怕什么海上的风浪。”他的脸上露出了有些可怕的笑容，完全不像他以前那种透露着精神和活力的样子。“我不确定这是不是开龙[①] 的原话，但是我已经因为一件事无形中被定罪，所以我根本不在乎你那些耍猴的把戏。”

他用力划了一根火柴，点上烟。H.M.盯着他看了一会儿，然后脸色变了。

“你知道——”H.M.用缓慢的语调开头，“天啊，我开始相信你是真的认为安斯维尔是有罪的。”

“我很确定他是有罪的。”

“昨天晚上你给玛丽·休谟写信发誓说你亲眼看到了凶案的经过。你可以告诉我那是真的吗？”

对方把烟上的烟灰吹掉，向上直立拿着。“我非常反对对任何事发表意见，哪怕是谈天气，一贯如此。我能告诉你的只有一件事。在整件事里，最让我疑惑，没错，也是最让我抓狂的，”他做了个愤怒的手势，“就是我确实什么都没干！我想要帮埃弗里，想要帮玛丽。虽然有些不符合道德标准，但我深信这是为了所有人都好。结果怎么样？我被追捕了！是的，先生，我重复一遍：被追捕。但即使是昨天，当我不得不离开的时候，我也想要帮助玛丽。我向她承认，在埃弗里的请求下，我向他提供了‘Brudine’。与此同时，我有义务指出詹姆斯·安斯维尔是凶手，就算我只剩最后一口气，我也要说他就是凶手。”

虽然这个男人天生爱用些陈词滥调，但是他声音中透露出的

①开龙：侦探作家欧内斯特·布拉玛笔下的一个系列主人公，该系列主要包括了开龙在中国游历时发生的各种故事。

强烈诚意已经盖过了他自怨自艾的情绪。

“你看见他下手的？”

“我必须要保护我自己。如果我整封信只写开头那部分，你就会把它带上法庭。这可能会帮助安斯维尔这个杀人犯脱罪。我不得不确保你不会把它带上法庭。”

“哦，”H.M.用截然不同的语调说，“我明白了。你故意把谎言放进去，使得我们不敢把它作为证据提交？”

休谟医生对这句话置若罔闻，整个人显得更加平静了。

“亨利爵士，我冒着相当大的危险到这里来。目的是得到我收到的信里提到的那些信息。很公平吧，嗯？我希望知道的是我在整个案子中的法律地位。首先，我有一张证明证实我昨天生病了——”

“是由一位即将被吊销医师资格的医生开具的。”

“但是他现在还没有被吊销资格，”对方答道，“如果你坚持要用这种术语的话，那我也要这么干。今天早上，我出席了庭审，你知道的；还有，检方已经放弃了传唤我出庭做证的意愿，而且他们已经结辩了。”

“没错。但是他们并没有结案陈词。你仍然可以作为证人被传唤上庭——无论是作为哪一方的证人。”

斯宾塞·休谟小心翼翼地把他的香烟放在桌边，双手交握。

“亨利爵士，你不会要传我上庭吧。如果你这么做，我会在五秒之内把你构建的整个案情全部炸飞。”

“哦，哦？所以我们现在是在争论私下和解罪[1]了，是吗？”休谟的脸绷得很紧，快速回头看了我们一眼。但是H.M.无神

①私下和解罪：根据英国法律规定，对于重罪，检察官或者受害人私自达成不起诉协议，属于私下和解罪。

的双眼里只闪过一丝同情和邪恶。“不要在意，”H.M.继续说，“别拐弯抹角了，我也不是多么正统的人。你的脸皮真的有这么厚吗？如果我把你扯进来，你就会走上证人席说出你那套亲眼看到凶案发生的谎话？说实话，孩子，如果真是这样，我还挺敬佩你的。”

“不，”休谟平静地回答，“我只需要说出实情。”

“从你这里——”

“不，那没什么用。”对方说着，举起一根手指做了个严肃的手势，“你知道，今天早上已经说过了，这不是道德法庭。玛丽犯了普通人都可能犯的错误，但没有理由不采信她关于一场谋杀案的证言。而我为了把一个勒索犯送到他应该待的地方而表现得冷漠无情，（我向你保证，这件事情在英国人听来算不上多可怕），也没有理由不采信我关于谋杀案的证言。”

“如果你真这么讨厌勒索犯，那为什么现在又要尝试勒索我呢？”

休谟医生深吸了一口气。“我真心实意地并不想这么干。我只不过在告诉你，不要传我出庭。整个案子都建立在一片消失的羽毛上。你翻来覆去甚至一成不变地向每个证人高声质问：‘那片羽毛在哪里？’”

“所以呢？”

“在我这里，”休谟医生回答得很简单，“就在这里。”

他再次拿出了他的香烟盒。在一排香烟下面，他小心地拿出一片蓝色的羽毛，大约一又四分之一英寸长、一英寸宽。他同样小心地把它放在了桌子上。

“你会注意到。”他继续说着。在一片沉寂中，H.M.和之前一样毫无表情。“它的边缘要比另一片羽毛上的更参差不齐一些。

但我认为两片能完全吻合在一起。羽毛在哪里？上帝爱你，当然在我手上。在凶案发生的那天晚上，我在书房的地板上把它捡起来了。我并没有本能地意识到它是线索，只不过是洁癖作怪。为什么我没把它拿给别人看呢？我看得出来你已经要问这个问题了。我的好朋友，你知道在所有人中只有一个人对这片羽毛感兴趣吗？那就是你。警察不感兴趣，也从来没有把这个当回事，跟我一样。说实话，我本来也都忘了。但是，如果把这片羽毛提交作为证据，你已经知道结果了。我现在说服你了吗？”

“是的，”H.M.说着咧开嘴露出可怕的笑容，“最后，你说服我了。你让我确定你知道犹大之窗。”

斯宾塞·休谟立刻站了起来，他的手把放在桌边的香烟碰到了地板上。这时，突然响起敲门声，出于洁癖的本能，他立马一只脚踩在了烟头上。这次，门打开得更突然。兰多夫·弗莱明低头躲开低矮的屋梁，带着他那凶狠的红胡子进入了房间。他的话说到一半就停了下来。

“我说，梅里维尔，他们告诉我，你，哎呀！”

好像不知道下一步该往哪里迈一样，弗莱明站在那里，两眼紧盯着医生。他和斯宾塞·休谟一样注重衣着，只不过有他独特的风格，没那么张扬。他戴了顶灰色的帽子，帽檐的角度刚好，不显得轻浮，手中拿了一根顶部镶银的手杖。在打量着斯宾塞的时候，他凹陷的下巴鼓了出来；他犹豫着，最后在尴尬的气氛中关上了门。

“现在，等一下！”他粗鲁地说，“我以为你——”

“逃之夭夭了？”H.M.补充道。

弗莱明回过头对着斯宾塞·休谟，用含糊的话圆了回去，“你看，如果你现在现身不是会让自己陷入一大堆麻烦吗？”然后，他正对着H.M.，一副要一吐为快的表情。

“首先，我想说一句。我希望我们彼此都不要介怀，我也不会因为你昨天在法庭上挑我的刺而怪罪你。那是你的工作，常规工作。律师和骗子？向来如此。哈哈，但现在我想知道的是，有人告诉我因为一些我不了解的原因，我也有可能被你作为辩方证人传召出庭。这是怎么回事？”

“没这回事，”H.M.说，“我认为桑克思就足以证明了。即使你被问到一些事，也都是走走程序。我不过是手头有把十字弓，我希望它被证明是埃弗里·休谟所有。桑克思就能证明。”

“那个干杂活的？”弗莱明嘀咕道，用戴着手套的手背抚了下胡子。“你看，你是否介意告诉我——”

“完全不介意。”H.M.在对方还犹豫不决的时候答道。

“恕我直言，”弗莱明说，“你还认为可怜的休谟是被十字弓杀死的？”

“我一直这么认为。”

弗莱明认真考虑了一会儿。“我不能承认任何和我之前的观点相悖的事。”他瞪了一下眼，说了下去，“但是我认为我必须得告诉你一件事。昨天晚上，我做了一些试验，只是为了确认这件事能不能做到。如果距离够近的话，这是可能做到的。我没说他一定是被十字弓杀死的，但是这件事确实有可能。另外一件事就是——”

“不必放在心上，孩子。”H.M.说着，瞄了一眼医生。对方正安安静静地坐着，发出的声音仿佛是他试图清一下干涩的嗓子，又不想被人听到。

“我试了三次——我指的是用十字弓发射弓箭。”弗莱明坚持说道，还用手势示意着。“标羽确实很容易卡在绞盘的齿轮部分，除非你相当小心。一旦标羽被卡住了，当箭射出去的时候，这根羽毛就会整个从箭杆上被扯掉。有一次整根羽毛都断成两半了，咔咔咔，就像那样。就跟你在法庭上展示给我们的一样。不过我提醒你们注意，”他摇了摇手指，“就像我刚才说的，我不是要收回我之前的证言。但是这件事让我心神不宁。如果这种事都不会让我心烦的话，那我也该下地狱了。我控制不了。我告诉自己：如果这件事有什么可疑之处，我就应该告诉他们。这样才算正派。如果你认为我来这里说这些是图个高兴的话，那你就真是蠢到极致了。但是我也会提醒总检察长这件事。这样我就能真正放下这件事了。但是，就我们私底下说说，那片该死的羽毛到底怎么了？”

有一小会儿，H.M. 只是看着他，什么话都没说。在桌子上，几乎被盘子遮住的地方，静静地躺着那片斯宾塞 · 休谟刚刚放上去的蓝色羽毛。斯宾塞想要在弗莱明说话的时候飞速拿走，但是 H.M 抢先一步。夺得这片羽毛后，H.M. 把它放在了自己的手背上，向前伸着，好像要把它吹走一样。

“这事真巧，”H.M. 没有看斯宾塞，自顾自说道，“在你进来的时候，我们正在讨论这个问题。你是否认为，比如，这就是那片消失的羽毛？”

“你在哪里找到的？”

“嗯。这就是我们正在争论的其中一个问题。但是，作为这方面的专家，你能不能看看这个小玩意儿，判断一下这是不是我们在找的那片？”

弗莱明小心翼翼地接了过去，满脸怀疑。他疑惑地来回看了看 H.M. 和斯宾塞后，把这片羽毛拿到窗口，在更亮的光线下检查了起来。在整个过程中，他那锐利的小眼睛转了好几次。

“一派胡言！”他粗鲁地说。

“什么一派胡言，孩子？”

“这就是一派胡言。我的意思是，认为这是那片羽毛的一部分的观点都是一派胡言。”

斯宾塞·休谟从他胸前的口袋里拿出一张折叠好的手帕，以不引人注意的姿势开始用手帕擦起脸来，好像要把那本来就已经很光亮的脸庞擦得更亮一些。他的眼神饱含疑惑和痛苦，看上去很熟悉。我在别的地方也见过这种神情，而且就在最近。这个表情如此生动，以至于我一时出神呆在那里。但为什么会如此熟悉？

“所以？”H.M.温和地问道，“你是说这绝对不可能是那片羽毛，嗯？为什么不是？”

“这是火鸡毛。我告诉过你，或者说你从我这里问出来了，那个可怜的老休谟不会使用鹅毛以外的任何羽毛。”

“这两者区别很大吗？”

“这两者区别很大吗！嚯！”弗莱明说着，用手拨弄了一下他的帽檐。“如果你走进一家餐厅点了份火鸡，结果他们给你上了鹅肉，你肯定知道这两者的区别了，对吗？羽毛也是这样。”他突然产生了一个新念头。“不过，现在这是什么情况？”

“没错，”H.M.嘀咕着，仍然面无表情地说，“只不过是私底下在聊点事。我们——”

弗莱明站起身来。“我可不想待在这里，”他高傲地说，“我来这里不过是想把压在心头的事说出来。现在我说完了，我的良心也得到了安慰。我不否认一想到要跟你们道别，就使我很开心。我只想说这里好像正在发生一些极其古怪的事。对了，医生。如果我真的见到了总检察长，我能告诉他你已经回来，并且准备好出庭做证了吗？”

“你想告诉他什么都可以。”斯宾塞平静地回答。

弗莱明犹豫着，张着嘴，好像正在爆发的边缘。然后他庄重地点了点头，走出门去。然而他并不知道，正是他的出现，使得整个房间陷入了一种完全无法解释的混沌中。H.M. 站起来，俯视着斯宾塞·休谟。

“你是不是很庆幸你没有出庭？”他相当温和地问道，“放宽心。我也不打算传你出庭做证。以你现在的精神状态来看，我不敢让你出庭。但是在这里，只是我们几个人私下说说，你伪造了证据，是吗？”

对方想了一会儿。“我想你可以这么说，某种程度上。”

“但你究竟为什么要伪造呢？”

“因为安斯维尔是有罪的。”对方说。

这时，我想起他那双眼睛的神情让我想起了谁——它让我想起了詹姆斯·安斯维尔。当他面对指控的时候，也是这副深陷麻烦而又真诚的表情。这个回答甚至让 H.M. 眨了眨眼。他严肃地做了个手势，我没懂那是什么意思。而在这个过程中，他的眼睛一直盯着斯宾塞。

“犹大之窗没有让你想起点什么吗？”他坚持道，又做了一个看不懂的手势。斯宾塞也是满脸疑惑。

“我发誓我没有。”

“那么你听我说，”H.M. 说，“现在你面前有两条路。你可以逃走；或者你今天下午到法庭去。如果沃尔特·斯托姆已经放弃让你作为证人出庭，而你又真的拿得出一张医学证明证实你昨天生病了，那么你就不会被逮捕，除非巴尔米·兰金非要找你麻烦——我不认为他会这么干。如果我是你的话，我就会去法庭。

你可能会听到一些让你感兴趣的事，也会让你把想说的话说出来。但是你应该知道那片真的羽毛现在在哪里。消失的羽毛有两部分。一半卡在了十字弓的齿轮里，我今天下午在法庭上就会展示这件证物；而另一半就掉在了犹大之窗里。如果我感觉形势对我不利，我会提前通知你，我会传你出庭做证，无论这对你来说会有多危险，但我想应该没有这个必要。我要说的就这些，因为我现在需要回法庭了。”

我们跟着他走了出去，留下斯宾塞一个人坐在桌边沉思着，渐渐熄灭的火光映衬得他脸色通红。昨天也正是这个时间，我们第一次听说了犹大之窗。不到一个小时之后，它就会露出真面目，它会变得跟柜子一样，成为一个庞大又具象的实体——这只是个比喻，它们体积并不相同。它会将整个一号法庭吞噬。而此时我们知道的，不过是那个房间上锁了。

快到法庭的时候，伊芙琳抓住 H．M．的胳膊。“至少有一件事，”她从牙缝中挤出话来，“你是可以告诉我的。一个小问题，简单到以至于之前我都没想过——”

“嗯，什么？”H.M. 问道。

“犹大之窗是什么形状？”

“方形的，”H.M. 立刻答道，“小心台阶。”

第十六章　我亲手染的色

“应是真相，全部真相，绝无虚假。”证人说道。

证人并没有在嚼口香糖，但是他的下巴不停地动着。有时他强调某个观点，用舌头发出咯吱咯吱的声音，好像一直在嚼口香糖。他的脸很窄，看上去很多疑，脸上的表情时而温和、时而轻蔑。他的脖子很细，头发的颜色和质感都很像甘草。当他想特别强调什么的时候，就会在说话时把头偏向一边，好像正在用他那看不见的口香糖变着什么花样，同时眼神严厉地注视提问者。另外，除了H.M.，他习惯称呼其他所有人为“大人”，这可能是出于内心深处的敬畏。他噘起的嘴唇和印着镰刀斧头的领带也可能是在暗示他的共产主义的倾向。

H.M.开始问话。

“你的全名是霍勒斯·卡莱尔·格拉贝尔，你住在帕特尼的本杰明大街八十五号，对吗？”

“没错。”证人同意道。他显得既兴奋又戒备，仿佛在向任何质疑他的人发出挑战。

“你以前是否在杜克街的多尔赛大厦物业中心工作？就是被告居住的地方。”

“是的。”

“你当时的工作是什么呢？”

“我是特殊清洁工。”

“到底什么是特殊清洁工呢？”

“是这样的。有时他们搞得乱七八糟，搞得大厦的清洁女工很不高兴。比如他们的烟灰缸满了，他们就把烟灰都倒进废纸篓。用过的剃须刀随手一塞，只要自己看不到就行了。还有那种东西他们也到处扔。嗯，你懂我在说什么。特别是开了派对之后，就需要特殊清洁。”

“一月三日的时候，你是否还在那里工作呢？”

“那天啊，”霍勒斯·卡莱尔·格拉贝尔着重强调，“那天我还在那里工作。”

“好的。你认识死者休谟先生吗？”

“我可没那么荣幸和他能有什么私交——”

“请正面回答你的问题。”法官严厉地说。

“好的，法官大人。”证人慢条斯理地说，他的下巴向前伸着，咧开上唇、露出牙齿。“我正要说，只有一次我们之间的关系变得很亲近，当时他给了我十英镑，让我不要把他当小偷的事说出去。”

之前好几次，书记员都有机会在记录中写下“轰动”这个词。而这一次很难说是全场轰动，因为没有人知道这是什么意思。但是因为格拉贝尔用那种随意的口吻说出来，反而显得格外耸人听闻。法官慢慢拿下了眼镜，从他的假发上解开又叠好，然后认真审视着他。

“你知道自己现在在说什么吗？”兰金法官问道。

“哦，完全知道，法官大人。”

“我只是想要确认一下。请继续，亨利爵士。”

“我们也正要弄清楚这件事，法官大人。”H.M.声音低沉，“那么现在来说说，你如何确信自己认得出死者本人呢？”

“我之前在另一个地方工作，距离不太远。每个星期六早上，他们都会把这星期的收入放在皮质袋子里，带到郡中央银行。我会跟着去，差不多算是保镖，你懂的，倒不是说真的有这个必要，就是装个样子。死者什么都不做。我的意思是，他不会亲自在柜台上接受钱款之类的。他会从银行后面的小门里走出来，双手放在背后站着，对着带钱来的铂金斯先生点点头，就像在为他赐福一样。”

“你认为你在那里见过他几次？”

“哦，很多次。”

“十几次，你觉得差不多吗？”

“还要更多。”证人坚持道，一边怀疑地摇着头，一边从他缺了一颗牙的空隙中大口吸着气。“差不多六个月里每个星期六。”

“那么，一月三日星期五早上你在哪里？”

“在3C房间里清理垃圾桶，”格拉贝尔立马答道，“那是安斯维尔先生的公寓。”他对着被告快速做了个看似嘲讽的手势，用他的拳头顶着下巴像是要把它抬起来，然后又立马装模作样地审视起来。

“垃圾桶在哪儿？”

“在厨房。”

“厨房能通到餐厅吗？”

“是的。”格拉贝尔赞同地说。

“中间的门关着吗？”

“是的。或者说差不多关上了，只留了一条缝。”

“当时你看到或者听到了什么？”

“嗯，我没怎么出声。当时我站在厨房里，听到餐厅的门开了。那是餐厅的另一扇门，通向入口的。我心想：‘哎呀！’因为安斯维尔先生通常这个时间不会回来。我从门缝偷偷看出去，只见一个男人走进餐厅，脚步轻快。你看得出他有点图谋不轨。餐厅的百叶窗也全都拉下来了。首先，他把各面墙都敲了一遍，仿佛在找保险箱；然后他把柜子里的抽屉一个个打开。一开始我不知道他从里面拿了什么，因为他背对着我。然后他走了过去，拉起百叶窗，为了看得更清楚些。这时我看清了他是谁，也看清了他手上拿的东西。”

“他是谁？”

“死者，休谟先生。”

“那么他手上拿的是什么？”H.M.提高了嗓音问道。

“安斯维尔上尉的手枪，就是你放在桌子上的那把。”

“请把它递给证人。仔细看看，请确认这是死者星期五早上从柜子里拿出来的那把枪吗？”

“就是这把。”在手枪被递到他手上之前，证人就一口气说出了手枪上的编号。他取下弹夹，再把它推回去，然后拿着这把手枪转过身，吓得离他最近的女陪审员下意识地向后躲闪。“干吗，有一次他们聚会玩得越来越嗨，就是我去把手枪的子弹全卸下来的。”

“告诉我们你看到休谟先生之后发生了什么？”

“我完全不敢相信自己看到了什么，就是这样。他拿出一个小笔记本，然后非常仔细地对照里面的什么东西。接着他把手枪放进了自己口袋。好吧，这真的太过分了。我立马走出去说道：‘你好。’我不需要尊重一个小偷。虽然他假装镇定，但还是被吓了一大跳。他双手放在背后，转过身来，压低眉毛，我敢说，他是想装成拿破仑的样子。他说：‘你知道我是谁吗？’我说：‘是的，我也知道你刚偷了安斯维尔上尉的枪。’他说，别胡说八道，说我在开玩笑。我听得出那是有人干了坏事之后想要隐瞒过去的口气，我很清楚。所以我知道他心里也清楚得很。有一次，波弗雷利勋爵打牌的时候在他的背心口袋里藏了 A、K、J，结果被抓了现行——”

“这部分你可以跳过。”法官说。

“好的，法官大人。我说：‘不管这是不是玩笑，你都要到物业经理那儿去，解释一下你为什么要偷安斯维尔上尉的枪。’他变得更安静了。他说：‘好吧，但是你知道什么对你是最有利的吗？’我说：‘我不知道，大人。因为我这辈子就没见过什么好事。’他说：‘如果你不把这件事说出去，我会给你一英镑。’我敢打赌他在银行从来没用过这种口气。我想我终于明白他在打什么主意，然后我说：‘我知道那是什么，大人。那是蝇头小利，这我可见多了。’他说：‘好吧，十英镑，这是我的上限了。’然后他就拿着那把枪离开了。”

“你拿了那十英镑吗？”法官问道。

“是的，法官大人。我拿了，”格拉贝尔挑衅地抱怨道，“换你会怎么做？”

“这不是我敢判断的问题了，”兰金法官说，“继续，亨利爵士。”

“他带着枪走了。”H.M.摇了摇头，“在那之后你做了什么？”

“我知道他要干坏事，所以我想我最好提醒一下安斯维尔上尉。”

“哦？那你提醒安斯维尔上尉了吗？”

“是的。不是因为他是什么善人，但是我觉得我有义务这么做，仅此而已。”

“你是什么时候告诉他的？”

“我当时办不到，他去了乡下。但是第二天他意外地回来了——”

“所以，在凶案发生的那个星期六，他其实还是在伦敦，对吗？”H.M说着。他停了下来，看着对方下巴在动，跟做鬼脸一样，等着他回答。“你是什么时候见到他的？”

“星期六傍晚大约六点过十分。他把车开到这一排公寓后面的停车场。那里没有其他人，所以我就告诉他休谟先生昨天到他公寓去，偷走了他的枪。”

“他说了什么？”

“开始他的神情很古怪，好像在沉思什么。然后他说：‘谢谢，这非常有用。’他掏出半克朗递给我。接着他掉转车头，嗖地开走了。”

“现在听我说，孩子。那把在被告口袋里找到的手枪，那把被认为是被告在星期六晚上带过去对付休谟先生的枪，实际上是休谟先生本人在星期五从公寓偷出来的？没错吧？”

“绝对没错。”证人答道，身体向前倾出证人席，以此呼应H.M.伸出的手指。

H.M.坐了下来。

格拉贝尔可能是个无礼又多嘴的证人，但是他的证言却给人留下了深刻的印象。然而，我们知道，一场激烈的抗辩即将来临。虽然沃尔特·斯托姆爵士一句话都还没说，但是证人和这位总检察长之间的敌意已经显而易见。在伦敦人心中，对于红袍法官有着本能般的敬畏和尊重，因为法官代表着国家和法律这些根源深厚的概念。格拉贝尔对法官展现出近乎谦卑的顺从，但是他对检方就没有这样的态度。对他来说，检方只不过是想要干掉他的人。格拉贝尔在站上证人席的时候就肯定注意到了他们，做好了进攻的准备。而沃尔特爵士那无意的傲慢眼神也完全不能安抚他。

“啊，格拉贝尔。你告诉我们你从休谟先生那里得到了十英镑？”

“是的。”

“你认为你接受这笔钱的行为是正直的吗？”

“你认为他给我这笔钱的行为是正直的吗？”

“我认为，休谟先生的习惯不是我们要讨论的问题——”

“那么，应该讨论一下这些问题。你想因为这个就吊死那个可怜的家伙。”

总检察长的脸色突然变得非常可怕，以至于证人都吓得微微向后退了一步。“你知道藐视法庭罪吗，格拉贝尔？”

“是的。”

“如果你不知道，法官大人也会仔细给你解释。为了避免一些不愉快的后果，我必须告诉你，你来这里要做的就是回答我的问题，没有别的事。我说得够清楚了吗？”

格拉贝尔脸色苍白，看上去好像被链条拴着一样。他的头向一侧扭着，没有说话。

“很好。我很高兴你能理解。”沃尔特爵士把手上的文件整理好。“据我所知，”他继续道，斜着扫了一眼陪审团，“你是马克思主义的拥护者？”

“从来没听说过他。”

“你是共产主义者吗？”

“可能是吧。”

“你是还没下定决心吗？你到底有没有从休谟先生那里接受贿赂？”

“我有。但是之后我立马将此事告诉了安斯维尔上尉。”

“我明白了。你的正直建立在你的不正直之上。这就是你希望我们相信的吗？你希望我们相信因为你两次背叛了别人对你的信任，反而使你变得更值得信任了？”

“呃，你这是在说什么啊？”证人大声说道，瞪着眼睛看着周围。

“刚才你告诉我们，一月三日的时候，你受雇于杜克大街的多尔赛大厦。你现在还在那里任职吗？”

“没有……我离职了。”

“你离职了，为什么？”

一阵沉默。

“你是被开除的吗？”

“你可以这么说，没错。”

“所以你是被开除了。为什么？”

“回答问题。”法官严厉地说。

“我和经理相处得不好，他们又人员过剩。”

“当你离职的时候，经理是否给你写了推荐信？”

“没有。”

“如果你真的是因为你告诉我们的理由离职的话，他一定会给你一份关于你工作经历的离职证明，不是吗？”

沃尔特·斯托姆爵士没有事先调查过这名证人。但是根据他长久以来的经验，他完全知道在没有任何背景信息的情况下，应该从哪里入手攻击对方。

“你告诉我们一月三日星期五早上，你在被告的公寓‘清理垃圾桶’？”

“是的。”

“安斯维尔先生和安斯维尔上尉大概多久没在公寓了？”

“大概两星期。”

“大概两星期。如果他们已经离开了这么长时间，那么为什么有必要清理垃圾桶？”

“他们可能回来过。”

“就在刚才，你告诉我这位博学的朋友，没想到任何人会回来。不是吗？”

“有时总要去清理一下。”

“在整整两星期的时间里都没有任何人去清理过？”

“不，那是——”

“我告诉你，当住户出门的时候，垃圾桶不就应该被清理了吗？”

“是的。但是我得确定一下。你看，法官大人……”

“然后你告诉我们，”总检察长继续说道，双手撑在桌子上，沉下肩膀，“你进行清理的时候，所有的百叶窗都是拉下来的，你的动静也很小。”

“是的。”

“你习惯在黑暗中清理垃圾桶吗？”

“你看！我从没这么想过！”

“还是说小心翼翼生怕发出声音，以免在一个空空如也的房间里打扰到什么人？我告诉你，如果在你声称的那个时间点，你真的在公寓的话，一定是有什么清理垃圾桶之外的原因？”

“没有。”

“那么你就从没进过那间公寓？”

“不，我进去了。如果你能让我说句话。我要告诉你的是老休谟也在那里，还偷了那把枪，我的天啊！”

“让我们看看有没有什么别的东西能够帮助我们。有了，我认为，在多尔赛大厦有一位门房？”

“是的。”

“你能接受我下面的说法吗？这个门房，在接受警察询问的时候，做证说没有在星期五或者其他时候在多尔赛大厦看到过和死者相似的人。”

“可能没有看到。他是从后面的楼梯进来的。”

“谁从后面的楼梯进来的？”

“休谟先生。不管怎样，他就是那样出去的，因为我看着他走了出去。”

“当时你有向警察提供任何这方面的信息吗？”

“没有，我怎么能啊？我不在那里。第二天我就离职了——”

“第二天你就离职了？”

“一个月前我就收到通知，是的，星期六就要离职。另外，我显然也不知道这件事很重要。”

“显然不知道。现在好像出现了一种奇特的现象，在有些人那里，以前不重要的事，现在都变得很重要。”沃尔特爵士冷冰冰地说，“你说在停车场看到安斯维尔上尉，有任何其他人能证实你这个说法吗？”

“除了安斯维尔上尉本人以外，没有其他人。你为什么不去问问他？”

兰金法官打断了他。“证人的这个说法虽然不合规定，”他的口气有些严厉，“但也有些道理。安斯维尔上尉在法庭上吗？考虑到有一部分证据取决于他提供的证言……”

H.M.立马殷勤地站了起来。“法官大人，安斯维尔上尉稍后将作为辩方证人出庭。你不需要派人去找他了。他很早之前就收到了传票。我们待会儿就能看到他出现在这里。只不过我不太确定他是否情愿为他自己这方做证。”

（“这到底是怎么回事？”伊芙琳低声问道，“你听到过那家伙说他自己不会被传召上庭。而他肯定知道自己收到了传票！到底发生了什么？”）

这无疑又是H.M.搞出的花招——当事情变得对他不利的时候，他就会施展大师般的手段。除此之外，我一无所知。

“我没有别的问题了。”沃尔特·斯托姆爵士突然说道。

“传约瑟夫·乔治·桑克思上庭。”H.M.说道。

当格拉贝尔走出证人席，而约瑟夫·乔治·桑克思走进去的时候，公诉律师之间正商议些什么。他们处于一个奇怪又麻烦的境地，必须突围出去。什么詹姆斯·安斯维尔是一个错误的受害者；休谟为雷金纳德设计了一个圈套；甚至于休谟偷了手枪；这些事情都变得越来越真实。但是这些都是细枝末节，刚才所说的一切都丝毫不能证明被告是无辜的。我想起在另外一起轰动的案件中，一位了不起的法学家的结案陈词：“各位陪审员，有些间接证据和目击证人一样有用，且具有决定性……我向各位解释一下：假设一个房间只有一扇门，窗户关着，门口有一条走廊。一个人来到走廊，然后穿过门走进了房间，发现另一个人站在那里拿着手枪，地板上躺着一个死人——这些间接证据，即使不能说有百分之百的决定性，也几乎是无可争议的。”

我们现在也处在相似的状况中。被告也是在一个上锁的房间被找到。这些间接证据仍然无可争议。这个主要观点没有受到任何质疑，而这又是整件事唯一的核心。对于检方来说，不管他们的立论遭受多么严重的攻击，沃尔特·斯托姆爵士也必须完成整个庭审。

我的思绪被H.M.的声音打断了。

“你名叫约瑟夫·乔治·桑克思，在格罗夫纳大街十二号帮工？”

“是的，先生。”证人回答。他身材矮胖，完全是那种典型英国人的矮人版，他穿着像假日才会穿的衣服，显得有些奇怪。白色的衣领如同两把擦亮的刀子一样刺着他的脖子。这使得他脖子抬得很高，也许因此让他的声音变得很轻。

“你在那里工作多久了？”

“啊，”对方思索着说，“我记得是差不多六年。”

“你大部分的工作都是什么？”

“主要就是帮休谟先生整理并修理他的箭术装备，诸如此类的事。”

“请看一下这支箭，它是杀害死者的凶器。”证人小心翼翼地在他那假日才会穿的裤子上擦了擦手，这才接过箭。“告诉陪审团，你之前是否见过它？”

“我当然见过，先生。是我亲手把这些羽毛固定上去的。我记得这支箭。颜色染得比我预计的稍微深了一点。”

“你经常帮死者把这种特殊的羽毛固定到箭上吗？还有为标羽染色？弗莱明先生昨天告诉我们的。”

“是的，先生。”

“现在，如果我给你一小片羽毛，”H.M.口吻激烈，说服力十足地说道，“我需要你告诉我，这是不是那支箭中间消失的那片羽毛，那么……你能做到吗？”

“如果它是从这根羽毛上掉下来的，我可以确定，先生。再说，它能吻合。”

“没错。但是先问个别的问题，你是在后院那个小工作间或者说小屋子里干活，对吗？”

“我绝对不是想要向你施压，先生，”证人宽厚地说，“但你说的什么？啊。是的，我在那里。”

“他有在那里存放任何十字弓吗？”

法庭内发出一阵骚动，这使得桑克思喜悦地意识到自己的重要性。他放松了不少，把胳膊肘靠在证人席的栏杆上。显然我们头顶上的旁听席里有人对他的动作投以指责的眼神，他似乎意识到自己的姿态不合适，慌忙坐直。

“他有的，先生。一共三把。看着有些脏，但是很好用。”

“他把它们放在哪里？”

“在一个大箱子里，先生，有点像带把手的大工具箱。在木质工作台下面。”证人痛苦地眨了眨眼，试图集中注意力。

“告诉我，凶案发生后的第二天，也就是一月五日星期日那天早上，你有没有到那间小屋去？”

“有的，先生。我知道当天是周末，但是考虑到——”

“你有注意到小屋里有什么不一样的地方吗？”

“是的，先生。有人动了那个工具箱，或者说那个我称之为工具箱的东西。他放在工作台正下方，你知道的，先生。箱子上积了一层刨屑和灰尘，都是从工作台上掉下来的，你能想象，先生。所以如果有人动了它，只要一眼就能看出来，想都不用想。”

“你打开盒子看了吗？”

“是的，先生，当然要这么做。其中一把十字弓不见了。”

“当你发现此事后做了什么？”

“嗯，先生，我当然把这件事告诉了玛丽小姐；但是她说不要去管这种事，考虑到当时的情况，我就没再多嘴。”

“如果你再次见到那把失踪的十字弓，你能认得出来吗？”

“我能，先生。”

H.M.对罗丽波普做了个手势，从他藏东西的地方（他一直小心翼翼地守着）取出了一把武器，看上去和H.M.昨天用来演示的那把十字弓十分相似。它可能没有那么长，但是头部更宽，柄上钉了一排钢钉，中间还镶了一小块银片。

“这就是那把十字弓吗？”H.M.问道。

“就是它，是的，先生。那个小银片上甚至还刻着休谟先生的名字。”

“看看绞盘里面，就是你能看到齿轮的地方。告诉我是不是有什么东西卡在那里了？啊，就是那个。把它拿出来。举起来让陪审团都能看到。这是什么？”

“这是一小片羽毛，先生，蓝色的羽毛。”

沃尔特·斯托姆爵士站了起来。他现在完全笑不出来，神情严肃、沉重而且客套。

“法官大人，我们是不是要假定这就是那片之前在许多问题中被提及的神秘羽毛？”

“这只是那片羽毛的一部分，法官大人。”H.M.含糊地说，“如果仔细检查，我们就会发现还有一小部分不见了，没有多大，大概四分之一英寸见方，但是足够了。我们认为这是第二片。总共有三片，还有一片也将要出现。”他稍作致意之后，转回证人。“你能否辨认出你手上的这一小片羽毛是否是从那支箭上破碎的标羽上掉下来的？”

“我想我可以，先生。”证人眨着眼说道。

“那看看它，然后告诉我们。”

当桑克思眯起眼睛，耸起肩膀去看那片羽毛的时候，法庭内发出了一阵窸窸窣窣的声响。大家都偷偷摸摸地想站起来看一眼。被告也正盯着那边，他的脸色更加明朗，不像之前那么不可捉摸。但是他好像和其他人一样困惑。

“啊，没错，先生，”桑克思说，“是从这里掉下来的。”

“你现在确定吗？我的意思是，一小片破碎的羽毛很容易搞错，对吧？即使是一片鹅毛，即使它的染色很独特，你仍然可以确认这是从那支箭上掉下来的吗？”

“没错，我确定。这是我亲手染的色。我用刷子像上漆一样刷上去的。我说它能吻合也是这个意思。染色的时候出了点小状况，这里的蓝色记号显得稍浅了一些，像个问号。你可以看到这个问号上面的部分，但是那个小点还有问号尾巴的部分，我没看到……”

“你能发誓，”H.M.温和地说，“你能发誓你看到的这把十字弓里面卡着的羽毛就是从你面前这支箭上掉下来的吗？”

“我可以，先生。”

“好了，”H.M.说，“我问完了。”

总检察长站了起来，温和中带着一丝不耐烦。他的眼神显然使桑克思紧张了起来。

“我记得你手头那支箭上面标记的年份是一九三四年。这是不是意味着你在一九三四年制作了这支箭，或者说给它染了色？”

“是的，先生。大概是春天的时候。”

“在那之后你还见过它吗，能近距离观察的那种机会？我的意思是：在一九三四年赢了年度比赛之后，休谟先生就把这支箭挂在了他书房的墙上，对吗？”

“是的，先生。”

“在之后的这段时间里，你有机会近距离观察它吗？”

“没有，先生，直到那位先生——”他朝H.M.点了点头——“在一个月前让我看了看。”

“哦。但是从一九三四年到那之前，你完全没有近距离观察过这支箭？”

“是这样的，先生。”

“在这段时间里，我猜测你一定为休谟先生制作和修理了很多支箭？”

“是的，先生。”

“几百支，有吗？”

“这，先生，我不想说得那么多。”

“说个大概的数字就好。比如你制作和修理了超过一百支箭，这么说合适吗？”

“是的，先生，可能是的。他们要用好多支箭。”

“好的。他们要用‘好多支’。而你是否在告诉我们，在你经手的一百多支箭里面，在这么多年后，你依然能够准确指认出那支你在一九三四年染色的箭？我记得你刚才已经宣誓过了。”

在这番意味深长的提醒之下，证人抬头看向公众旁听席，仿佛在寻求帮助。“嗯，先生，你知道，这是我的工作——”

“请回答这个问题。在一百多支箭里，在这么多年以后，你是否能够准确指认出那支你在一九三四年染色的箭？”

“我不想这么说，先生，我能不能，我可不可以，就是说，这些都是我的事——”

“很好，”总检察长得到了他预期的结果，“现在——”

“但我还是同样确定，抱歉。”

“虽然你不能发誓。我明白了。现在，”对方拿起几张用打字机打好的薄纸，继续说，“我这里有一份被告对警方的供词（请把这个交给证人）。桑克思先生，你能否拿着这份供词为我们读一下第一段？”

桑克思吃了一惊，机械地接过了纸张。刚开始，他如同之前一样疑惑地眨着眼睛。然后他开始在自己的口袋里摸索，却一直没什么结果。而他给法庭造成的拖延显然让他变得越来越不安，长时间的停顿终于让他彻底崩溃了。

“我找不到我的眼镜了，先生。没有眼镜的话，我恐怕——”

“我想，”对方说，他对眨眼这个动作做出了正确的解读，“如果没有眼镜的话，你没办法阅读这份供词？”

“也不是完全不能，先生，但是——”

“你却可以辨认一支你在一九三四年染色的箭？”沃尔特·斯托姆问道，然后坐了下去。

这一次，H.M.咆哮着做了再次询问，一副开战的姿态。但是他的问题却很短。

“埃弗里·休谟赢得了几次年度比赛？”

“三次，先生。”

“那支箭就是这些比赛的特别奖品，是吗？”

“是的，先生。”

“所以它并不是‘一百多支箭中的一支’，对吗？它是很特别的，是个纪念品？”

“是的，先生。”

“在他赢得了那次比赛之后，他有没有向你展示这支箭，还特别提醒你要注意？”

“有的，先生。”

“哈，”H.M.说着，撩起他的长袍，提了提裤子，“这样就可以了。不，不是那边出去，孩子，那是通向法官席的。法警会带你出去。”他等到桑克思被带走之后，再次站起身来。

“传雷金纳德·安斯维尔上庭。”H.M.说。

第十七章　在窗口

雷金纳德·安斯维尔并非被押送上庭，当法警领着他一路走到证人席时，他看起来像是自由身。但是在他身后，我看到了一个熟悉的身影。一时想不起他的名字，后来才记起是军士长卡斯特尔。H.M. 在白厅的住处就是由他担任警卫。这位军士长的脸上带着仁慈的俘虏者特有的邪恶表情。

你可以再次听到人们正小声讨论丑闻。每双眼睛都马上搜寻着玛丽·休谟，但是她并没有出庭。雷金纳德瘦长的脸看上去有些苍白，但神情坚定。我当时觉得他是个喜欢耍花样的人，所以不管 H.M. 脑子里在打什么主意，都应该谨慎对待。可能因为我不太喜欢他，也可能因为他那深黄色的头发微微有点卷（人为的），以及他外表透露的冷冰冰的沉着，后者更甚于前者。他声音清晰且愉快地完成了宣誓。

H.M. 似乎深吸了一口气。和平的表象下暗流汹涌，让人不由得怀疑 H.M. 会不会要审问己方证人。

“你名叫雷金纳德·温特沃斯·安斯维尔，没有固定住处，但是当你在伦敦的时候，你会住在位于杜克大街的多尔赛大厦？”

“没错。”

“我希望你明白，”H.M.交叉双手说，“你没有义务回答任何对你不利的问题，不管是关于哪方面的问题。”他暂停了一下，“然而这个问题并不会让你背上罪名。当警察询问一月四日晚你的行踪时，你说出全部真相了吗？”

“全部真相的话，没有。”

“在发过誓后，现在准备好要说出真相了吗？”

“是的。”雷金纳德的语气相当真诚。他眨着眼，找不到什么别的词来形容他的状态。

“在一月四日晚上的早些时候，你在伦敦吗？”

“在，我从罗切斯特开车过来，大概在六点过几分的时候到达多尔赛大厦。”

H.M.似乎绷紧了一点身体，一种奇特的紧张气氛再次蔓延。H.M.把头偏向一边。

“是吗？我听说是在六点过十分的时候，不是吗？”

“对不起，比那还要稍微早一点。我清楚地记得汽车仪表板上的时钟。”

“那天晚上你是不是打算去见死者？”

“是的，社交性的拜访。”

“当你到达多尔赛大厦的时候，你是否见到了证人霍勒斯·格拉贝尔？”

“是的。”

“他有没有告诉你，死者在星期五那天拜访了你的公寓？”

“他告诉我了。”

“他有没有告诉你死者带走了你的手枪？”

“他说了。”

“然后你做了什么？”

“我不是很理解，但我不太喜欢这件事。所以我想我最好不要去见休谟先生。我就离开了，在周围兜了一会儿风，不久之后我就出城了，直到很晚才回来。”

H.M. 立刻坐了下来。刚才那句“不久之后”的语调有些奇怪，H.M. 大概注意到了，因为我们都注意到了。沃尔特·斯托姆爵士马上站了起来。

“你告诉我们，安斯维尔上尉，”总检察长说道，“你‘在周围兜了一会儿风’，‘不久之后’出城去了。到底是多久？”

“大概半个小时或者再久一点。”

“半个小时？这么久？”

“是的。我想思考一下。”

“你开车去了哪里？”

沉默。

“你开车去了哪里，安斯维尔上尉？我必须要重复我的问题。”

“我开车去了位于格罗夫纳大街的休谟先生的房子。”证人答道。

有一瞬间我们都没有意识到这句话暗含的意味。就连总检察长——不管他之前是怎么想的，都犹豫了一下才继续下去。证人苍白的脸上展现出的坦率正是我昨天所见到的那个“迷人的”雷金纳德·安斯维尔。

“你说你开车去了休谟先生的房子？”

“是的。我本希望你不会问这个问题。”他瞥了一眼被告，对方正盯着他。“我告诉过他们，我的证言帮不了他。我以为自己不会被传召出庭。”

“你知道你应该说出真相吗？很好。你为什么要去休谟先生的房子？”

“我也不太清楚。我想这是什么古怪的花招。我没想要进去，只是想路过一下，想一想这到底是怎么回事。”

“你什么时候到的房子？”总检察长问道。即使是沃尔特·斯托姆爵士现在也无法保持语调平稳，他自己也在思考这到底是怎么回事。

“六点十分。”

法官立刻抬起了头。“等一下，沃尔特爵士……”他的小眼睛转向证人，“如果你是六点十分到达的话，那你一定能见到在同一时间到达的被告？”

“是的，法官大人。事实上，我看到他走了进去。”

我想没有人能够真的做到全然不动。然而我从来没见过H.M.如此静止的状态。他坐在那里，手里拿着一支笔，一身黑袍显得身材巨大，仿佛呼吸都停止了一般。在被告席上，詹姆斯·安斯维尔的椅子突然发出刺耳的声响。被告做了一个奇怪又粗野的手势，好像一个男孩在课堂上想要举手，然后又忍住了。

“然后你做了什么？”总检察长问。

“我不知道该做什么。我疑惑到底发生了什么，还有为什么吉姆在那里。上次我在弗洛伦德见到他的时候，他从没提过要来这里。我怀疑这事是否和我有关，因为我以前也追求过玛丽·休谟。对于我的所作所为，”证人说着，直起了身子，“我不会道歉。任何人都会这么做。我知道在休谟先生的房子和隔壁的房子之间有一条连接的通道——”

沃尔特·斯托姆爵士仿佛被迫清了清嗓子。他现在看上去既不像在询问，也不像在交叉询问，而只是想要得到真相。

“你之前去过那栋房子吗，安斯维尔上尉？”

“去过好几次，虽然我从来没有碰见过休谟先生。我是和休谟小姐一起去的。休谟先生不赞同我们的交往。”

“请继续。”

“我，我——”

“你听到总检察长的话了，”法官注视着他说道，“继续讲你的故事。”

“我从休谟小姐那里听到过很多关于休谟先生的‘书房’的事。我知道如果他要招待吉姆的话，一定是在那里。我从房子旁边的那条过道走了过去，我发誓我没有任何别的目的，只不过是想要离他们近一点。走了一段路之后，在我的右手边，我发现了几级台阶，通往一扇镶嵌着玻璃的门，上面盖着蕾丝门帘。门对着休谟先生书房外面的那条小走廊。我透过窗帘看到管家正把吉姆带到那里，敲响了书房的门。”

空气都起了变化，如同沙漠突然吹起风来，吹散了律师桌上的文件。

“然后你做了什么？”

“我等着。”

“等着？”

“在门外面。我其实不太知道应该做什么。”

“你等了多久？”

“从六点过十分或十二分左右一直到六点半多一点，当他们闯进去的时候。”

“然而你，”沃尔特指着他质问道，“你和其他人一样，从来没有对任何人提起过这件事，直到现在？”

“没有。你认为我想让他们吊死我的堂弟吗？”

“这不是个恰当的回答。”法官突然说道。

“我请求法官大人的原谅。我这么说是因为我害怕会引起不当的解读。”

沃尔特爵士低下头想了一会儿。“当你在镶嵌着玻璃的门外时，你看到了什么？”

“我看到戴尔在大概六点十五分时出来。我看到乔丹小姐大概在六点半时下楼来，敲了敲门。我看到戴尔走了回来，然后我听到乔丹小姐大喊，告诉戴尔他们在打架。然后剩下的——”

“等一下。从六点十五分，戴尔离开书房，到六点三十分，乔丹小姐下楼来；这期间你有看到任何人接近书房的门吗？”

“没有。”

“你看得很清楚吗？”

“是的，虽然在走廊里没有灯，但是大厅有一盏灯。”

“从你站在门外的位置，给证人一张平面图，你能看到房间的窗户吗？”

“是的。它们就在我的左手边，如你所见。”

“你有看到任何人在任何时间接近过窗户吗？”

“没有。”

“有人能够趁你不注意接近窗户吗？”

“不能。对不起。我想我会因为没有说出这些而受到责罚——”

我的叙述要在这里暂停一下，因为法庭上也有着相似的茫然。我们常常听说辩方在最后时刻出现了关键证人。这个证人虽然是由辩方传召上庭，然而却变成了检方最后时刻出现的关键证人。这使得他们可以把绞索牢牢套在被告的脖子上。詹姆斯·安斯维尔的脸上出现了他在整个庭审过程中从未有过的神色，他一脸茫然而又困惑地盯着自己的堂兄。

但是这里还有另一重转折或者说变化，如果这不只是因为我带有偏见。到目前为止，脸色苍白、抿紧了嘴唇的雷金纳德似乎（以某种平和的方式）得到了鼓舞。他使得人们更加确信了。他带来的是这个案件之前一直缺少的部分：一个支持间接证据的目击证人。但他的最后一句话可能会产生转折。“我想我会因为没有说出这些而受到责罚——”，这句话给人一些不太一样的感觉。这种感觉没有持续太久。但就像一个齿轮没能咬合，就像百叶窗的遮板被拉开，就像他话语中之前就有过的那种伪善再次出现。我非常确信，这个男人在撒谎！更进一步说，你可以看出他站上证人席的目的就是说出这番谎言。他故意引起沃尔特·斯托姆爵士的攻击——

但是 H.M. 肯定也知道吧？ H.M. 肯定做好准备了吧？在这时，H.M. 还是静静地坐着，两个拳头按在太阳穴上。重点在于，这些会对陪审团造成影响，而不是 H.M.。

“我问完了。”沃尔特·斯托姆爵士说道。他看上去相当困惑。

H.M. 站起身来再次询问证人，事实上更像是交叉询问他的己方证人。而当 H.M. 真的站起身后，他使用的字句在“老贝利”可不太常见，或者说在法官阿拉宾[①] 之后再也没出现过。这话不仅语气霸道，更是暗含某种相当得意的味道，使得他整个人看起来都高了一英尺。

“我给你两秒钟，”H.M 说，“承认你刚才是酒精戒断造成了精神失常，你在交叉询问中说的一切都是谎言。”

“请收回这句话，亨利爵士，”法官说道，“你可以就沃尔特

①阿拉宾（Serjeant Arabin）在十九世纪二三十年代就任“老贝利”的法官一职，被认为是“老贝利”历史上发言最不谨慎、最让人无法理解的法官之一。

爵士交叉询问中的任何问题向证人提问，但是你必须用恰当的方式来表达。”

“如法官大人所愿，”H.M.说道，“等我真正开始提问的时候，大家就能理解我刚才的话了。安斯维尔上尉，你是否愿意收回自己刚才的证词？”

“不。我为什么要收回？”

“好的，”H.M.漫不经心地说，“你透过镶嵌玻璃的门看到了这一切，是吗？”

“是的。”

“门是开着的吗？”

“没有。我没进去。”

“我明白了。除去一月四日当天晚上之外，你上次到这栋房子去是什么时候的事？”

“差不多一年之前。”

“嗯，我也是这么想的。但是你昨天没有听到戴尔做证说那扇镶嵌着玻璃的门，那扇旧的门，在六个月以前就被移走了。然后换成了一扇普通的实木门？如果你对此有何疑问，可以查看一下官方报告，这是证物之一，看看那上面对此是怎么说的。那么你对此还有什么话说？”

证人的声音仿佛从深渊传来。“那个，那个门可能开着——”

“我问完了，”H.M.简短地说，“在我们结辩的时候，法官大人，我建议对此事要有所处理。”

如果说这次的冲击让人有些摇摆不定，那还是相对温和的说法。一个证人站出来做证说詹姆斯·安斯维尔有罪，然而在八秒钟之后，他就被逮住做伪证。但这还不是最关键的一点。最关键的是，这一切好像引起了某种化学反应，让陪审团产生了同情心。我第一次看到一些陪审团成员真诚地看着被告，而这就预示着同情的开始。“遭到陷害”这个词清楚地飘浮在空气中，如同被谁说出了口一样。就算H.M.已经预料到雷金纳德会这么耍花招，也不可能收获比现在更好的效果。同情心不断地滋长。如果H.M.已经预料到——?

“传你的下一个证人。亨利爵士。”法官温和地说道。

“法官大人，如果总检察长不反对的话，我希望重新传一位检方证人出庭。这只是为了辨认几样我希望提交为证物的东西。最好是由那个家里的某位对这些东西非常熟悉的人来完成。”

“我不反对，法官大人。”沃尔特·斯托姆爵士说着，悄悄用手帕擦了一下他的前额。

“很好。这位证人在法庭里吗?”

“是的，法官大人。我希望再次传赫伯特·威廉·戴尔出庭做证。”

对于这件残暴的谋杀案产生的新转折，我们都还来不及反应，而戴尔已经站上了证人席。但是被告坐得笔直，两眼发亮。一脸严肃的戴尔仍然和昨天一样衣着整洁，唯独衣服的颜色没有那么沉闷，长着花白头发的前额微微低着，一副全神贯注的神情。这一次，罗丽波普正忙着在桌子旁边摆好一排证物，全部都神神秘秘地用牛皮纸包着。H.M.首先展示的是一件棕色花呢外套配灯笼裤的套装——一件高尔夫球外套。伊芙琳和我对视了一眼。

“之前见过这件外套吗?”H.M.问道，“把这个递给他。”

“是的，先生，”戴尔说着，停顿了一下，“这件高尔夫球外套属于斯宾塞·休谟医生。”

“休谟医生没有出庭做证，我想你应该可以指认它？所以，这是不是案发当晚你在寻找的那件外套？”

“是的。”

“现在请你伸手摸一下右手边的外套口袋。你发现有什么东西在里面吗？”

“一个印台和两个橡皮图章。”戴尔说着，展示着它们。

“这是否是案发当晚你在寻找的那个印台？”

“是的。”

“很好。我们这里还有些别的东西，”H.M.随意地说道，“换洗衣物，一双土耳其式拖鞋，还有些别的。但是这些都不是你负责的。我们可以请乔丹小姐来指认。但是告诉我，你是否可以指认这个？”

这一次展示出来的是一个巨大的黑色长方形皮箱，在提手旁边的位置印着金色的姓名首字母。

“是的，先生，”戴尔说着向后退了一小步，“这毫无疑问是休谟医生的东西。我想这就是乔丹小姐在那天晚上为休谟医生打包用的箱子。乔丹小姐和我都完全忘记了这件事。或者说在此之后，她生了一场大病。当她问起我箱子的事时，我也完全不记得了。在那之后，我再也没见过它。”

“好的。但是这里还有一样东西需要你来指认。看看这个雕花的玻璃酒瓶，瓶塞还有这一切。你可以看到它装满了威士忌，差不多倒出过两杯左右的样子。你之前见过这个吗？”

有一瞬间，我以为H.M.拿到了检方的证物。现在展示的这个酒瓶和之前检方提交为证物的那个看不出任何差别，显然戴尔也是这么想的。

“它看起来——”证人说道，“它看起来像是休谟先生放在书房柜子里面的那个酒瓶。就像，另外的一个——”

“是的。它就是仿照着做的。你能发誓自己能分得清这两个酒瓶吗？”

“我恐怕不能，先生。”

“两手各拿一个试试。你能发誓说，我给你的酒瓶，在你右手上的这个，一定不是你从摄政街的哈特利商店里买来的那个；或者，第一个证物，也就是你左手拿的这个酒瓶，一定不是赝品？”

“我不知道，先生。”

“没有问题了。”

接下来的三个证人询问都进展得很快，三个人在证人席的时间加在一起也不到五分钟。里尔登·哈特利先生，摄政街哈特利父子商店的老板，做证说H.M.称之为“我的”那个酒瓶是他卖给休谟先生的正品，而检方的那个证物则是埃弗里·休谟在一月三日星期五下午购买的赝品。丹尼斯·莫尔顿先生，一名化学分析师，做证说他检查了“我的”酒瓶中的威士忌，发现里面含有一百二十格令的brudine，一种镇静剂。阿斯顿·帕克博士，曼彻斯特大学应用犯罪学的教授，提供了切实的证据。

“我检查了那边那把十字弓，我被告知它属于埃弗里·休谟所有。在十字弓中心的凹槽中，显然被放置过某种投掷物。就在这里，”帕克博士说着指了指，“显微镜显示这些碎屑应该是干了的油漆。我认为这些碎屑是因为木质投掷物从弓上射出去的时候产生突然的摩擦刮掉的。经过检测，这种油漆是一种叫作‘X-亮面漆’的物质，是‘哈迪根先生’品牌的独家产品，我们调查的这支箭就是由他们卖给死者的。以上我都将递交书面证明材料。”

“这支箭是莫特拉姆督察好心借给我的。在显微镜下可以看到箭杆上面油漆碎屑掉落的地方从这里开始呈现出不太规则的线条痕迹。

“在十字弓的绞盘齿轮上，我发现了一小片蓝色的羽毛，也就是你们现在看到的那个。我将它和箭尾破损的羽毛进行了对比。这两小片羽毛组成了一根完整的羽毛，但是还缺少形状不规则的一小片。我这里有两片羽毛在显微镜下的照片，比实物放大了十倍。从照片里可以清楚看到两片羽毛的纤维是吻合的。在我看来，这两片羽毛毫无疑问是来自同一根羽毛。”

“在你看来，这支箭是否是从这把十字弓里发射出去的？”

“在我看来，毫无疑问就是这样。”

这是相当有力的打击。在交叉询问中，帕克博士承认从科学的角度也可能存在误差，他的话也就只能说到这里了。

“我承认，法官大人，”H.M.回答法官的问题，“到目前为止，我们还没有说明这把十字弓以及其他的物品都是从哪里来的，或者那一小片仍然没找到的羽毛是怎么回事。我们现在就解决这个问题。传威廉·科克伦上庭。”

(“这到底是谁？”伊芙琳低声问道。H.M.曾说过想在巴尔米·兰金的法庭上制造混乱，跟在棋盘上一样不可能。但是现在整个法庭上好奇的氛围如同火焰一样瞬间达到了最高点。上庭宣誓的是一位衣着朴素的老人，这更使得大家的好奇心进一步被激发。)

“你的全名是？”

“威廉·拉斯·科克伦。”

“你的职业是什么，科克伦先生？”

“我是帕丁顿火车站行李寄存处的经理，从属于大西洋铁路帕丁顿站。”

"我们都知道行李寄存的流程，"H.M.嘀咕道，"但是我还是要从头叙述一遍。如果你想要寄存一个包，或者行李箱，或者诸如此类的东西，你把它递交给柜台，然后会得到一张手写的收据，方便你到时候把行李箱再取回来？"

"是这样的。"

"你能知道一个行李箱是在哪一天的什么时候被寄存的吗？"

"哦，是的。这些都会写在收据上。"

"现在，假设，"H.M.振振有词，"一个行李箱被寄存之后，一直没有人来领。那么这个行李箱会怎么处理？"

"这取决于它在这里存放了多长时间。如果它好像会无期限地放在这里，那么它就会被移动到专门为这种情况设置的储藏室。如果两个月后仍然没有人前来认领，它就会被卖掉，所得的收入将捐赠给铁路慈善基金会。但是我们会竭尽全力找到行李的主人。"

"这个部门是由谁负责的呢？"

"是我。也就是说，是由我管理的。"

"在二月三日，是否有人来到你的办公室询问一个在特定日期的特定时间寄存的箱子？"

"是的，就是你。"证人微微一笑答道。

"当时还有别人在场吗？"

"是的，另外还有两个人，现在我知道他们是帕克博士和桑克思先生。"

"在我们到那里的一个星期之后，有没有另一个人，本案中的某个人，也前来询问这个箱子的事？"

"有的，那个人说自己叫——"

"先别管名字，"H.M.急忙说，"那不关我们的事。关于第一批来询问的人，你有没有当着他们的面打开箱子？”

“有的，我当时认为这个箱子属于他们当中的某个人，”科克伦严肃地看着H.M.说道，“这个箱子里装的东西并不寻常，而在开箱之前，他就准确地描述了里面的东西。”

H.M.指着那个印着斯宾塞·休谟首字母的黑色大皮箱。“请你看看这个，然后告诉我们这是否就是那个箱子？”

“是的。”

“我还想请你指认当时在箱子内的几样物品。请按我说的把它们递给证人。那个？”说的是那件高尔夫外套。“好的，这些呢？”指的是一些换洗衣物，还有一双花哨的红色皮拖鞋。“这个呢？”这次递上去的是H.M.作为证物提交的酒瓶，这个酒瓶内装有下了药的威士忌，差两杯的量装满。“这个呢？”

递上去的是装有苏打水的水瓶，里面少了大概两英寸的量。接着是一双薄手套，它的内侧用不褪色的墨水写着名字“埃弗里·休谟”。然后是一把小螺丝刀。之后是两个小酒杯以及一小瓶的浓缩薄荷。

“最后，这把十字弓是否也在箱子里？”H.M.问道。

“是的，它刚好能放进去。”

“这片羽毛是不是卡在了绞盘的齿轮上。”

“是的，当时你也提醒我注意了，是同一片。”

“嗯嗯。在一月四日星期日晚上的某个时候，有人过来寄存了箱子？”

“是的。”

“如果必要的话，你能指认那个人是谁吗？”

“可以的，我手下的一个员工认为他还记得，因为——”

“谢谢，我问完了。”

沃尔特·斯托姆爵士犹豫了一小会儿，半欠起身子。

“没问题。”总检察长说。

能听到法庭上的人都松了一口气。兰金法官的手腕好像不会累，一直写个不停。然后他小心地写了个句号，抬起头来。H.M.正瞪着眼环视法庭。

“法官大人，我还有最后一个证人。目的是为了说明还存在别的可能性，使凶手能进出一个上锁的房间。”

（“哦，上帝啊，好戏来了。”伊芙琳低声说。）

“这个证人，”H.M.若有所思地揉着他的前额，继续说道，“从庭审开始就一直在法庭内。唯一的问题是它不能说话。所以我不得不做点说明。如果检方对这件事有任何异议，我也可以在我的结案陈词里面再说。但只要稍作解释，就可以得到另外一样实实在在的证物，另一件辩方的证物。我希望法官大人允许我这么说，如果没有那件证物，我们的证据就不够完备。”

“我们对于我这位博学的朋友的提议并无异议，法官大人。”

法官点了点头。H.M.沉默了好一阵。

“我看到莫特拉姆督察正坐在律师席上。”H.M说着，这时莫特拉姆突然表情严肃地转了过来。“我请求他帮我拿出一件检方的证物。之前已经给我们展示过的窗户的钢质遮板，还有那扇巨大的橡木门。让我们把那扇门再次拿出来一……

“这位督察，还有其他在场的警员，应该都听过一个叫作犹大之窗的小装置吧。它本应该只用在监狱里。犹大之窗就是装在牢房门上的那个方形小窗口，上面有一块小遮板。狱卒可以在对方看不到自己的情况下，观察牢房内的犯人。这个装置和本案有相当大的关联。”

“我没听懂你的意思，亨利爵士，”法官尖锐地说，“在我们面前的这扇门上，并没有你所谓‘犹大之窗’。”

“哦，有的。”H.M.说。

“法官大人，”他继续说道，“如果你仔细想想，几乎每扇门上都有一扇‘犹大之窗’。我的意思是每扇门上都有一个把手。这扇门也有。我之前已经跟大家指出过，这个球形把手真的相当大。

“假设你把那个球形把手从门上卸下来，你会发现什么？你会发现一个方形的钢质转轴贯穿在一个方形洞中，如同一扇犹大之窗。在门的两侧各有一个球形把手，用小螺丝钉固定在转轴上。如果你把所有这些都取下来，你就会发现门上有个洞。在本案中，我们可以看到这个洞差不多半英寸见方。如果你不了解半英寸见方是多大的面积，或者说当你通过这个洞看过去能看到多少的话，我们马上就展示给大家看。这就是为什么我反对‘密室’那个词。

“现在，假设你要提前把这个简单的机关准备好。你在门外把球形把手从转轴上卸下来。你们注意到在那个帕丁顿车站的皮箱里有一把非常小的螺丝刀。所以现在我想请督察来替我们完成这件事。啊！在转轴的末端出现了一个原本有螺丝钉的小孔。穿过这个小孔后，紧紧地系上一根又粗又长的黑线，记得预留出一定的长度。然后把手指伸进去，把转轴推到门的另一侧，也就是门的内侧。那么现在就只有一个球形把手——门内侧的那个是固定在转轴上的。另一端则是系在你手里的线上，而且你还有预留的长度来控制。当你想要把转轴和球形把手拉回原状，你只需要拉动手头的线，它们就归位了。而门内侧那个球形把手自身的重量可以使其垂直落下，所以当你要把方形的转轴拉回方形的洞时完全不成问题。它会垂直地被拉上来，而一旦转轴的边缘越过了犹大之窗的边缘，转轴就可以嵌入进去。当它回到原位之后，只需要解开你的线，然后把门外的球形把手装回转轴，再次拧好螺丝。这相当简单，但是门现在显然再次锁上了。

“再次，假设你已经提前准备好这个机关，线也系上了。有人在那个房间内，门也闩上了。你开始利用你的机关。在房间内的人完全不会注意到任何异样，直到他突然看到球形门把和转轴开始一点点往下掉进房间。你希望他能看见。事实上，你还尝试和他隔着门对话。他以为见鬼了，他想知道这到底是怎么回事。他向门走去，弯下腰，就和任何人想要凑近看看门把的时候一样。当他弯腰向前，离你的眼睛也就三英寸远，你不可能射偏——”

“法官大人，”沃尔特·斯托姆爵士高喊，“我们给予辩方提出各种可能性的自由，但是我们必须反对这个说法——”

“只需要把你的箭放进洞里，”H.M.说，“从犹大之窗中射过去。”

在令人震惊的停顿中，莫特拉姆督察站在那里，手里拿着螺丝刀。

“法官大人，我必须提出这一点，”H.M.满怀歉意地说道，“这样才能让我接下来要演示的事更加清晰。那么现在，在案发当晚后，这扇门一直在警方手中。没人能对它动手脚，它保持着案发当晚的状态。督察，能否请你把一侧的把手从转轴上卸下来？好的。你能不能告诉法官大人以及陪审团，在转轴的孔上系着什么东西吗？”

“请大声回答，”兰金法官说，“从我这里看不清楚。”

莫特拉姆督察提高了音量，在寂静中产生了一种可怕的效果。我大概再也不会忘记当时的场景，他站在橡木镶板和黄色家具映衬下的光晕中，一排排的人都公然站了起来，甚至戴着白色假发、穿着黑色袍子的律师也都悄悄地站起身来，挡住了我们的视线。在法庭的中心位置，仿佛从“老贝利”的白色穹顶上射下一道聚光灯一样，莫特拉姆督察站着，眼神从螺丝刀转向了转轴。

“法官大人，”他说，“这里有一条黑色的线系在转轴的孔上，还有一长段残留——”

法官小心翼翼地记着笔记。

“我明白了。请继续，亨利爵士。”

“接下来，督察，”H.M.继续说道，“请用你的手指向前推转轴，如果更方便的话，也可以用螺丝刀的头部试试，然后把整个东西都拿出来。啊，就是这样。我们想看看这扇犹大之窗，而且，啊，你发现了一些东西，对吗？有个东西藏在了转轴和犹大之窗中间，卡在那里了？快看看，那是什么？”

莫特拉姆督察站直了身子，仔细检查他手心里的东西。

“这是，”他小心翼翼地说道，“一小片蓝色羽毛，大约四分之一英寸，三角形，显然是从什么东西上扯下来的——”

硬木地板的每一块木板，每个长椅，每个椅子都好像发出了各自不同的声响。我身边的伊芙琳也突然坐了下来，长舒了一口气。

“这些，法官大人，”H.M.语气平静，“加上这最后一片羽毛，就是辩方所要提交的全部证据。呸！”

第十八章　全体的判决

下午 4：15 －4：32

摘自辩方亨利·梅里维尔的结案陈词

“……那么，在我刚才告诉你们的所有事中，我尝试为大家描绘出本案的大致轮廓。你们已经听到，我相信你们也已经相信，这个男人是一场阴谋陷害的受害者。你们已经听到，他没有带着手枪去那栋房子，而是去见一个在这个世界上他最希望取悦的人。你们已经听到那些扭曲了他说的每一句话的细节，而这些谣言也使得我举步维艰。这场陷害被各种人加以掩盖和夸大，特别是其中一位，你们听到他当着你们的面撒下弥天大谎，恶毒地想要把这个男人送上绞刑架。在你们考虑最终判决时，这些事都值得仔细思考。

“但是这并非要让你们同情或者可怜被告。你们的职责是维护正义，绝对正义，我也希望各位这么做。所以，我要提出整个案件的核心在于两样东西：一片羽毛和一把十字弓。

“检方希望你们相信这个男人在毫无动机的情况下突然从墙上扯下一支箭，刺死了埃弗里·休谟。这是个很简单的案子，也存在一个很简单的逻辑。要么是他干的，要么不是。如果是他干的，他就有罪；如果他确实没有干这件事，那么他毫无疑问就是清白的。

“首先说说羽毛。当戴尔把被告留在书房和埃弗里·休谟单独相处的时候，这片羽毛还在箭上，整片都在，完好无损。这个简单的事实没有受到任何人的质疑，总检察长也会向你们确认这一点。当门闩被打开的时候，戴尔和弗莱明进入房间，半片羽毛已经从箭上消失了。他们立刻搜查了整个房间，但羽毛不在房间里。这也是一个简单的事实。莫特拉姆督察搜查了整个房间，也没有找到羽毛，这更是一个简单的事实。在这段时间内，你们都记得，被告从未离开过书房。

“而那片羽毛去哪儿了呢？警方对此唯一的解释是可能无意间沾在被告的衣服上被带走了。现在，我简单明了地告诉你们，那也是不可能的。有两个原因：第一，你们在这里已经看到，两个人不可能在打斗之中扯断羽毛——即使扯断，也弄不成这种形态。也就是说，根本不存在打斗，那么检方单在这点上怎么能站得住脚呢？第二，更重要的是，我们已经知道那片羽毛实际上在哪里。

“你们已经听到帕丁顿火车站行李寄存处的经理做证，某人，并非被告，在一月四日傍晚把一个皮箱留在了车站（无论如何，被告都不可能去做任何类似的事，因为从凶案被发现到次日的早上，他都一直处于警察的监视下）。你们看到皮箱内有一把十字弓，而卡在它绞盘齿轮上的正是那片消失的羽毛的一大部分。

“我认为我们无法不去怀疑这就是箭上那根羽毛的一部分。你们已经看到显微镜下的照片，你们可以仔细对比每个细节，你们已经听到把羽毛固定到箭上的那个男人的证言。简单来说，就和这个案件中的其他事一样，你们已经可以看清楚事情的真相并自己做出决定。那么，那片羽毛是怎么到那里去的呢？而这样的事实又怎么能和检方那套被告把箭扯下来当作匕首使用的理论相符呢？我希望大家把这个逻辑记在脑海中。如果他真的刺杀了死者，那么我手头的这么多证据也让我发自内心地认为他并没有那么干。他没有如此大的力量扯断羽毛。他没有把一小部分羽毛塞在十字弓的绞盘齿轮上。他显然无法把所有这些东西都放到斯宾塞·休谟的皮箱里。这个皮箱，如果你们还能想起来的话，在六点三十分以前都还没被收拾好或者拿到楼下来。

“关于这个皮箱，我再多说几句。我要告诉各位，这个皮箱已经足以排除任何针对他的合理怀疑并证明他的清白。我并没有说乔丹小姐打包皮箱的时候，在领扣和拖鞋里混进了一把周末用的十字弓。不，我的意思是皮箱当时就在楼下的大厅内，而有人利用了它。但这又怎么能和被告扯上关系呢？皮箱是在六点半的时候收拾好并拿到楼下。从那个时间点到三名证人进入书房，皮箱一直都有人看着。被告在这段时间内离开过书房吗？没有。关于这一点，你们已经听过太多遍了，特别是检方一直在强调。他是否接近过那个皮箱，把一把十字弓或者酒瓶或者任何东西放进去呢？（我认为这些东西已经放在别的地方，等着被放进箱子）简单来说，他接触过那个皮箱吗？在凶案被发现之前，他没有机会接近皮箱，而在那之后，更是几乎可以肯定他也没有任何机会。

“为什么，天啊，嗯，各位陪审员，我希望提醒你们注意另一个关键点。消失的羽毛的一部分在这个皮箱内。而我们也知道这个皮箱并不是詹姆斯·安斯维尔的魂灵带到帕丁顿车站去的。但是还有另外一部分羽毛。你们已经知道它原先在哪里，现在在哪里了。你们在那里看到了。它就在那个，为了方便起见，我称之为犹大之窗的地方。各位应该还记得，检方认为安斯维尔把箭作为匕首使用，而这又怎么能和犹大之窗中出现羽毛这件事相吻合？

“这说不通。毫无疑问，羽毛就在那里。它无疑是案发时卡在了那里。你们也听到了莫特拉姆督察在凶案发生的当天晚上就带走了这扇门，在那之后也一直保存在警局内。而从凶案被发现到莫特拉姆督察带走这扇门的这段时间内，书房里一直都有人。所以羽毛不可能是在行凶以外的时间卡在那里的。一分钟之前，你们看到帕克博士被再次传上证人席，你们也听到他做证说那片羽毛毫无疑问就是那消失的羽毛的最后一部分，他也告诉了你们他这样认为的原因。就是那片羽毛，就在那个位置。那么，我这位博学的朋友要怎么解释它为什么会在那里呢？现在，我并不是想随意嘲讽检方这样的人，他们对待被告的态度严谨而公正，如我们希望的一样，给予了辩方足够的空间。但是我还能说什么呢？请修正一下你们愚蠢的观点，认为詹姆斯·安斯维尔突然站起身来杀害了埃弗里·休谟；与此同时，一小片羽毛从箭上掉落，还刚好掉进了门把手转轴之间的洞里。不论各位多么聪明，你们能想出任何一个理由使整件事听上去不像一出荒诞的闹剧吗？

“你们已经听到过诸多理由，说明为什么被告不可能接近十字弓或者那个皮箱。而实际上，从来没有任何人提到他那么做过。一般而言，同样的逻辑也适用于门内的那片羽毛以及把手转轴上设置机关用的线。那个小机关是事先准备好的。这点我认为你们也都能认同。安斯维尔之前从来没有到过那栋房子。那个小机关是从门外控制的，让球形把手从另一端掉下来。而安斯维尔当时在房间内，门也闩上了。正如我说的，冷嘲热讽无济于事。但是我相信你们越是考虑这件事，就越会发现它是不可能的。不然你们就是一群蠢——咳咳，不然你们就不是我认为的睿智的英国陪审员。

“然而，羽毛确实在那里。它以某种方式抵达了那个位置，而在正常情况下，那不是一个能找到羽毛的地方。我敢打赌你们今天晚上回家，把你们自己的房门把手卸下来，甚至把你整条街上的邻居的门把手都卸下来，你仍然不会在犹大之窗里找到任何一片羽毛。我还敢打赌只有在一种情况下，你能在犹大之窗里同时找到羽毛和设置机关用的线。这和什么把箭从墙上扯下来刺过去毫无关系，只不过是把一个在房间内被下了药的人变成了替罪羊。而那唯一的情况就是我刚才提到过的：有人站在闩上的房门外，凶手在几乎可以触碰到死者的位置把一支箭射进了埃弗里·休谟的心脏。

“如果你们允许，接下来，我将为各位勾勒出我们认为的案件真实的经过。我会向各位展示这些事实将如何印证我们的说法，又如何和检方的说法相悖。

“但是，在我开始叙述之前，我认为还有一件事我必须要面对。就像无法忽视后颈上的甲壳虫一样，你也无法忽视一段法庭上未做解释的证词。各位陪审员，昨天下午，你们听到被告说出了一个令人震惊的弥天大谎，也是他在法庭上说出的唯一一个谎言。他的谎言是说他自己有罪。可能他说这话的时候还未宣誓，也可能因此让你们更倾向于相信他这话是真的。但是现在你们已经知道他为什么要这么说。或许当时他根本不在乎自己是否会被定罪，而其他人，你们也看到了，甚至非常努力想让他被定罪。他说的这些话到底对他产生了怎样的影响，需要交由你们来判断。而现在，到了这个时候，我可以站起来指控我的当事人说谎。他说他用箭刺杀了埃弗里·休谟，而箭上的羽毛在争斗中被扯坏。除非你们相信这个说辞，否则你们不能也不敢做出有罪的判决。而你们不应该也不敢去相信那个说辞，接下来我会告诉你们原因何在。

“各位陪审员，以下是我们认为案件真实的经过——”

下午 4：32 — 4：55

摘自检方沃尔特·斯托姆爵士的结案陈词

“……所以我这位博学的朋友并不需要害怕。我不会等到法官特别跟各位强调的时候，才让你们知道这一点：如果你们对检方的说辞不满意，那么检方的意见就没能被接纳，你们有义务做出无罪的判决。我不认为你们中的任何人，在听过了我的开场白之后，对这一点还会产生什么误会。我可以告诉各位，举证的责任在检方，而当我把一个案子递交到陪审团面前的时候，我相信我也应该承担这样的义务。

“然而我也有责任强调由各种事实组成的不利于被告的证据。事实就是：我在开场陈词中说过的，整个庭审我一直提到的。那么我要心平气和地问问各位：在本案中有多少事实出现了变化或者被驳倒？

“我这位博学的朋友的解释很不错，相当有说服力。但是我必须提醒你们，他是无法搪塞过去的。

“那还剩什么？事实上，在被告的口袋里找到了一把上膛的手枪。他否认这把枪是自己带到房子来的，那么有什么证据可以印证他的说法吗？有证人格拉贝尔的证词。你们已经听到过他在证人席上的说法；你们听到他是如何回答我的问题；你们也观察了他的态度。他宣称星期五上午独自一人在多尔赛大厦见到了死者。他一个生面孔，在这么多公寓中如何完全避开其他住客的视线？死者又是怎么拿到被告公寓的钥匙？实际上，格拉贝尔又为何刚好在黑暗中清理一个垃圾桶，而他自己承认那个垃圾桶在两星期前就已经被清理过了？格拉贝尔的可信度和品格由你们判断，而他是这个事件唯一的证人。有其他证人能够佐证埃弗里·休谟偷手枪这件事吗？雷金纳德·安斯维尔可以。但是我承认我的处境有些艰难。各位陪审员，我必须诚实地告诉你们，当他说出那番会让你们给被告定罪的说辞的时候，我并没有相信。他的说法实际上是对检方有利的，但是我没有相信他。你们要判断的是，我这位博学的朋友是否当庭驳倒了他的这番证词？在法庭上，不论作为检方还是辩方，我们都不能容忍任何谎言。但正是同一个证人雷金纳德·安斯维尔，证明他曾和格拉贝尔说起过手枪。如果我们确信一个人在他证言最后的部分说了谎，那我们就能相信他前面一部分的证言是真的吗？

“如果被告确实带着手枪去了休谟先生的房子，那这就是预谋杀人。我告诉你们，他的确这么做了。

“那剩下的还有什么别的事实？箭上有被告的指纹。这些事实都是不容置疑的。它们是记号，证明了被告的手毫无疑问曾握过那支箭——不管是不是如我这位博学的朋友认为的那样，指纹是在被告失去意识的情况下由其他人按在箭上的。

“而针对被告宣称自己失去意识这一点，又有什么证据吗？因为他被下了药，所以由指纹引发的这些推理都不足为信了？如果你们不愿相信被告被下了药，那么显然，我必须提醒你们，指纹就会成为整个案件最关键的证据。另外，关于他被下药的证据呢？一个外观相似且装着被下了药的威士忌的玻璃雕花酒瓶，在帕丁顿车站行李寄存处的一个皮箱里被翻了出来。放在一起的还有一个苏打水瓶，里面的苏打水少了一些。毫无疑问，在伦敦还有很多造型相似的酒瓶，但是我要告诉你们的是，我希望能看到证据证明被告喝了被下药的威士忌，甚至任何威士忌。相反，你们已经听到分局法医做证说（在他看来）被告完全没有被下药的迹象。为了公平起见，我也必须告诉你们，还有一个本应为此事出庭做证的证人，斯宾塞·休谟医生现在失踪了，原因不明。但是在我们听到休谟医生的证言之前，我们不能断言这两件事存在任何联系。这就是我所说的事实。

“你们当时也听到了关于斯托金医生的各种流言蜚语。但是，我不认为像斯托金医生这样在圣普雷德医院长期任职的人的证言应该被轻视。

“至于其他的事实呢？你们已经听到戴尔关于被告和死者之间对话的证言。‘我不是来杀人的，除非情况必要。’现在我这位博学的朋友又提出被告在这之后还追加了一句：‘也不是来偷东西的’。你们也注意到我这位博学的朋友对于戴尔的证言几乎全盘接受甚至非常赞同，因为他的很多证据也建立在戴尔的证词之上。但是他唯独不能接受这一句。那我们又能相信什么呢？戴尔在一点的时候说了实情，五分钟之后就撒了谎？

“各位陪审员，你们现在已经了解我让你们审视整个案件的方法。在说清楚这点之后，我会从头开始，一件一件、一行一行地重述所有的证据……

“……在我一点一点的称述中，所有证据已检验完毕。现在，目前提出关于十字弓和三小片羽毛的一些说法，检方对于这部分内容事前并不知晓。当然，没有事先知会检方是合法也是合理的，辩方有权保留自己的信息。虽然按照习惯，检方都会告诉辩方自己的起诉思路。关于十字弓和三片羽毛，我不予以置评。你们已经听取检方的所有证据，我的义务就是把这些都摆在你们面前。那片羽毛，如果真的是你们面前这支箭上的羽毛的一部分，这个奇特的小东西是怎么掉进了门把手转轴的洞里，我不知道。而另一片羽毛，我对此持有同样的保留态度，是怎么卡进了十字弓的绞盘齿轮，我也不会假装自己知道。我只能说‘它在那里’；如此而已。如果你们认为这些还有其他的一些事都是对被告有利的，那你们的判决就应该受到这些事的影响。各位必须明白，除非在这里讨论的案件已经完全不存在任何合理的怀疑，我们指出的每个疑点都几乎毫无疑问会得出他有罪的结论，否则你们不能判他有罪。当然，最后的判断取决于法官大人，我毫不怀疑他会告诉你们——

下午 4：55 —5：00

摘自兰金法官的总结

“……正如你们所知，各位陪审员，我们手头的这个案件只有间接证据。而对于间接证据的价值判断取决于这一点：它是否能排除其他合理的可能性？我甚至可以把话说得更绝对——它是否能排除其他任何假设或者可能性？对于不利于被告的证据，你们如果不能完全排除其他的可能性，那么你们就不能说不存在合理怀疑且罪名成立。这一点不存在任何模糊的地方，法律规定得非常清楚。不能因为存在可能性就认定一个人有罪，更不要说是谋杀——除非可能性已经极大，大到让人信服的程度。如果你认为存在其他的可能性，那么就不能给人定罪。问题不在于谁犯下了这起罪行，而在于凶手是不是被告。在本案中，你们已经听到各种相当详尽的证据，你们也听到了双方的辩论，现在该让我来审视一下这些证据。你们要记住，是由你们来判断事实，而我完全不具有对事实下判断的权利。如果我略过或者过分强调了任何和你们观点相悖的事，请各位一定要记住刚才这一点。

“让我们从头看看那些所谓相关事实。在开始的时候，针对被告的行为举止讨论了很多。你们知道关于一个人外貌的证言，无论他看起来高兴还是愤怒，这些讨论在法庭上都是被允许的。你们也应该将它考虑进去。但是我必须告诉你们，我认为把这些证言看得太重要是不明智的。你们大概也知道在日常生活中，这种评论也不总是很可靠。要判断一个人的行为，你必须要了解他做出这个反应时面对的情况——悲伤的，古怪的，或者只是日常状况，然后假设他的行为变化和你的一模一样。我甚至不必告诉你们这么分析有多危险。先看看目前双方向各位勾勒出的事实，然后……

“……因此，我认为这个案件的关键不只是事实是什么，而是如何解读这些事实。一本数学教材不可能只有答案而没有推演过程。而这样的案子也不会只考虑结果而不问原因——目前争论的要点就是原因。各位首先需要判断的两个事实是：第一，埃弗里·休谟有没有预先计划给安斯维尔上尉下药，安排好一系列假象来暗示安斯维尔上尉凶恶地袭击了自己，然后把安斯维尔上尉作为疯子关进疯人院？第二，被告是否被误认成安斯维尔上尉？

“我刚才也告诉过你们，为什么我认为这两件事都有充分的证据。你们听到皮特·奎格利医生，一名国际医学委员会的代理人，做证说他听到了死者本人所说的话。他引述了死者的原话，死者说自己打算拿到安斯维尔上尉的手枪，邀请安斯维尔上尉到他自己家里来，在威士忌苏打水里面放点‘Brudine’，在此之后销毁这些证物；他还打算制造出打斗的迹象，把安斯维尔上尉的指纹印在箭上，把手枪放进安斯维尔上尉的口袋里。我告诉过你们的这些间接证据，在我看来能够构成一种合理的可能性。你们是否相信这件事确实发生过？如果你们不相信，请依据你们的想法做出最终的判断：这完全取决于你们的判断。如果你们相信这件事，那么关于这些所谓‘事实’的讨论只会扰乱你们的思维。

“死者是否打算让这把手枪在他招待的客人口袋里被找到？如果他确实有这种想法，我认为手枪在口袋里的这个‘事实’就不能用来怪罪被告。如果他打算在威士忌里面下药，还准备在事后销毁相关证据，那么如果他确实成功做到了，我认为我们不能因为这个计划成功了而怪罪被告。如果他打算让指纹在箭上被发现，而且如果你们相信他成功地把指纹印在了那里，那么我们就应该预计到在那里会找到指纹。如果（给各位举个例子）A 被控告说偷了 B 的钱包，而钱包也确实在 A 的口袋里被发现，但如果你们坚信钱包是 C 放到那里去的话，这个事实就会变得无关紧要。

“在这份证据单里面，我承认我完全看不出被告杀人的动机。事实上，除了休谟先生对他的敌意之外，没有任何动机相关的证据。如果你们相信这份文书，那么这分敌意也是不存在的。被告在没有动机和武器的情况下来到那栋房子。你们听到过一些被认为是在书房里发生争斗的预兆的证据，针对这一点你们必须谨慎考虑。如果根据间接证据可能得出被告有罪或无罪两种结论，那么在这些可能性相互作用下，你们就不应做出有罪的判决。

“下面先来看一下几个证人的证词……

“……最后，各位陪审员，对你们的最终判决起决定性作用的问题是：死者是否是被被告手上握着的箭杀死的？

“如果被告拿了那支箭，故意用它刺杀了死者，那么他就犯下了谋杀罪。一方面，你们看到箭上有他的指纹，以及当时的环境是门窗都从里面被锁上了；另一方面，你们也听到我刚才谈到的问题，你们面对着另外一种可能性，我们现在来审视一下这部分的证据。我们已经听到证言说，当被告被留在书房和死者独处的时候，箭杆上的标羽还是完好无损的。你们也听到了，发现凶案之后，整个房间立即被搜查，而一片一又四分之一英寸长、一英寸宽的羽毛消失了。无论是弗莱明先生还是戴尔都没有找到它。莫特拉姆督察也没能找到。检方对此的解释是它沾在被告的衣服上被带走了。

“现在我们需要面对的问题并不多：那片消失的羽毛是怎么回事？而这个问题可以表述得更精准一些：辩方提供的两片羽毛——一片来自一把十字弓，另一片来自门把手转轴的一个洞里，能不能解答我们的问题？它们是否属于被用作凶器的箭上羽毛的一部分？它们是否是同一根羽毛？如果你们认为它们不是，或者更准确地说，这两片羽毛都不是凶器上原本的羽毛，那么这些证物就不在我们的考虑范围内。即使它们被发现的地方很奇特，那也不关我们的事。另一方面，如果你们赞同其中一片或者两片都属于原先那根羽毛，是其的一部分，那么很难不因为这个证据而对检方的说法产生合理的怀疑。

“我承认我没有完全理解检方的说法。根据我的笔记，我发现检方认为第一片羽毛，也就是在十字弓里面发现的那一部分，不属于原先的那根羽毛，但是我没有听到与此相关进一步的解释。让我们根据目前展示出来的证据，看看是否完全不会得出以下结论——

下午 5：20—5：26

摘自速记员约翰·凯斯的记录

陪审团在离席六分钟后回到了法庭。

法庭书记员：各位陪审员，你们是否达成了一致的判决？

陪审团代表：是的。

法庭书记员：被告被控谋杀，你们认为他是有罪还是无罪？

陪审团代表：无罪。

法庭书记员：你说他是无罪的，这是你们全体的判决吗？

陪审团代表：是的。

兰金法官：詹姆斯·卡普隆·安斯维尔，陪审团在审视各项证据之后，认为你没有犯下谋杀罪。对于这个判决我没有异议。我现在要做的就只是告诉你，你自由了，祝你好运。当庭释放被告。

备注：总检察长满脸笑容，这似乎正是他想要的结果。老梅里维尔站起身来，一脸愤怒，骂骂咧咧。他不知道怎么回事——他的当事人已经自由了。被告接过了自己的帽子，仿佛找不到出去的路。人群向他挤了过去，包括那个女孩。旁听席上充斥着喜悦的氛围。“甚至连托斯卡纳的队伍，都忍不住欢呼起来。[①]”

下午 5：45

摘自“老贝利”档案

①原文出自 *Story of Horatius* 一诗，此句在原文中意味着连对方军队也忍不住喝彩。

在一号法庭，有人正在关灯，是两个没戴头盔都不太像警察的法警，仿佛被留在了这间废弃的教室。门外的脚步声渐渐远去，传来了一些回声，而这些回声都好像在半空缓慢地移动着。雨水不停地拍打着玻璃屋顶，现在你能清楚地听到雨声。开关“啪嗒”一响，一排灯光消失了，橡木镶板和白色石头的颜色都变得更昏暗了一点。啪嗒的声音又响了两次，整个法庭近乎全黑了。雨声似乎更响了，法警踩在硬木地板上的脚步声也是如此。他们的头就像高处的阴影一样移动着。你几乎看不到法官座椅那又高又尖的椅背以及暗金色的国剑。在昏暗之中，一名法警推开了前厅的大门，发出吱吱嘎嘎的声响。

“嗯？等一下。”另一个法警突然说道。他的声音带着回声。“别关门。有人还在里面。”

“你看到鬼魂了？”

“不，我是认真的。有人坐在那里——长椅末端，证人席的后面。那里，霍依。”

他可能真的在这栋纽盖特监狱旧址上建造起来的大楼里看到鬼魂了。在灰暗的光线下，一个弓着身子的人影正独自坐在长椅的末端。即使法警带着可怕的回音大声呼叫，对方也一动不动。法警迈着沉重的步子向那个人影走去。

“那么现在，”他稍微有些不耐烦地说道，“你必须要——”

弓着身子的人并没有抬头，但是开了口，“我不知道我能不能做到。我刚喝了点东西。”

“喝了点东西？”

“一种杀虫剂。我以为我能坚持，但是我不能。我感觉很糟糕。能送我去医院吗？”

“乔！”法警着急地说，“过来帮帮忙！”

“你知道，我杀了他。所以我喝了那个东西。”

“杀了谁，夫人？”

“我杀了可怜的埃弗里。我很后悔杀了他。我一直很后悔。如果不是这个药让我太痛苦了，我真的想死。我的名字是阿米莉亚·乔丹。”

尾声　真实发生之事

“我要说的是，”伊芙琳说着，“我认为总检察长的陈述是所有人中最有力的。即使到了最后一分钟，我都担心他可能会赢。他给我留下了非常深刻的印象：我不管其他人怎么想。还有——”

“嚯，嚯，”H.M.说，“原来你是这么想的，嘿？不，我的小姑娘，沃尔特·斯托姆是比他今天表现出来的还要厉害得多的检察官。我不是说他一定是故意这么做，但他把所有事都叠放在一起，好让法官一下就能全部击溃。这就跟我见过的那些故意递话或者在挨拳头的时候如何闪避的技巧是一样的。当他意识到那个孩子是无辜的时候，已经太晚了。他本可以放弃他最初的想法，但是我坚持要让这次庭审进行下去，这样才能最大程度证明被告是无辜的，也能弄清楚这起谋杀案的全貌。所以你们看到了一个聪明人如何不用稻草就做出砖片的好戏。听起来好像挺厉害的，但也没多了不起。”

在一个狂风暴雨的三月晚上，我们正坐在H.M.位于顶层可以俯瞰安本克门特的办公室里。H.M.在忙着调制威士忌潘趣酒（用他的话来说是为了纪念安斯维尔的案子）；之后，他坐了下来，脚放在桌子上，软管式的台灯压得很低。炉火燃得很旺，罗丽波普坐在窗边的桌子旁，显然是在整理账目表。H.M. 抽着烟，眼前罩着烟雾，鼻子闻着威士忌潘趣酒的香气，时不时发出笑声和喘息声。

“我从来没有，”H.M. 坚决地说，“怀疑过判决结果会是什么——”

“是吗？”伊芙琳说，“你还记得你做了什么吗？当他们做出判决、法庭宣判之后，有人走过来恭喜你，结果不注意弄掉了一本你放在桌子上的书。你站在那里叽里呱啦地咒骂了整整两分钟——”

“哎呀，这种案子还是尽快忘记会更惬意。”H.M. 低声说道，“我还留了几手没用；但是，打个不太恰当的比方，在一场赛马中，就算知道自己一定能赢，你也还是会紧张。你知道，我必须得一路干到底。我必须炒热气氛，这样才能做好我的结案陈词。我认为在结案陈词里有不少暗示会对真凶产生正面的影响——”

“阿米莉亚·乔丹！”我说。我们安静了一小会儿，H.M. 凝视着他雪茄的末端，发出咕噜噜的声音，最后喝了一大口威士忌潘趣酒。“所以你一直知道她就是真凶吗？”

“当然，孩子。如果必要，我甚至可以证明这件事。但是我首先得让那小子自由。我不能在法庭上指出她是真凶。我写了一张时间表给你，从上面可以看出只有一个人能够完成这起谋杀案。”

“嗯？”

“我会具体说的，”H.M. 说，在椅子上动了一下，“因为现在我说什么都不用再考虑任何规矩，真是极大的解脱。”

“现在，我不需要完整复述整件事。你们已经知道，吉姆·安斯维尔喝了被下药的威士忌晕倒在休谟的书房之前的全部故事了。实际上，你们什么都知道了，只是不知道我认为某人是凶手的非常显著的理由。

“在这个案件的开端，我立马就看穿了那个陷害对方发疯的计划，就如我之前告诉你们的一样。如果不是安斯维尔干的，那么凶案是怎么完成的，这件事确实难倒了我。然后玛丽·休谟给了我灵感，她说她的心上人在监狱里最恨的东西就是犹大之窗，于是我突然醒悟到每个门上都有一扇犹大之窗这个惊人的可能性。我像发了疯一样走来走去。我从各个角度审视了这件事。然后我坐下来，做了那张时间表，整件事都开始明朗了。

“当我刚开始思考这件事的时候，只有两个人和这场陷害雷金纳德·安斯维尔的计划有关：埃弗里和斯宾塞。我现在也仍然这么想。然而显然有人发现了这个计划，而且在最后时刻坚持参与进来。

“为什么？看这里！如果犹大之窗被用来完成谋杀，那么凶手一定是和埃弗里·休谟一起完成整个计划的人。凶手必须要离得够近才能知道书房正发生什么。一定是凶手带走了那个多余的酒瓶，在我的时间表里，我就对那个酒瓶提出了疑问，这样做才能让那个酒瓶不会被警察找到。这些都暗示着凶手是和埃弗里一起执行计划的。某人参与了谋划，这个人也完成了部分计划，然后这个人利用这个计划干净利落地干掉了那个老头。

“是谁？当然，你们第一个想到的人是斯宾塞叔叔，因为他毫无疑问参与了那个计划的谋划。但是这说不通，至少，斯宾塞叔叔亲手杀人这件事说不通。他有完美的不在场证明，医院一半的员工都可以为他做证。

“那么，还有谁？你知道，考虑哪些人能参与共谋，从而把整个被告的范围都缩小，这件事相当了不得。埃弗里·休谟几乎没有什么朋友，也没什么亲近的人，除了他的家庭成员。他是个相当顾家的男人。如果要让他向某个并无参与必要的人坦白整个计划，即使在压力之下，那么这个人也一定和他很亲近。

“你们知道，想到这些的时候，我还只是坐着思考。我脑子里也不过是个大致的想法。我告诉自己：是和他很亲近的人。现在，从理论上看，还存在外面的人溜进来行凶的可能（比如弗莱明），但是实际上可能性非常小。从他们谈论到对方的口气就能听得出来，弗莱明和他并不亲密，甚至不算熟识的朋友。此外，一个外人想要溜进来，需要躲开戴尔和阿米莉亚·乔丹的监视，而一直以来，他们中至少有一个人在房子里。那把这个可能性先放一边，我们再来考虑另一套理论，看看会得出什么样的结论。

“而这会得出一个结论，那就是，参与共谋的人不是阿米莉亚·乔丹就是戴尔。这个结论来得太简单，但是却花了我很长时间才能完全弄清楚。不过肯定不是戴尔。且不说我自己对他的信任，可敬的戴尔绝对是休谟先生最不愿意向之暴露家丑的人。作为雷金纳德上尉发疯的见证人，可以；但是作为同谋者，绝不。而且，从时间表上也可以看出戴尔是清白的。

“到这时，就你们已经知道的那些理由，我几乎已经下定结论，休谟是被一支从十字弓发射出来的箭杀死的。凶手必须等到吉姆·安斯维尔的药效发作。凶手必须和休谟一起进入书房，帮助他把薄荷提取液倒进一个不省人事的人的喉咙里，然后把多余的酒瓶和苏打水瓶都拿出去。凶手必须找个借口把箭拿出房间。凶手必须让休谟自己闩上门。至于凶手是怎么让箭还在门外的时候就劝说休谟闩上门的，我不知道。凶手必须要准备好犹大之窗的机关。之后，凶手杀死休谟，关上犹大之窗，扔掉十字弓和酒瓶，收拾好一切。你们还跟得上吗？

“然后，已证实戴尔是在六点十分让吉姆·安斯维尔进门的。距离安斯维尔在书房喝下被下药的威士忌至少还有三分钟时间，而等到药效发作还有更久（由安斯维尔本人证实）。戴尔在六点十五分就离开了房子（我证实了这点。我写在我的时间表里右侧那一栏的都是毫无疑问的事实。他在六点十八分到达了修车行，正如他在法庭上说的一样。修车行距离房子有三四分钟的步行路程）。是否有可能在一分半内，他杀害了埃弗里·休谟并处理完所有相关事宜？不可能。从时间上来看是不可能的。

“这就使我意识到那个明显的真相：阿米莉亚·乔丹是唯一一个和休谟以及昏迷的安斯维尔在同一个屋子里的人。她独自一人在那里待了十七分钟，直到六点三十二分，戴尔取车回来。

“哦？好好想想这个女人。她是否符合参与到这个谋划中的那些条件？她和休谟的家人一起居住了十四年。十四年，我的孩子们，这已经完全足够把她当成自家人看待。她完全是，或者表面上看起来是，狂热地爱着埃弗里。你们在法庭上应该也注意到，当她激动起来的时候，会直呼他的名字，而除了他弟弟以外，没人敢这么做。她的身份也让她有能力发现屋子里正在发生的事。如果埃弗里必须要把他的计划透露给某人的话，那么这个最有可能的人一定是个能干、做事迅速又非常认真的女人，同时，必须长时间在他身边，培养出了家人一般的感情。

“但如你们所见，这些都还只是纸上谈兵。所以我们来看看她在六点十五分到六点三十二分那神秘的十七分钟内都干了什么。据她本人说，在六点三十分，她完成了打包下楼来。这里我需要你们注意她在法庭上提供的证词，因为这和她很久之前提供给警方的证词一模一样。我相当仔细地研究了她的证词，就像对其他人的证词一样。她说她为自己收拾了一个小旅行包，为斯宾塞叔叔打包了一个大的皮箱，然后就下楼去了。

“这里有一点很有趣，来自戴尔的证词。戴尔回来看到她正站在书房的门前，是书房的门前，注意一下。她突然激动地哭喊着，告诉他书房里面的人正在互相残杀，命令他立马跑去隔壁找弗莱明。这个时候，戴尔说：‘她被斯宾塞·休谟的皮箱绊了一下。’

“我很疑惑那个箱子在通往书房的走廊里有什么用。那个屋子里的主楼梯，你也见过，肯，是通向前门的。这也就意味着她带着箱子下楼，想要去书房和埃弗里道别，她走进了那条小走廊，手里仍然拿着那个箱子，你们注意到了，那个皮箱。这是怎么回事？当人们带着好几个箱子下楼的时候，我的经验是，他们总会把箱子堆放在楼梯旁，这样他们从前门出去的时候也比较方便。人们不会刻意把它们拖到屋子的后面，跟人道别的时候还牢牢地拿着箱子走来走去。

“从这里开始，我脑内出现了一种奇怪又强烈的感受。我开始看清事实的真相。在我的时间表上阿米莉亚·乔丹的活动那一栏旁边，我打了个问号。到目前为止，我对于谋杀案知道些什么呢？我和警方看法截然不同的主要有以下几点：第一，休谟是被一支从十字弓发射穿过了犹大之窗的箭杀死的，而那把十字弓当天晚上就从工具间的小屋内消失了；第二，阿米莉亚是在那十七分钟内唯一被留在屋子里的人；第三，阿米莉亚被看到出现在离书房门很近的地方，还莫名其妙地带着一个可爱的皮箱。而从那之后好像没有任何人见过那个皮箱。然后我突然回忆起了另一个事实，那就是——斯宾塞叔叔那套上等的花呢高尔夫球外套也在当天晚上不见了。

“哇！我们甚至还知道那套衣服是什么时候不见的。在凶案被发现之后，你们应该记得兰多夫·弗莱明有了要提取被告指纹的主意。戴尔提到楼上斯宾塞的外套口袋里有一个印台。戴尔立马过去取，然而外套已经不见了。他不知道这是怎么回事，感到古怪又疑惑地下楼来了。但是那件外套到哪里去了？如果不是所有人都因为发现凶案这件事忙得一团糟，你首先会想到那件外套在哪里？嗯？”

一阵安静。

“我知道了，”伊芙琳说，“你会想到它肯定是被收起来了。”

“没错，”H.M.赞同道，一边吞云吐雾，一边瞪大了眼，“有个女人刚刚为那件外套的主人收拾好了行李。叔叔正要去乡下过周末。那么，当你为一个要去乡下过周末的男人收拾行李箱的时候，立刻就能想到的第一件东西是什么？一件花呢运动外套？这里可是英格兰。

“根据这个不太复杂的思路继续思考。在六点三十九分，你可以从你手上的时间表看到，弗莱明让阿米莉亚去医院找斯宾塞。在那一分那一秒，他产生了要取指纹的念头。他说如果有个印台就好了。戴尔说在那件高尔夫球外套里面就有一个印台，然后说要去拿。请注意，正如你们在时间表上所见，那个女人当时还在那里。她听到了这个对话。那么，为什么她没有提出：‘别上楼去找那件外套了，我已经把它放在走廊里的皮箱里了’（如果她在打包的时候把印台从外套里拿了出来，那么她可以说：‘别再去外套里找了，我已经把印台放在了哪里哪里的另外一个地方’）？无论是哪种情况，为什么她没有出声？她不可能忘了自己刚刚才打包的东西。而她是个非常能干的人，在休谟的雇用下早就学会了把每件事都考虑周全。然而她什么都没说。为什么？

“你们还可以注意到别的事。那件外套不只是当时不见了，在此之后也消失了，再也没有出现过。加上那双红色的土耳其风格的拖鞋（能记住这个是因为它们太显眼了）也不见了。然后你开始注意到整个可恶的皮箱都消失了。

“那就提出了另外一个问题。我们还知道其他什么东西也消失了吗？我们当然知道。一把十字弓也消失了。让我们想想：一把短腿的十字弓，头部很宽。把它放进一个小的旅行包的话，可能会显得太大了，但是它恰巧能放进一个皮箱，从而完全不被人发现。”

H.M.的雪茄熄灭了，他不满地猛吸着。从我个人来说，我觉得这个案子算得上他处理得最好的几个案件之一。但是我犹豫着要不要告诉他，因为他即使高兴也不会表现出来，只会搞出更多晦涩难懂的哑谜。

“请继续，”我说，“直到你的法庭结案陈词之前，你从未向我们透露过任何线索暗示乔丹小姐有罪。但是你肯定有你的方法，所以请继续。”

“假设，”H.M.说，露出了对他来说已经是最接近开心的表情，“为了讨论方便，假设那把十字弓确实被放在了箱子里，那么你就得到了一个不错的理由来说明为什么那个女人没有开口告诉戴尔那件高尔夫球外套不在楼上。她不能告诉他去打开皮箱，那样的话大家就会发现十字弓，她也不能在众目睽睽之下自己把箱子打开。相反，她会怎么做呢？戴尔上楼去找那件外套了。她会认为，我敢打赌，只要他发现那件外套不见了，整件事就会暴露，就像一只猫从口袋里高声号叫着钻了出来一样。戴尔会注意到这件显而易见的事。他会说：‘小姐，麻烦你打开箱子，让我们拿一下那个印台好吗？’所以，她必须尽快把这个皮箱带出屋子。幸运的是，她有一个相当不错的理由离开房子：她要去接医生。弗莱明在书房，戴尔在楼上，她可以提起皮箱，在完全不被人注意到的情况下，走向汽车。

“到目前为止，我认为我的思路非常顺畅。但是——”

“请等一下，”伊芙琳打断了他，皱起眉头。“有件事我不太理解，或者说我一直都没想通。你本以为那个皮箱里面有什么？我的意思是，除了斯宾塞叔叔的衣服之外。”

“就是这些啊，”H.M.说，“一把十字弓，一个雕花的玻璃酒瓶，一个倒了一点的苏打水瓶。一瓶用来去除威士忌味道的什么东西。可能还有把螺丝刀，肯定还有两个酒杯。”

“我知道。我就是这个意思。为什么埃弗里·休谟或者任何人需要把这么一大堆东西带出房子或者藏起来呢？为什么他们非得用两个酒瓶不可？把下了药的威士忌的酒瓶倒空洗净，然后再装上普通的威士忌，不就简单多了吗？把杯子都洗干净然后放回原处，不也简单些吗？把苏打水瓶放到食品储藏室的架子上，这会有什么令人生疑的地方吗？我没提到十字弓，因为休谟的计划里不包含这一项。但是其他的又怎么说？”

H.M.咯咯地笑了一下，听着很吓人。

“你是不是忘了，”他问道，“在原本的计划中，除了埃弗里和斯宾塞之外是没有其他人参与的。”

“所以呢？”

“考虑一下我们目前勾勒出来的情况，”H.M.一边说着，一边用他那只已经熄灭的雪茄比画着，“戴尔对整个计划一无所知。阿米莉亚·乔丹也是。正常状态的雷金纳德·安斯维尔会走进房子，然后和埃弗里一起被关在书房里。从那个时候开始，直到雷金纳德被发现发疯了为止，埃弗里·休谟哪有机会离开书房？戴尔或者乔丹总会在房子里。当戴尔去取车的时候，乔丹就在。当乔丹开车去接斯宾塞的时候，戴尔在家。你现在明白了吗？埃弗里不可能跑到厨房，倒掉威士忌，洗净酒瓶，然后再倒满酒，回到书房。在这个时间，他的客人正神志不清地躺在一个大门敞开的房间里，而他的两个证人其中之一还能看到他洗酒瓶。当屋里有人的时候，你都没法这么干，特别是屋里的人都非常小心谨慎。戴尔得到过指示，而那个女人又天性谨慎。同样，埃弗里也不可能去洗杯子、擦干净，再把它们放回去。他也不能把苏打水塞到食品储藏室的架子上。他必须静静地待在书房里。这就是为什么我特别强调过，最初参与这个计划的只有两个人。

“我们最好想想另一部分，它和我越来越强烈地怀疑阿米莉亚是凶手的这件事也是紧密联系的。按照最初的计划，埃弗里准备好他的小柜子，把酒瓶和酒杯的复制品都放在了柜子下面，准备随时替换掉原有的那些。上帝仁爱，记住一个核心事实。那就是——在埃弗里的计划中，他完全无意叫来警察！根本就不会出现那种一丝不苟地搜查房间或者屋子的行为。他只需要骗过他的两个证人，这些证人也不会刻意去刺探他。他只需要简单地把酒瓶、苏打水瓶、酒杯和薄荷提取液都藏在柜子下面，然后把柜门锁上。他只需要等神志不清的雷金纳德满嘴嘀咕着被带走之后，再去处理掉这些东西。你们不记得（看看莫特拉姆提交的记录上的笔记）柜门的钥匙实际上是在他的口袋里被发现的吗？

“但是当阿米莉亚参与到这个计划之后，她不希望让这些东西留在那里，因为她打算杀了他。这就意味着警察会来。而所有这些栽赃的纪念品不能就这么留在柜子里，必须带到房子之外去，否则就没有办法嫁祸给那个失去意识后躺在原地的人了。”

“我很欣赏她，”伊芙琳突然说道，“哦，该死！我的意思是——”

“听着。”H.M. 说。

他拉开桌子的抽屉，从中拿出一个我之前经常看到的蓝色绑带的文件夹（这个放在那里的时间还不长，还没有积灰），他翻开了它。

“你们知道她昨晚在圣巴塞洛缪医院过世了，”他说，“你们也知道她在临死前做了一番供述，报纸上全都是这个内容。这是其中一份。现在来听听其中一两段。”

“……我为他工作了十四年。不只是工作，我是为他做苦役。但是我不在乎这些，因为很长时间以来，我都认为我爱着他。我认为当他妻子死了之后，他就会娶我；但是他没有。也曾有别人向我求婚，但是我都拒绝了他们，因为我认为他会娶我。但是他对此从没提过一句，他说他会一直忠于他妻子的回忆。但是我也没什么别的办法，所以我一直住在那个房子里。

“我知道他的遗嘱里给我留了五千镑。这是我在这个世界上唯一的期盼。然后我们知道了玛丽将要结婚的事。突然间，他告诉了我一个疯狂的想法，他要更改遗嘱，要把他手中的每一分钱都放到信托机构留给他那还没有出生的外孙。最糟糕的是，我突然意识到他是认真的。我不能忍受这件事，我也不愿意支持这个决定。

“……当然，我知道他、斯宾塞还有特里加农医生在打算些什么。我从一开始就知道，虽然埃弗里不知道我早就知情。他认为女人不应该参与到这种事里来，他也不会告诉我。另外有件事我必须要告诉你们，那就是我非常喜欢玛丽。我绝不会杀了埃弗里，还陷害卡普隆 · 安斯维尔先生。那个雷金纳德 · 安斯维尔在敲诈玛丽，我认为我去陷害他，也不过是他自作自受。我怎么能知道前来拜访的不是那个人呢？”

“这是实话，”H.M.低声说道，“这就是当她发现她都干了什么之后抓狂的部分原因。”

“但是她之后并没有坦白真相，” 伊芙琳说，“她还在法庭上发誓说老埃弗里从始至终都是在针对吉姆·安斯维尔。”

“她在保护那家人，”H.M.说，“你听起来会觉得很奇怪吗？不，我认为你能懂。她在保护那家人，同时也在保护她自己。”

“直到我杀了他的前一刻钟，我都没有告诉埃弗里我知道他的计划。当戴尔出门去取车，我带着包下楼来了。我直接走向了书房门口，敲了敲门，然后我说：‘我知道你在里面，给他下了名叫Brudine的药，现在房子里面没有其他人，开门让我来帮你吧。”

“而奇怪的是，他似乎并没有多震惊。他的确需要帮助。这是他第一次干坏事，当他真的要干这件事的时候，他还是得依赖我。当然，这也是我第一次干坏事，但是我比他处理得要好多了。所以他会按我所说的去做。

“我告诉他他有多愚蠢，以至于会认为当安斯维尔上尉（当时我认为是他）醒来，他不会大吵大闹要求搜查整个房子。我说弗莱明先生也会在那里，而弗莱明正是那种人，他会坚持搜查整个房子，寻找酒杯、水瓶之类的东西。他意识到这话可能成真，这也把他吓坏了。我想，我爱上他已经有大约七年了，而那一刻，我恨他。

“我说我的旅行包就在门外，我几分钟后就要去乡下。我说我会带上所有这些东西，然后把它们都扔掉。他同意了。

“我们把手枪放进了那个男人的口袋里，他正躺在地板上，然后我们试着往他的嗓子里倒了点东西。我担心这会呛到他。接着我们把箭从墙上扯了下来，然后用它割伤了埃弗里的手，以便让整件事看上去很真实。埃弗里不是个胆小鬼，虽然我应该为干这种事感到害怕。我们必须要把指纹印在上面。对我来说，最困难的事是把箭带到走廊而不引起他的怀疑。我是这么做的。酒瓶和杯子都已经拿出去了。然后我假装听到戴尔回来的声音，跑出房间，抓着箭的末尾，然后大声喊他赶紧闩上门。他想也没想就照做了，因为他已经老了，对于这种事也很生疏。

“然后我必须要加快速度。我已经把十字弓放在漆黑的走廊，我本打算用完之后把它放回小屋去。那条线也早就系在了门把手内……”

H.M. 把蓝色绑带的文件夹扔在桌子上。

“最糟的是，”他说道，“当她刚刚做完所有事，就听到戴尔回来的声音。这是个大麻烦，我想她没有考虑到和老埃弗里争论并说服他所需要的时间，她把时间计划得太紧张了。当她刚刚再次封上那扇门（用的是埃弗里·休谟的手套，我们也在箱子里面找到了），戴尔就来了。她本来并不打算把十字弓放在箱子里。她本应该把它放回小屋，这样就没人会怀疑这件事。但是她现在没有时间了。她甚至没有时间把绞盘里的那片羽毛弄出来。天啊，她能把这把十字弓怎么办？三十秒之后，戴尔就会到这里，然后看到一切。

“这一点从一开始就给我带来了不少麻烦，甚至差点把我引上歧路。她有一个小旅行包，还有一个大皮箱，这两样当时都放在走廊里。当然，她本来准备把其他东西都放在她自己的旅行包里，之后再扔掉它们，把十字弓放回小屋，这样最好。但是戴尔回来得太快了，她不得不把十字弓放进斯宾塞的皮箱里，因为它太大了，放不进更小的旅行包里。

“这使得我怀疑（在很长的一段时间里）斯宾塞一定也牵扯进了这桩谋杀。嘿？她都利用了他的皮箱。这些假日装备突然都消失了，而在此之后他也没干点什么——”

“他确实没有，”我说，“在庭审第一天的下午，他还特意宣称他把那件高尔夫球外套送到洗衣店去了。”

“嗯，我假设他肯定和这桩谋杀有所牵连，”H.M. 语气哀怨地说，“很有可能他和我们的朋友阿米莉亚一起策划了这场表演。斯宾塞精心准备了自己在医院的不在场证明。我们已经把整个故事重建到阿米莉亚冲出屋子、开车到圣普雷德医院去接斯宾塞，那么这整个过程看上去也很像那么回事了。

“但是我当时坐着思考，有一件事让我相当烦心。那就是她急匆匆地带着皮箱离开了房子，她很可能不会把箱子再拿回来，至少当天晚上不会再拿回来，以免有人生疑或者碰巧还在找什么印台。她必须得把这个箱子处理掉，而且要在非常短的时间内解决。因为她必须直接到医院去接斯宾塞叔叔。如果她和斯宾塞一起谋划了这次谋杀，那么你会想到她会把箱子留在医院，他在那里大概会有个私人房间或者至少有个私人储物柜。但是这一切并没有发生。你们可以看到我在时间表上写的笔记，在大厅的门房看到她到达，然后立马就和斯宾塞一起开车离开了，没有交接过皮箱。那么这个箱子到底哪去了？她不可能把它扔在排水沟里，或者交给一个瞎了眼的乞讨者，要扔掉一个装满危险纪念品（即使只是暂时性的危险）的箱子是个异常困难的事。这个时间表显示她只花了非常少的时间，那么能做到的就只有一件事。当你在普雷德大街的圣普雷德医院的时候，你就会知道，即使你不知道也会有人告诉你，你旁边就是帕丁顿车站。箱子可以放到车站的行李寄存处。没有其他可能性，我的孩子们。事情一定是这样。

“现在到这里，可能就有些运气成分了。我在二月的时候才想到这件事。而自从谋杀发生当晚开始，阿米莉亚就因为发高烧一直躺着，也不被允许外出。到那个时间为止，她仍然没有出过门。她不可能去取回那个箱子。如我所说，按逻辑推理，那个该死的箱子一定还在那里——

“所以，就像那个故事里的笨男孩，我去了那里，果然发现了箱子。你们知道我都干了什么。我带了我的老朋友帕克博士和那个做零工的桑克斯一起去，我希望他们能够见证这次发现，同时也能为证物做检查。因为现在我已经不能阻止这件案子开庭审理。第一，已经过了一个月时间；第二，更重要的是，你们知道，我要怎么去跟相关部门说？我这个老头儿（从来不受内政部和法务部欢迎）要大摇大摆地走进去说：‘嗯哼，孩子们，我有些建议给你们。我要你们撤销起诉，原因如下：阿米莉亚·乔丹在说谎；斯宾塞·休谟在说谎；雷金纳德·安斯维尔在说谎；玛丽·休谟也说过谎。简而言之，基本上这个可恶的案子中的每一个人都在说谎，除了我的委托人。’他们会相信我吗？问问你们自己，我的傻瓜们。我必须要让这群人全部都在法庭上起誓：我必须要有个公平的战场和武器，我必须要有，简单地说，正义。这就是我的理由，这也是我之前一直把实情都藏着掖着的原因。

“你们已经知道我在哪儿找到了我的证人，以及为什么会找他们。但是还有一件事一直让我很苦恼，一直到庭审的第二天我都还在苦恼。那就是斯宾塞·休谟到底有没有参与这起肮脏的谋杀？

“我的意思是，我偷偷拿到了那个皮箱。自从谋杀当晚起，它就一直存放在帕丁顿车站。那么，如果阿米莉亚和斯宾塞是共犯，她肯定会告诉他尽快把它取回来，免得哪个好事者察觉到里面装了什么吧？她这一个多月来并没有因为高烧而神志不清。在我去过帕丁顿车站后的一周，一个男人，并非斯宾塞，前来打探箱子的事。

“我有时这样想，有时又那样想，直到庭审的第一天傍晚我突然灵光一现。斯宾塞逃走了，但是他给玛丽写了一封信，发誓说他确实看到了吉姆·安斯维尔行凶。斯宾塞实际上并没有如信上所说见证了凶案发生。这封信中涉及的一连串真相，斯宾塞之前从未提及。我早就知道他是在说谎，但突然间我明白了这封信的意思。整个案件中，阿米莉亚·乔丹表现出的形象是单纯无辜的。而斯宾塞表现出的形象却是穷凶极恶的。斯宾塞叔叔的问题在于他太单纯了。实际上，他不应该这么散漫。十四年来，他相信那个单纯而能干的女人的每一个字，可能他也有自己的正当理由。她告诉他自己亲眼看到安斯维尔行凶，他也就相信了。就是这样。你意识到了吗？那个男人真心实意地相信他自己吐露的那番陈词滥调。她的做法很简单。她告诉他自己也参与进了埃弗里的那个小计划，她用了（斯宾塞的）皮箱来装酒瓶、杯子还有其他用来陷害的工具。她告诉他自己不得不把那个箱子扔进河里，她在自己的供词中是这么说的，而他则不得不接受这个损失。因为如果有人发现他箱子里的这些东西，他肯定会陷入巨大的麻烦。当然，关于那把十字弓，她一个字都没提。所以斯宾塞什么都没说。为了不背叛她，在他写给玛丽的信里面没有坦白自己的这些信息并不是一手信息。我想我们看错了斯宾塞叔叔。他拥有太强烈的骑士精神。”

“但是看这里！”我抗议道，“那又是谁去了帕丁顿车站，在你去过那里的一周之后，询问皮箱的事？你向证人席上的那个经理询问过这件事。我记得很清楚，因为这件事让我大吃一惊。我当时认为这个男人肯定是凶手。谁去了帕丁顿车站？”

“雷金纳德·安斯维尔。”H.M. 用满足的口吻答道。

“什么？”

“我们的雷金纳德，”H.M.柔声继续说，“将会因为做伪证在牢里待上两年，你知道吧？他走上证人席，然后发誓说他真的看到了凶案发生的过程。我希望他出庭做证。如果他企图玩什么花招（我倒是希望他这样），我就能在一瞬间把他死死钉在墙上。要让他因为敲诈定罪的话，证据还不足。哦，对了，你知道，我还告诉过他，他收到的传票只不过是走个形式，可能根本就不会传他出庭。实际上，我不希望他像斯宾塞一样逃走。如果我让他知道我准备提起他敲诈玛丽·休谟的事，他肯定会逃走。所以他表现得很平和，还想整垮我，来回报我的一番好意。而结果是，他会因为伪证罪坐两年牢。但这件事最美妙、最精彩也最致命的一点是，除了凶手是谁这个细节之外，他说的都是真的。实际上，他确实看到了行凶过程。”

“什么？”

“当然，他不知道我已经了解了他和格拉贝尔的全部对话——我是指他知道休谟偷了手枪这件事。直到庭审第二天。当时他还坐在律师席上，我问起敲诈一事使他对我恨之入骨。所以他想要报复我。但他所说的第一部分内容都是真的。他确实到了格罗夫纳大街，也确实走到了房子之间的过道里。他上了楼梯，走到了侧门。如果你们还记得莫特拉姆写在房屋后半部分的平面图上的笔记，你们会知道那扇侧门并没有锁上。”

“但是，该死的，你不是证明过他不可能透过一扇木门看到任何事——”

“你仍然忘了点事，”H.M.温和地劝说着，“你忘了那两杯威士忌。”

“两杯威士忌？”

“是的。埃弗里·休谟倒了两杯酒，一杯给他自己，他一口没喝（不想喝下Brudine）；另一杯给他的客人，对方也只喝了一半。你们也知道阿米莉亚·乔丹之后把这些玻璃杯都装进了皮箱。那么，我可以告诉你一件她没有做的事。她没有把这两杯酒放进皮箱。她必须要把杯子倒空。但是身边没有水槽。她也不想打开窗户，以免整个密室被破坏。所以她简单地打开了侧门的锁，开了门，把杯子内的东西倒掉，所以——”

“所以？”

“这就给雷金纳德指了路，当时他正在那附近徘徊。你还记得当我就玻璃门的问题质问他的时候，他是怎么说的吗？他的脸变绿了一点，然后说‘门可能是开着的’，这其实是实话。那扇门当时是开着的。他根本没注意到门是什么样的。他印象中还是那扇老的玻璃门，而他这么说是因为不想承认自己把头探到了门里去。我不知道他看到了什么。我很怀疑他是否真的看到了行凶过程。但是他肯定看到了一些事，让他足以用来敲诈阿米莉亚·乔丹，而且他也知道那个皮箱很可疑。麻烦的是，那个皮箱不见了，他不知道它在哪儿。当他知道，当他发现的时候，他已经进退两难了。现在我们很难去猜测雷金纳德脑子里到底在想什么，或者他和阿米莉亚已经接触到什么程度。她受了这么多苦，我也为她伤心。但是他们不能因此绞死我的委托人。我认为让她在法庭上看到这些证据是件好事。我知道把雷金纳德放到证人席上的效果也会很好，看着他如热锅上的蚂蚁一样受着他从未预计到的煎熬。最后，让我感到愉快和舒心的是，他会在监狱里待上好久，就因为他说出了本质上的真相。”

我们盯着H.M.，看着他喝了一大口威士忌潘趣酒。他想要成为老派的大师，上帝啊，你不得不承认他确实是。

“我有点怀疑，”伊芙琳说，“你对于英国法律的光荣传统和公正来说是一种耻辱。但是，因为我们是朋友——”

“没错，我想也是，”H．M．若有所思地承认道，“我实际上违背了法律，我找了我的小偷朋友思瑞普·卡罗威，让他在一个晴朗的夜晚闯进莫特拉姆督察的警局，去确认我关于那片羽毛在犹大之窗中的推测是正确的。不然，如果在法庭上没有找到羽毛，那我这华丽的戏剧效果就被彻底毁了。但实际上它的确在那里。我这个老头子希望看到年轻人都过上好日子。我相信吉姆·安斯维尔和玛丽·休谟会过上幸福的婚姻生活，就像你和这个野丫头一样。所以到底为什么，天啊，你们要对我指手画脚？”

他又喝了一大口威士忌潘趣酒，点上他熄掉的雪茄。

“所以我们的雷金纳德被逮捕了，”我说，“都是因为他滥用了纯粹的正义。而我开始怀疑，吉姆·安斯维尔获得开释是因为有人要了手段。那么这整件事的原因究竟是什么？”

“我可以告诉你，”H.M. 严肃地说，“这一切都是天意弄人。”

著作版权合同登记号：01-2018-7357

图书在版编目（CIP）数据

犹大之窗 /（美）约翰·迪克森·卡尔著；蔡妙译．--北京：新星出版社，2019.6（2026.1 重印）

ISBN 978-7-5133-3433-4

Ⅰ.①犹… Ⅱ.①约… ②蔡… Ⅲ.①推理小说-美国-现代 Ⅳ.①I712.45

中国版本图书馆 CIP 数据核字（2019）第 022712 号

犹大之窗

[美]约翰·迪克森·卡尔 著；蔡妙 译

责任编辑：曹晓雅
责任校对：刘　义
责任印制：李珊珊
封面设计：broussaille私制

出版发行：新星出版社
出 版 人：孙志鹏
社　　址：北京市西城区车公庄大街丙3号楼　　100044
网　　址：www.newstarpress.com
电　　话：010-88310888
传　　真：010-65270449
法律顾问：北京市岳成律师事务所

读者服务：010-88310811　　service@newstarpress.com
邮购地址：北京市西城区车公庄大街丙 3 号楼　　100044

印　　刷：北京天恒嘉业印刷有限公司
开　　本：910mm × 1230mm　　1/32
印　　张：8.75
字　　数：196千字
版　　次：2019年6月第一版　　2026年1月第十六次印刷
书　　号：ISBN 978-7-5133-3433-4
定　　价：49.00元